Une seconde chance

Nadine Deconinck-Cabelduc

UNE SECONDE CHANCE

Nadine Deconinck-Cabelduc

www.basbleus.com

© **Éditions Les Bas-Bleus, 2018 pour la présente édition**

Lemaitre Publishing
159 avenue de la Couronne
1050, Bruxelles
www.basbleus.com

D/2018/14.451/09
ISBN 978-2-930996-16-5

Maquette de couverture : Nicolas Sabathier
Photo : © liderina/Fotolia

PREMIÈRE PARTIE

1

Elle n'avait jamais de retard. D'aussi loin que remontaient ses souvenirs, il n'y en avait eu aucun. Elle abaissa l'abattant en bois laqué des W.-C. et s'y assit avec une anxiété grandissante tant elle avait l'angoisse chevillée au cœur. Il n'y avait pas pire que l'incertitude.

Heureusement, l'attente ne dura que quelques secondes, même si à ses yeux, cela lui sembla une éternité. Ses mains, aux longs doigts fins ornés d'une seule bague en or gris surmontée d'un oxyde de zirconium, tremblaient légèrement tandis que les battements désordonnés de son cœur se répercutaient dans tout son corps. Elle se demanda un instant si elle n'aurait pas dû acheter un second test de grossesse par sécurité. Oui, elle aurait dû le prévoir.

Quand elle osa poser ses yeux noirs sur le test, un « plus » bleuté apparaissait tout juste, ôtant les derniers doutes auxquels elle tentait désespérément de se raccrocher. Ce n'était pas possible ! Elle ne comprenait pas pourquoi ni comment une telle chose avait pu lui arriver à elle. Elle se croyait tellement à l'abri d'un tel accident.

À peine deux jours de retard dans son cycle et sa vie basculait. Deux jours durant lesquels elle avait senti grandir en elle une tension étouffante. À présent qu'elle savait, un grand désarroi l'envahissait. Elle ne parvenait même pas à pleurer. Elle ferma les yeux un instant pour ne plus voir l'objet qui venait de déterminer une partie de son avenir.

Comment l'annoncer à Romain ? Il n'avait jamais été question d'enfant entre eux. Comment réagirait-il lorsqu'il apprendrait la nouvelle de sa grossesse ?

À cet instant, elle se rendit compte que la réaction de son compagnon l'inquiétait plus que le fait même d'être enceinte. L'idée d'avoir un bébé faisait lentement son chemin dans son esprit encore tourmenté. Après tout, elle venait de passer la trentaine et il était temps de songer à fonder une famille. Question d'horloge biologique, peut-être. De toute manière, elle adorait les enfants qui le lui rendaient bien et ne doutait pas de ses capacités à être une bonne mère.

Elle se rendit alors compte que l'idée de franchir le pas ne l'avait jamais effleurée. Elle n'imaginait pas Romain être le père de ses enfants même si elle se sentait incapable d'en donner les raisons.

Ils s'étaient rencontrés deux ans plus tôt et vivaient ensemble depuis plus d'un an déjà. Il aurait été tout naturel, dès lors, de le voir assumer ce rôle. Cependant, Sarah rêvait de fonder une famille unie, elle qui en avait été privée enfant. Elle devait reconnaître que l'égoïsme caractérisé de Romain cadrait mal avec l'idée qu'elle se faisait de la vie familiale. Le sport et les copains primaient sur les activités partagées avec elle. Leur manque de centres d'intérêts communs l'avait fait soupirer de nombreuses fois, bien qu'elle s'y fût désormais accoutumée, mais la vie de famille revêtait un minimum de concessions de part et d'autre qu'elle refusait de voir sacrifier. Romain pourrait-il s'y plier ? Elle en doutait fortement.

Pourtant Romain n'avait pas toujours été cet être égoïste, dépourvu de tendres sentiments à son égard. Elle ne l'avait pas jugé ainsi lors de leur rencontre, en tous les cas. Ils s'étaient croisés chez un fleuriste, un dimanche de fête des Mères. Il lui avait demandé conseil pour le bouquet qu'il voulait offrir à sa génitrice, ce qu'elle avait accepté en souriant aimablement.

En remerciement de son aide, il lui avait proposé un café. Elle avait poliment décliné l'invitation, non pas que le jeune homme lui déplaise, elle n'avait seulement pas pour habitude de se laisser ainsi courtiser par un inconnu, fût-il plutôt séduisant. Le jeune homme en question ne se laissa pas décourager pour autant et, quelques jours plus tard, elle eut la surprise de se voir offrir un énorme bouquet de roses à son domicile.

Elle avait été, tour à tour, étonnée et amusée d'apprendre qu'il avait mené sa petite enquête auprès de la fleuriste pour la retrouver. Elle s'était finalement laissé séduire par le charme qui se dégageait de sa personne. Beau brun aux yeux marron, il plaisait indéniablement et en avait conscience.

L'image qui émanait de lui, pourtant, était bien loin de supposer l'égocentrisme qu'elle avait découvert par la suite. Avait-il délibérément caché ce trait de caractère au début de leur relation ou s'était-elle menti à elle-même? Peut-être, tout simplement, avait-il fait des efforts au commencement de leur idylle, mais une fois acquis les sentiments qu'elle lui portait, avait-il relâché toute attention comme cela arrivait fréquemment dans les couples?

Sarah inspira profondément avant de sortir de la salle de bains pour se rendre dans la chambre attenante. Levé depuis moins de cinq minutes, Romain avait déjà enfilé un pantalon de coton noir et fermait à présent le dernier bouton de sa chemise blanche. Il ne prenait jamais de petit déjeuner. Il se contentait d'un café noir quand il arrivait à son travail.

Sans le quitter du regard, elle lui tendit le test qu'elle tenait encore d'une main tremblante. Le jeune homme fronça les sourcils avec une certaine indifférence.

— Qu'est-ce que c'est que ça?

Le cœur de Sarah poursuivit sa course effrénée et elle se mordit la lèvre inférieure.

— Un test de grossesse, répondit-elle dans un souffle.

Elle se demanda si les mots avaient bien franchi le cerveau de Romain quand il réitéra sa question d'une manière différente, mais tout aussi impassible :

— Qu'est-ce que tu fais avec ce truc ?

La jeune femme aspira une nouvelle bouffée d'oxygène avant d'expliquer d'une voix qu'elle aurait voulu plus naturelle :

— Je vais avoir un bébé, Romain.

Cette fois, les mots semblèrent pénétrer l'esprit de Romain.

— Qu'est-ce que tu me racontes là ? Tu ne peux pas être enceinte. Tu prends la pilule, non ?

— Je ne sais pas ce qui s'est passé, balbutia-t-elle, se sentant inexplicablement coupable d'être tombée enceinte malgré sa contraception, comme si elle pouvait être fautive de quoi que ce soit.

— Tu ne sais pas ce qui s'est passé ? répéta Romain d'une voix dure où perçait une note de scepticisme. Tu ne m'as quand même pas fait un enfant dans le dos ?

Elle fit un pas vers lui et posa une main conciliante sur son avant-bras.

— Je te jure que non, se défendit-elle, blessée qu'il lui prête de telles intentions. Je ne sais pas. Peut-être ai-je oublié de prendre un comprimé. Je peux vérifier, mais cela m'étonnerait fort. Ou, ou... je n'en sais rien, répéta-t-elle en secouant la tête, aussi incrédule que lui de ce qui leur arrivait. Ce sont des choses qui arrivent, voilà tout. Ce genre d'accident n'est pas si rare, crois-moi.

— Débarrasse-toi de ça ! dit-il en se dégageant d'un geste brusque.

Elle crut un instant qu'il parlait du test de grossesse, comme si le jeter nierait son état. Elle tenta une nouvelle approche, mais il la repoussa vivement. Elle perdit l'équilibre et se cogna violemment le bras contre la commode en rotin qu'elle s'était offerte deux ans auparavant, avec une prime de fin d'année. Sarah réprima un cri de douleur en entendant Romain prononcer d'une voix sans chaleur :

— Tu m'entends : je ne veux pas de ce bébé. Débarrasse-toi de lui.

Il sortit de la chambre d'un pas rageur, sans plus se soucier d'elle. Ni de sa douleur au bras ni des sentiments qui l'agitaient. Pour lui, le problème était déjà réglé. Elle devait avorter. Point final.

Quand elle entendit la porte d'entrée claquer, elle frotta son bras endolori et se laissa choir sur le lit. À ce moment-là seulement, elle s'autorisa à pleurer.

Combien de temps resta-t-elle ainsi, recroquevillée sur le grand lit défait ? Elle l'ignorait. Suffisamment longtemps cependant pour que ses larmes se tarissent. La douleur lancinante de son bras la ramena à la réalité. Elle aurait un bel hématome d'ici peu, à n'en pas douter. Mais pour le moment, elle n'avait pas le temps de le soigner.

Elle jeta un œil sur le radio-réveil posé sur la table de chevet de Romain. Près d'une heure s'était écoulée depuis qu'elle avait la certitude d'être enceinte. Elle émergea de l'état de léthargie dans lequel elle s'était lentement enfoncée. Encore hagarde, elle se hâta, car elle était en retard à son travail.

Elle enfila rapidement les mêmes vêtements que la veille : un jodhpur marine et un pull-over écru. Sarah attrapa son imperméable couleur chocolat suspendu au portemanteau et saisit ses clés qu'elle avait laissées, comme d'habitude, sur le meuble à chaussures dans l'entrée. Elle se précipita dehors. Heureusement, son travail n'était qu'à un petit quart d'heure de l'appartement. Elle s'y rendit donc à pied en pressant le pas, même si elle savait que sa patronne ne lui tiendrait nullement rigueur de son retard.

Le ciel, d'un gris très sombre, était menaçant, mais pour le moment il ne pleuvait pas. Le vent fort, qui venait de l'océan, balaierait peut-être les nuages obscurs avant les premières gouttes.

Son humeur s'harmonisait avec le temps. Romain avait été clair. Il ne voulait pas de ce bébé. Il doutait presque que cette grossesse fût accidentelle, lui reprochant à tort de ne pas avoir pris de précautions alors même qu'elle n'oubliait jamais de prendre sa pilule. De toute manière, elle n'aurait jamais délibérément fait un bébé sans le consentement du futur papa. Ce n'était pas dans sa nature d'agir ainsi.

Le manque de confiance que Romain venait de lui montrer la blessait plus qu'il l'aurait fallu. Même si les sentiments qu'elle éprouvait à son égard s'étaient émoussés au cours des derniers mois, un fil ténu existait encore malgré tout dans son cœur. Elle se demandait d'ailleurs bien pourquoi.

Maintenant qu'elle était enceinte, elle se sentait irrémédiablement liée à lui. Elle ne se résignait pas encore à l'idée d'avorter comme il le lui avait clairement ordonné. Elle n'avait certes pas désiré cet enfant, mais il était là et elle acceptait sa maternité comme un fait accompli.

Perdue dans ses sombres pensées, Sarah s'engagea sur la chaussée sans prendre garde à la circulation généralement peu dense dans cette rue qu'elle connaissait si bien. Un grand coup de frein la fit violemment sursauter tandis que résonnait un retentissant coup de klaxon qui lui vrilla les tympans. Le visage furieux d'un homme apparut par la vitre entrouverte.

— Ça ne va pas la tête ? l'invectiva-t-il d'un ton cassant. Vous traversez la rue n'importe où et sans regarder ! Vous vous croyez seule au monde ou quoi ? J'aurais pu vous tuer !

Le conducteur, furieux exagérait un tant soit peu, car il ne roulait pas assez vite pour provoquer un choc mortel. Elle prit malgré tout conscience qu'elle venait d'échapper de peu à un accident. Sans les réflexes du chauffeur, le camion de déménagement l'aurait sans aucun doute heurtée. Les conséquences auraient pu être plus importantes que la simple frayeur qu'elle ressentait.

Rouge de confusion, elle murmura une vague excuse à l'intention du conducteur et, les jambes flageolantes, parcourut les quelques pas qui lui restaient pour gagner son lieu de travail.

Quand elle poussa la porte de la brasserie où elle travaillait, elle fut accueillie par le regard scrutateur de sa patronne.

— Excuse-moi, Mina. Je suis en retard.

Les larmes au bord des yeux, elle ne put ajouter un seul mot.

— Assieds-toi, intima la femme noire dont les formes généreuses s'épanouissaient de plus belle avec la ménopause. Je te rejoins tout de suite. Tu m'as l'air d'avoir besoin d'un bon remontant.

En d'autres temps, Sarah aurait protesté. À cette heure de la matinée, les tâches ne manquaient pas à la brasserie. Plusieurs clients s'attardaient en sirotant leur café, avant de se rendre à leur travail. Mais pour la jeune femme, ce matin-là n'était pas un matin ordinaire. Depuis qu'elle avait la certitude d'être enceinte, tout allait de travers et Sarah se sentait anéantie par tous les bouleversements qui en découlaient. Elle se conforma donc aux ordres de sa patronne sans plus d'objections.

Un groupe d'adolescents d'une quinzaine d'années, venus bruyamment attendre le début des cours matinaux, quitta la brasserie dans un grand brouhaha de voix et de rires pour rejoindre le lycée privé situé dans une rue parallèle. D'autres clients emboîtèrent le pas des jeunes gens. Et bientôt, on n'entendit plus que les bruits étouffés provenant de la rue.

Après avoir servi un client qui patientait tranquillement dans un coin tout en lisant son journal du matin, Mina s'approcha de la table de la jeune femme avec deux cafés forts et s'installa en face de Sarah. Elle posa sa large main noire sur la sienne.

— Alors, raconte-moi : qu'est-ce qu'il t'arrive ?

La jeune femme plongea son regard perdu dans celui de sa patronne. Mina faisait partie de sa vie depuis de longues années déjà, l'Antillaise étant la meilleure amie de sa mère depuis l'adolescence. Si la vie avait parfois séparé les deux amies, elles avaient pourtant réussi à partager les moments forts de leurs existences respectives, comme le mariage de l'une ou la naissance du bébé de l'autre.

Sarah aimait cette femme au fort caractère qui, depuis l'enfance, lui témoignait une tendresse particulière. Ses rapports avec sa mère ayant toujours été superficiels, parfois même conflictuels, c'est à Mina qu'elle s'était tout naturellement confiée lorsqu'elle avait quitté précipitamment son précédent emploi, un mois plus tôt.

L'Antillaise tenait la brasserie *Le Pyé koko* qu'elle avait achetée avec son mari, deux ans à peine avant que celui-ci ne succombe d'un cancer du poumon. À présent, elle était associée à l'un de ses frères, Ambroise, cuisinier de formation, tandis que Mina s'occupait du service et de la caisse. Si la brasserie marchait plutôt bien, ils n'avaient pas réellement besoin de personnel, mais quand Sarah était arrivée en larmes après avoir abandonné son travail dans une agence immobilière, Mina avait prétexté qu'une aide serait la bienvenue. La jeune femme n'avait pas été dupe et avait remercié Mina de la dépanner le temps qu'elle trouve un autre emploi. Elle n'avait pas encore réellement cherché, désireuse avant tout de se reconstruire. Ici, entourée de ses amis, elle se sentait en sécurité.

Sarah essuya d'un revers de main les larmes qu'elle n'avait pu retenir.

— J'attends un bébé.

Le visage de Mina s'éclaira.

— Et alors quoi ? C'est cela qui te met dans un état pareil !
Dis-toi que ce bébé, c'est un cadeau du ciel, Sarah.

Mal à l'aise, Sarah baissa les yeux.

— Excuse-moi, Mina. Je…

La jeune femme ne sut que dire. Elle se trouvait soudain
égoïste de se plaindre de son état auprès d'une femme
qui n'avait jamais pu avoir de bébé. Le vide d'une vie sans
enfant, Sarah ne pouvait l'imaginer. Difficile d'accepter
l'inéluctable verdict. Il y avait tant d'enfants abandonnés,
tant d'enfants maltraités ou délaissés. Comment vivre avec
ce sentiment d'injustice de ne pouvoir soi-même concevoir
d'enfant ?

Mina avait dû faire face à la frustration et à l'amertume
de ne pas devenir un jour la mère aimante et attentionnée
qu'elle aurait souhaité être, sans jamais comprendre le
sens d'une telle cruauté de la vie. Elle avait reporté sur ses
neveux et nièces, et surtout sur la petite Sarah si délaissée,
tout l'amour dont son cœur débordait. La petite fille, avide
de tendresse, avait su combler une partie de son mal d'enfant, mais cela n'avait jamais pu remplacer le lien puissant
qui existait entre une mère et son enfant, elle en avait
conscience.

— Je suis désolée, répéta Sarah en relevant la tête. Je n'ai
pas le droit de me lamenter d'être enceinte. Surtout pas
auprès de toi.

Mina balaya ses excuses d'un revers de la main. Le temps
lui avait appris à accepter cet état de fait : elle ne serait
jamais mère. Pourtant, tapie au fond d'elle-même, la douleur était toujours là, prête à ressurgir à tout moment. Elle
s'en voulut de la vague de jalousie ressentie envers la jeune
femme à l'annonce de sa grossesse, mais on ne commande
pas ce genre de sentiments, elle le savait pertinemment.

— Le problème, poursuivit Sarah, c'est Romain. Il ne
veut pas de cet enfant.

Cela ne surprit nullement Mina qui avait une piètre opinion du jeune homme. Elle s'était toujours demandé comment Sarah avait pu choisir un type comme lui et pourquoi elle vivait avec un homme qui ne la méritait pas. Elle avait toujours espéré secrètement que leur liaison prendrait fin. L'arrivée inopinée de cet enfant bouleversait malheureusement ce rêve qu'elle caressait depuis le début de leur fréquentation.

— Et toi, tu le veux, ce bébé ?

— Je ne sais pas, murmura Sarah d'un ton hésitant. Oui... Enfin, maintenant qu'il est là...

Elle secoua la tête, troublée par le doute qui l'assaillait.

— Romain veut que j'avorte. Il me l'a dit clairement. Mais moi... Je ne suis pas contre l'avortement, en général. Seulement, je...

La jeune femme avait du mal à remettre de l'ordre dans ses pensées.

— En ce qui me concerne, je ne sais pas. Je ne sais plus.

— La décision t'appartient, Sarah. Ne laisse pas cet imbécile décider pour toi.

La jeune femme amorça une mimique attristée.

— Tu ne l'as jamais apprécié, n'est-ce pas ?

— Il ne mérite certainement pas une fille comme toi !

Mina pressa sa main sur celle de Sarah.

— Et s'il décide de vous laisser tomber, l'enfant et toi, ajouta-t-elle, tu ne seras pas seule. Tu pourras toujours compter sur nous, tu le sais très bien.

Pour la première fois depuis ce qui lui sembla une éternité, Sarah esquissa un sourire timide.

— Merci Mina. Merci d'être toujours là pour moi.

— Bah, protesta l'Antillaise qui ne voulait pas céder au sentimentalisme, ce n'est pas grand-chose. Allez, au travail maintenant ! Il y a des clients qui s'impatientent.

Une partie de sa sérénité retrouvée, Sarah s'activa auprès d'un habitué qui la hélait pour une nouvelle commande. Oui, la vie continuait, malgré tout.

2

— Je rêve, là... Tu ne vas quand même pas tout lui laisser ?

— C'est le moins que je puisse faire, laissa tomber l'homme avec désinvolture en engageant le véhicule de location dans la ruelle étroite.

De toute manière, plus rien ne compte vraiment maintenant, ajouta-t-il en son for intérieur.

— Maxime, la culpabilité a des limites, quand même ! protesta Charles, ahuri par l'attitude incompréhensible de son meilleur ami.

Le conducteur lui jeta un regard noir dont il ne tint aucun compte. Tout cela était vraiment trop absurde.

— D'accord, tu te sens responsable de cet accident et il est plus que regrettable que Laure ait perdu le bébé. Ce n'est pas une raison pour quitter ton domicile comme un vagabond en emportant seulement tes vieux livres, quelques CD et tes vêtements, avoue-le !

— Et la voiture. Tu oublies la voiture, ajouta Maxime avec un sourire désabusé.

— Je te l'accorde, un vagabond avec une BMW, c'est trop classe ! ironisa Charles avec une grimace. Sincèrement, tu crois vraiment que cela vaut votre superbe appartement et tout ce qu'il y a dedans ? À propos, quand la récupères-tu, ta précieuse voiture ?

Depuis quelque temps, Maxime n'avait plus vraiment le cœur à rire. Pour quelques verres de trop qu'il n'avait pas su refuser, sa vie avait volé en mille éclats.

L'image de sa femme, allongée sur son lit d'hôpital, le visage crispé de douleur par la perte du bébé qu'ils attendaient, le hantait chaque instant depuis l'accident. C'est donc un sourire sans joie qui se dessina sur ses lèvres quand il répondit :

— L'expert n'est pas encore passé.

— Je l'ai trouvée plutôt bien.

Maxime haussa un sourcil interrogateur.

— Je veux parler de Laure, précisa Charles dans un mouvement de tête. Elle avait l'air en forme quand on est passés tout à l'heure.

— C'est une façade, objecta le conducteur d'un ton bas. Tu la connais, elle a toujours su maîtriser ses émotions devant les autres. Elle tire une grande fierté de cette capacité : ne rien laisser voir de ses faiblesses. Ne rien montrer. Jamais. Cela a toujours fait partie de ses principes.

Charles resta silencieux un instant comme pour méditer les propos de son ami. Pour lui, cette séparation n'avait aucun sens. Maxime et Laure s'aimaient. La chose était évidente aux yeux de tout le monde. Alors pourquoi s'obstinaient-ils tous les deux dans cette mascarade ? Quel profit l'un et l'autre pensaient-ils en tirer ? C'était stupide comme conduite. Stupide et vraiment puéril.

— Et toi ? Tu t'en sors comment ? demanda-t-il enfin en scrutant attentivement son ami.

Maxime ne répondit pas tout de suite, se remémorant l'émotion ressentie lorsque Laure lui avait annoncé la nouvelle de sa grossesse trois mois plus tôt. Ils revenaient d'une soirée entre amis. Une soirée où il avait trop bu, comme d'habitude. Il ne se souvenait plus à quel moment cela avait commencé, toujours est-il qu'il glissait lentement vers une dépendance certaine à l'alcool sans s'en rendre compte. Cela n'allait jamais jusqu'à l'ivresse totale, mais avec le temps, il avait toujours besoin d'un verre supplémentaire pour se sentir bien. Jusqu'à ce fameux soir.

Depuis l'accident, une semaine plus tôt, fidèle à la promesse qu'il s'était faite, il n'avait plus touché une seule goutte d'alcool.

Ses yeux bleus brillants de larmes, il poussa un profond soupir. Il se maudissait de ne pas avoir pris cette décision plus tôt. Rien de tout cela ne serait arrivé s'il avait cessé de boire avant. Il aurait pu éviter un tel gâchis. Mais il était inutile d'éprouver de tels regrets. Ce qui était fait était fait.

— Peut-être qu'en laissant tout à Laure, je garde en moi l'espoir que tout n'est pas fini entre nous, confessa-t-il plus pour lui-même que pour son ami. Même si au fond, je sais qu'on ne pourra jamais effacer le souvenir de ce bébé et qu'il restera comme un fossé entre nous. Laure s'était rendu compte depuis longtemps que je buvais plus qu'il ne le fallait. Nous en avions déjà parlé et elle m'avait conseillé de me faire soigner. Mais je refusais d'admettre que j'étais devenu alcoolique. Il aura fallu que je perde tout pour le reconnaître.

Une femme, surgie de nulle part, entra dans son champ de vision au moment où Maxime allait signifier à son ami qu'ils arrivaient. Il donna un grand coup de frein, évitant de justesse l'imprudente qui s'engageait sur la chaussée sans jeter un œil sur la circulation. Il foudroya l'inconsciente du flot d'émotions qui le submergeait déjà.

Le visage sombre, Maxime la vit lui murmurer un vague mot d'excuse et la poursuivit d'un regard noir jusqu'à ce qu'elle atteigne l'autre côté de la chaussée, manifestement bouleversée par ce qui aurait pu se passer sans ses réflexes.

Les deux mains sur le volant, il tendit les muscles des bras pour atténuer leurs tremblements et lâcha un profond soupir.

Des coups de klaxon retentirent. À l'arrière, les automobilistes s'impatientaient. Avec un large geste qui hésitait entre plates excuses et indifférence, Maxime appuya doucement sur l'accélérateur tout en scrutant la rue à la recherche d'une place où se garer.

— Ce n'est pas croyable le nombre d'inconscients qu'il y a sur terre ! grommela Charles en faisant allusion à la piétonne. Puis, reprenant la conversation là où elle avait été interrompue, il poursuivit :

— Je suis heureux que tu ne tires pas définitivement un trait sur Laure. Laisse-moi te dire que votre attitude à tous les deux, c'est du grand n'importe quoi !

Maxime ne répondit rien. Il avait conscience que pour les autres, sa séparation avec Laure n'avait aucun sens malgré ce qui s'était passé. Pour leurs amis, ils auraient dû se serrer les coudes pour surmonter leur drame au lieu de s'éloigner l'un de l'autre comme ils le faisaient. Personne ne parvenait à comprendre le fossé qui s'était creusé entre eux après la perte du bébé. D'ailleurs, lui-même n'était pas sûr de le comprendre vraiment.

Ils étaient arrivés au pied de l'immeuble où il allait désormais habiter, seul avec ses remords et sa douleur.

Charles prit un carton rempli de livres dans le camion et suivit son ami, également chargé d'un carton semblable. Les escaliers qui menaient au troisième étage étaient plutôt étroits et tournaient en colimaçon. L'homme soupira. Le dernier déménagement auquel il avait participé datait de la faculté. Pourquoi Maxime n'avait-il pas fait appel à des professionnels, comme ils le faisaient tous habituellement ? C'était pour le moins pratique de n'avoir à s'occuper de rien.

Arrivé devant la porte du nouvel appartement de son ami, il posa le carton au sol et, sortant un mouchoir propre de la poche de son pantalon en toile, il épongea les gouttes de sueur qui perlaient à son front.

Maxime tourna la clé dans la serrure et pénétra à l'intérieur de l'appartement sombre qui sentait le renfermé. Il y avait longtemps qu'il était inoccupé, lui avait avoué le fils de la propriétaire. Sa mère était entrée en maison de retraite plusieurs mois plus tôt, mais avait refusé de louer son logement avant d'être certaine de ne jamais y revenir. Ils prévoyaient de le laisser en location pour financer une partie de la maison de retraite.

Les deux hommes posèrent les premiers cartons dans la pièce principale et le nouveau locataire des lieux ouvrit le volet roulant sur la grisaille de ce début de février.

— C'est plutôt cossu ici, remarqua Charles avec une pointe d'ironie.

Il considéra le linoléum crème et la tapisserie d'un vert tendre décati d'un œil critique. La cuisinette attenante à la grande pièce était des plus succinctes : meubles en Formica blanc et évier en inox.

Charles poursuivit la visite par la chambre. La moquette bleue mouchetée s'usait à différents endroits et l'on devinait, sur le mur tapissé de jaune, l'emplacement des tableaux accrochés il y a peu encore. La propriétaire avait laissé une large penderie réalisée dans un renfoncement de la chambre, évitant à Maxime l'achat d'une armoire.

La salle de bains, qui faisait face à la porte d'entrée, comportait une douche, un lavabo avec sous-meuble en Formica et un W.-C. Entièrement carrelée de faïence blanche et jaune, et ornée d'un listel formant des vagues bleues, elle avait été réhabilitée récemment. C'était la seule pièce à peu près convenable de l'appartement.

Habitué à plus d'aisance, Charles trouva le lieu plutôt déprimant.

— Tu comptes rester combien de temps ici ? demanda-t-il à son ami quand il le rejoignit dans le salon.

Maxime haussa les épaules avec indifférence.

— Le temps qu'il faudra.

— Tu sais que tu peux toujours venir à la maison, poursuivit Charles.

Désignant l'appartement d'un geste évasif, il ajouta :

— Avant de retrouver tes esprits et de rentrer chez toi.

Maxime esquissa un sourire de remerciement.

— Je t'assure que je serai très bien ici.

Tapant sur l'épaule de son ami, il continua :

— Tu es venu pour m'aider, non ? Alors au travail, il reste encore des choses dans le camion.

L'homme avait déjà remonté un autre carton rempli de vaisselle dépareillée glanée ici ou là, pendant que Charles faisait le tour de l'appartement d'un œil critique. Il restait encore quatre ou cinq caisses, ainsi que les quelques meubles que Maxime avait dû acheter afin de disposer d'un minimum de confort. Le déménagement serait vite terminé.

Quand ce dernier fut achevé et les meubles montés, Charles grimaça un sourire.

— La prochaine fois que tu déménages, rappelle-moi d'être de garde.

— Allez, viens, lui répondit Maxime avec une nouvelle tape amicale dans le dos. Je t'invite à déjeuner. Quand je suis venu visiter l'appart, j'ai remarqué qu'il y avait, en face, un resto antillais qui a l'air sympa.

Jetant un regard circulaire sur sa nouvelle demeure, Maxime saisit les clés et referma la porte d'un coup sec.

Pressé par les derniers événements, il avait accepté l'un des premiers appartements qu'il avait visités, même si celui-ci ne ressemblait en aucun cas à ce qu'il avait connu jusqu'à présent, hormis peut-être à l'époque de ses études. Pour le moment, cela l'indifférait. Il ne comptait pas demeurer ici très longtemps. Il allait mettre à profit l'année sabbatique qui s'ouvrait à lui pour faire le point sur sa vie et prendre de nouvelles résolutions.

À quarante ans passés, un bilan s'imposait. Il voulait surtout en finir avec ses problèmes d'alcool, d'autant que son métier d'anesthésiste, la seule chose qu'il lui restait, ne pourrait que pâtir de cette dépendance à l'alcool.

Cette première semaine d'abstinence, bien que difficile, voyait renaître un autre homme et même s'il regrettait de ne pas avoir pris cette décision plus tôt, il ne pouvait que se féliciter de s'y tenir. Il commençait à entrevoir un nouvel avenir, quoiqu'encore un peu sombre pour l'instant.

Les deux amis traversèrent la route et entrèrent dans la brasserie qui faisait face à l'immeuble où Maxime allait désormais vivre, bien décidé à tourner la page sur son passé. Ils saluèrent la femme noire derrière le comptoir et tentèrent de repérer une table libre.

Bien que midi fût à peine passé, la brasserie accueillait déjà la plupart de ses habitués, ce qui était sûrement bon signe. Après avoir déniché une place près de la grande baie vitrée, les deux hommes se frayèrent un chemin, zigzaguant entre les tables occupées.

Butant contre un sac de cuir rouge négligemment abandonné aux pieds de sa propriétaire, Maxime perdit l'équilibre. Il se retint instinctivement à la jeune serveuse occupée à prendre la commande d'une table voisine.

— Excusez-moi, mademoiselle, commença-t-il.

Leurs regards se rencontrèrent et il reconnut l'inconnue qu'il avait failli heurter le matin même avec le camion de location.

— Décidément, le destin s'acharne contre nous aujourd'hui, ne put-il s'empêcher de faire remarquer.

Maxime la vit rougir violemment et, désireux de la mettre à l'aise, il déclara :

— Cette fois-ci, c'est moi le fautif, fit-il en lui adressant un clin d'œil qui se voulait complice. Nous sommes donc quittes.

Il la quitta avec un sourire, acceptant au passage les excuses confuses de la cliente qui avait laissé traîner le sac dans l'allée, et rejoignit Charles qui s'était installé à une table voisine.

— Qui est-ce ? s'enquit son ami avec indifférence.

— La fille que j'ai failli renverser tout à l'heure.

— Ah !

Moins physionomiste que Maxime, Charles ne l'avait pas reconnue. Trop commune, elle n'était d'ailleurs pas le genre de fille sur laquelle il avait l'habitude de s'attarder.

Maxime s'assit en face de Charles et jeta un regard en direction de la jeune femme. Leurs yeux se croisèrent de nouveau. Gênée, elle détourna la tête la première et s'éloigna vers le comptoir. Il la suivit des yeux.

Le hasard de cette deuxième rencontre le laissait quelque peu perplexe. Il se reprit aussitôt. Si elle n'avait pas travaillé ici, il aurait été peu probable qu'il l'eût presque écrasée un peu plus tôt dans la matinée. Le hasard n'avait certainement rien à voir là-dedans. C'était juste un concours de circonstances.

3

Après avoir pris note de la commande d'un couple âgé, Sarah se dirigea vers Mina, évitant un nouveau regard vers les deux hommes. Elle se sentait nerveuse, s'imaginant la proie de leur attention, et tenta de se raisonner afin d'éviter une quelconque maladresse. Elle en avait eu son compte pour la journée.

— Tu les connais ? demanda Mina, vivement intéressée, en désignant les deux nouveaux venus.

Sarah se mordit la lèvre inférieure.

— J'étais tellement bouleversée ce matin, après la confirmation de ma grossesse et ma dispute avec Romain, que j'ai traversé la route sans regarder. C'est avec eux que j'ai frôlé de peu l'accident. Une façon comme une autre de se débarrasser de ses problèmes.

Son moral, bien que meilleur, révélait encore le tumulte de ses pensées. Pourtant, la présence et les paroles rassurantes de Mina avaient quelque peu apaisé la jeune femme. Elle tendit une fiche à sa patronne avant de repartir à contrecœur auprès des deux hommes.

La jeune serveuse avança fébrilement vers leur table, s'efforçant de calmer une nervosité grandissante.

Quand, un moment plus tôt, elle avait jeté un œil dans la rue, elle avait instantanément reconnu le conducteur du camion de location qui avait failli la renverser dans la matinée et s'était figée, mal à l'aise, espérant voir les deux hommes passer leur chemin, mais ils avaient poussé la porte de la brasserie. Elle s'était alors hâtée vers des clients qui attendaient de passer commande, prenant conscience de ce que son comportement avait d'enfantin. Après tout, que lui importait ce que ces deux hommes, qu'elle ne connaissait pas, pensaient d'elle ? Pourtant, elle ne pouvait s'empêcher de se sentir comme une petite fille honteuse d'une bêtise face à un adulte.

Tandis qu'elle atteignait leur table, elle s'efforça de prendre un air naturel. Elle frotta machinalement son bras, car la douleur de l'hématome l'élançait régulièrement depuis le matin.

— Voici la carte, messieurs, dit-elle en tendant à chacun un menu. Aujourd'hui, le plat du jour est un cari de poulet.

Sarah fut soulagée de constater que sa voix ne trahissait pas le trouble dans lequel elle se trouvait depuis leur arrivée. Elle tourna les talons, mais le conducteur du véhicule la retint.

— Est-ce que vous vous êtes fait mal au bras ce matin, quand j'ai failli vous renverser ? demanda-t-il, visiblement soucieux.

— Non, le coupa Sarah d'un ton cassant en s'apercevant que sa main avait tendance à revenir inconsciemment sur sa douleur. Je me suis seulement cognée chez moi ce matin.

Elle s'apprêtait de nouveau à partir, mais il l'en empêcha.

— Me permettez-vous de vous examiner ? Je suis médecin, ajouta-t-il devant son regard à la fois surpris et méfiant.

Sarah ébaucha un sourire poli.

— C'est inutile, merci. Mon bras a juste heurté une porte que je croyais fermée. J'en serai quitte pour un bleu. C'est tout.

La jeune femme mentait mal, elle le savait, mais elle n'allait pas raconter sa vie au premier inconnu croisé.

Après tout, qu'il croie ce qu'il veut, se dit-elle, *c'est le cadet de mes soucis.*

L'homme ne fut pas dupe du mensonge, mais n'insista pas. Il la regarda s'éloigner avant de porter son attention sur la carte.

— Qu'est-ce qu'il te prend ? demanda Charles visiblement surpris par l'échange dont il venait d'être témoin.

Maxime releva les yeux vers son ami.

— Hein ?

Jetant un coup d'œil en direction de la serveuse, il confessa :

— Ce matin, je manque de renverser une femme dans la rue. Je recroise la même femme quelques heures plus tard faisant le service dans un restaurant où je déjeune pour la première fois et que je percute de nouveau... Je me demandais juste si de telles coïncidences ne sont que le fruit du hasard.

Le visage de Charles marqua un vif étonnement. Balayant d'un geste de la main ses propos, Maxime devina que son collègue ne pourrait comprendre le cheminement de ses pensées, qui le laissait lui-même perplexe, et lâcha sans même insister :

— Laisse tomber, je divague.

Charles scruta le visage de son ami, cherchant à deviner ce que cachait ce comportement. Il y renonça. Depuis l'accident, Maxime était devenu incompréhensible à ses yeux comme à ceux de leurs relations. Le choc, peut-être ?

— Avez-vous choisi, messieurs ?

Sarah était de retour. Elle s'efforça de ne prêter aucune attention à l'homme aux yeux bleus qui la dévisageait avec un intérêt non dissimulé. Elle n'y parvint pas et sentit monter une désagréable chaleur familière quand ses joues s'empourprèrent. Elle se maudit intérieurement de son émotivité qui trahissait l'agitation la gagnant.

L'inconnu était fort séduisant, elle devait le reconnaître, mais ce n'était pas tant cela qui la troublait que le fait qu'il fût le témoin de son étourderie qui aurait pu avoir de fâcheuses conséquences, se persuada-t-elle.

De son côté, l'homme se demandait pourquoi la jeune femme avait prétexté s'être cogné le bras à une porte, sachant pertinemment qu'il ne la croirait pas. L'idée qu'elle fût victime de maltraitance l'effleura un instant. Son air de culpabilité, son regard fuyant et le désarroi qu'il devinait dans ses yeux inquiets l'incitaient à imaginer cette hypothèse. Peut-être se faisait-il, malgré tout, des idées ?

— Je prendrai le plat du jour, commanda Charles.

— La même chose pour moi.

— Et avec ceci ? Si je puis me permettre, je vous conseille un Val de Loire rosé.

— Très bien.

— Une bouteille d'eau minérale pour moi.

La voix était chaude et douce. Sarah ne put s'empêcher de relever les yeux vers le conducteur. Leurs regards se croisèrent, ce qui eut pour conséquence d'accélérer le rythme des battements de son cœur. Les joues de la jeune femme se colorèrent une nouvelle fois. Décidément, cet homme avait le don de la mettre mal à l'aise.

Elle reprit les cartes que lui tendaient les deux hommes et s'éloigna rapidement, irritée de sa propre vulnérabilité.

Elle poursuivit le va-et-vient auprès des différents clients durant toute la pause-déjeuner, évitant de regarder vers la table de l'inconnu. Elle comprit qu'elle était particulièrement sous tension lorsque les deux hommes quittèrent la brasserie après leur repas. Le sentiment de légèreté qui la gagna après leur départ occulta totalement la déception ressentie à l'idée de ne plus revoir cet homme qui l'avait légèrement troublée.

Mina la renvoya aussitôt les derniers clients partis. Sarah ne se sentait pourtant guère d'humeur à rentrer chez elle.

Qu'aurait-elle fait, seule dans l'appartement, avec ses questions, ses doutes et son mal-être ?

Elle décida d'aller marcher sur le front de mer. Une longue promenade chasserait peut-être le désarroi qui l'habitait encore et apporterait des réponses aux questions que, légitimement, elle se posait.

Elle descendit sur la plage de sable fin un peu avant le monument américain. Érigé sur la plage en 1926 pour marquer le passage des soldats américains sur le sol nazairien vers la fin de la Grande Guerre, le monument avait été reconstruit en 1989, après sa destruction par les Allemands durant la Seconde Guerre mondiale.

Pour le moment, une nuée de mouettes tournaient autour avec des cris perçants, avant de se poser sur les rochers qui s'étalaient à leurs pieds. L'odeur du goémon chatouilla agréablement les narines de Sarah. Un sentiment de bien-être l'envahissait déjà.

L'océan remontait doucement et la jeune femme foula le sable qui scintillait de mille feux sous le timide soleil de février. Le vent puissant avait fini par balayer les nuages gris qui s'étaient éloignés vers les terres, ne laissant qu'une traîne blanchâtre dans le ciel.

Des promeneurs savouraient l'intermède accordé par les caprices de la météo, s'attardant sur la plage avant de reprendre le long après-midi de travail qui les attendait. Des chiens, jouissant de la grande étendue de sable fin, se défoulaient, s'élançant vers un bâton lancé au loin par des maîtres heureux de profiter d'un tel espace pour leur animal de compagnie ; tandis que quelques mères de famille s'étaient aventurées avec leurs enfants pour construire des châteaux de sable, malgré la fraîcheur et le temps plus qu'incertain.

Sarah passa sous les pêcheries qui s'étendaient du carrefour de Sautron à la pointe de Villès. Au-dessus de sa tête, les carrelets se balançaient doucement, attendant la marée haute pour être plongés dans l'eau, avant de remonter, les mailles des filets emprisonnant quelques poissons de mer.

La jeune femme traversa la plage quasi déserte et se rapprocha du phare de Villès qui étirait son bras dans l'eau froide de l'Atlantique. Un groupe d'adolescents disputaient un match de volley et Sarah envia un court instant leur insouciance. Elle chassa ce sentiment qui lui ressemblait si peu. D'ailleurs, que savait-elle de leur vie ? Rien. Certains avaient probablement leurs propres problèmes. Elle-même avait traversé cette turbulente période dans une grande solitude.

Elle s'assit sur le sable, replia ses genoux qu'elle entoura de ses bras et contempla la mer à peine agitée. Bercée par le doux ressac des vagues et le cri des mouettes planant au-dessus de l'océan, ses sombres pensées s'apaisèrent. La mer avait toujours eu sur elle ce fort pouvoir relaxant. C'était là qu'elle venait généralement se ressourcer.

La décision s'imposa alors à elle : elle garderait l'enfant. L'idée d'avorter lui semblait si loin de ses convictions qu'elle se demanda comment elle avait pu s'y arrêter ne serait-ce qu'une minute.

Ce problème résolu, elle allait devoir affronter Romain. Il lui avait clairement fait comprendre qu'il ne voulait pas de cet enfant. Comment allait-il réagir quand il apprendrait qu'elle avait décidé de garder le bébé ? Finirait-il par accepter l'inéluctable ou bien la quitterait-il pour d'autres horizons ? Elle espérait ne pas avoir à affronter seule une grossesse qu'elle n'avait malgré tout pas désirée.

Elle eut un sourire amer en songeant qu'elle suivait les traces de sa propre mère. Enfin presque. Elle, elle saurait aimer cet enfant en lui donnant la tendresse maternelle qui lui avait manqué dans son enfance.

Sarah se releva et frotta les grains de sable collés à son imperméable. Elle était restée longtemps assise à contempler la mer et la marée, haute à présent, l'empêcha de reprendre le même chemin. Elle traversa la petite plage, ôta le sable qui s'était glissé dans ses chaussures, et emprunta le front de mer réaménagé depuis peu avec ses chemins, sa verdure et ses kiosques. De nouveaux lampadaires diffusaient à la nuit tombante une lueur bleutée de Villès à l'entrée du port, invitant les passants à flâner, le soir venu, au bord de l'océan.

Elle passa la soirée seule, comme souvent, dînant légèrement d'une soupe de légumes, d'un laitage et d'une pomme, tout en suivant distraitement le programme qui passait à la télévision, avant d'aller prendre une douche. L'eau chaude détendit ses épaules et sa nuque raidies par la tension des derniers jours. Elle resta un long moment sous le ruissellement de l'eau, goûtant avec un plaisir presque sensuel le relâchement de ses muscles. S'enveloppant d'une large serviette rose en éponge, elle se sécha rapidement et enduisit son corps encore svelte de lait hydratant laissant sa peau douce et parfumée.

Sarah enfila une nuisette en satin couleur bordeaux et brossa ses cheveux bruns qui lui tombaient aux épaules. Elle se jugea d'un œil critique devant la glace jusqu'à ce que ses yeux se posent sur son ventre. Une bouffée de tendresse l'envahit alors à la pensée de ce petit être qui grandissait en elle. Elle esquissa un sourire à son intention et quitta la salle de bains, un souffle de sérénité balayant l'oppression qui la tenaillait encore.

Un coup d'œil au réveil lui apprit qu'il était déjà près de 20 heures. Elle se glissa alors sous les draps en flanelle couleur turquoise et ouvrit le livre posé sur la table de chevet.

Sarah était plongée dans la lecture de son roman policier depuis un moment déjà lorsqu'elle entendit tourner la clé dans la serrure. Romain rentrait souvent tard le soir, s'attardant chez l'un ou l'autre de ses copains. La vie de famille n'était en rien une priorité pour lui. Comment avait-elle pu penser un seul instant qu'il accueillerait le bébé avec joie? Son cœur s'emballa à la pensée de la confrontation qui allait suivre.

Des bruits étouffés lui parvinrent de la cuisine. Le grincement du réfrigérateur que l'on ouvre. Un tiroir qui se ferme d'un claquement sec. Sarah en conclut que Romain n'avait pas encore mangé. Il n'avait aucun penchant pour une vie aux rythmes réguliers. Elle avait fini par abandonner tout désir de le changer, sachant d'avance que c'était peine perdue.

Elle se leva et frissonna. Elle savait que ce n'était pas seulement de froid. L'idée d'affronter son petit ami lui coûtait. Elle ne pouvait cependant pas se dérober. Elle devait lui faire part de sa décision de garder le bébé, quitte à subir la colère de Romain.

Elle retarda néanmoins ce moment déplaisant en glissant ses pieds déjà refroidis dans ses chaussons fourrés et enfila sa robe de chambre de velours marine. Prenant une profonde inspiration, elle quitta la chambre.

Affalé sur le canapé aux motifs aztèques, Romain mordait avec indifférence dans le sandwich au fromage qu'il venait de se préparer. Les pieds posés négligemment sur la table, il regardait la fin du match de football diffusé ce soir-là.

Son visage fermé trahissait une sale journée. Il y avait d'abord eu Sarah avec son annonce de grossesse alors qu'il n'avait jamais été question d'enfant entre eux. Puis, comme souvent, les réflexions désagréables de certaines clientes au salon de coiffure qui appartenait à son père et où il travaillait depuis peu, faute d'avoir trouvé un autre emploi. Enfin, alors qu'il espérait passer une soirée tranquille avec son meilleur copain à regarder le match opposant les Canaries au PSG, Sandy, la femme de Clément, l'avait littéralement jeté hors de son domicile sous un prétexte futile, alors que la première mi-temps s'achevait à peine. Romain s'était demandé ce qu'elles avaient toutes, ce jour-là, à se liguer contre lui.

Sarah resta dans l'encadrement de la porte. Le jeune homme tourna la tête dans sa direction un bref instant avant de reporter son attention sur le match. Il n'était pas d'humeur à discuter avec elle, elle le comprit à son visage distant, mais passa outre, préférant le tenir au courant de son choix le plus tôt possible.

— Où étais-tu ?

Nouveau coup d'œil mauvais de Romain. Ordinairement, Sarah se moquait de son emploi du temps, ce qui lui convenait très bien. Ils n'étaient pas mariés et il n'avait aucun compte à lui rendre.

— Chez Clément, répondit-il malgré tout, soupçonnant une ruse de sa part pour aborder le sujet du matin, ce qu'il voulait éviter à tout prix. Pour lui, la question était close. Elle devait se débarrasser de ce fœtus. Point final.

Évidemment, j'aurais dû m'en douter, songea Sarah.

— Ah oui, le match… Comment se fait-il que tu ne sois pas resté jusqu'au bout ?

Leurs « soirées foot » s'éternisaient généralement tard le soir. Ils jouaient facilement les prolongations, discutant autour de quelques bières jusqu'à une heure avancée de la nuit, tentant de refaire le match, quand ce n'était pas le monde. Au début de leur relation, il était arrivé à Sarah de l'accompagner, mais elle avait vite abandonné, n'ayant pas d'affinité particulière avec la femme de Clément.

— Sandy devait avoir « ses machins », lâcha-t-il, agacé, en buvant une gorgée de bière directement au goulot.

Sarah leva les yeux au ciel. C'était si facile de mettre la mauvaise humeur des femmes sur le compte de leur cycle menstruel. Elle n'était pas très proche de Sandy, mais elle imaginait sans mal que cette dernière en avait assez de voir Clément traîner avec ses copains au détriment de leur vie de famille, et de voir débarquer les copains de son mari à tout moment, à leur domicile.

Sarah prit une profonde inspiration avant de lancer :

— J'ai décidé de garder le bébé.

C'était dit avec une assurance qu'elle était loin d'éprouver, mais malgré sa nervosité, elle en fut soulagée. Elle ne supportait ni le mensonge ni les cachotteries.

Romain la dévisagea un long moment, les yeux durcis par la colère qui grondait en lui.

— Je te préviens, menaça-t-il. C'est lui ou moi.

Relevant le menton, Sarah le défia en réaffirmant d'une voix ferme :

— Je garde ce bébé. Que tu le veuilles ou non.

En deux enjambées, il fut près d'elle. Son visage exprimait la rage qu'il tentait de réprimer, mais la jeune femme refusa de se laisser intimider malgré la crainte qui la submergeait. Romain n'était pas particulièrement violent, mais avec l'alcool qu'il avait dû ingurgiter, la méfiance était de mise. Il devina la peur qu'elle tentait d'occulter et en joua un instant. Il lâcha d'une voix sourde :

— Je te préviens, tu n'obtiendras rien de moi. Et surtout pas que je reconnaisse ce bâtard.

— Je ne te demande rien. J'ai décidé de garder ce bébé et je l'assumerai. Seule, s'il le faut.

Ils s'affrontèrent du regard quelques secondes. La détermination de Sarah n'avait d'égale que la colère de son compagnon. Il saisit son blouson de cuir noir qu'il avait négligemment jeté sur le canapé et quitta l'appartement en claquant la porte.

Restée seule, Sarah laissa le chagrin la submerger. C'était terminé entre Romain et elle. Mais est-ce que quelque chose avait véritablement commencé ? Elle caressa son ventre encore plat qu'elle devinait à travers ses larmes. Son bébé n'aurait pas de père. Elle avait joué la fière devant Romain, mais à présent, elle se demandait comment elle assurerait l'éducation et l'avenir de son enfant, d'autant qu'elle avait lâché elle-même un travail intéressant. Elle aurait du mal à expliquer à un futur employeur pourquoi elle avait été conduite à faire ce choix sans dévoiler la vérité. Ce qu'elle se refusait à faire. Pourtant, jouer les serveuses au *Pyé koko* n'était qu'un job provisoire, elle le savait. Elle ne pourrait assurer une vie décente à son enfant avec ce maigre salaire. Et puis, vivre seule sa grossesse lui paraissait déprimant.

Elle écrasa d'un revers de main les larmes qui débordaient et tenta de trouver refuge dans un sommeil qui la fuyait. Elle s'endormit malgré tout en se demandant si elle avait fait le bon choix en voulant garder l'enfant.

4

— Écoute, Romain, je... enfin, nous..., bafouillait Clément, visiblement mal à l'aise. Non, en fait c'est Sandy, elle...

— Ne te fatigue pas, mon vieux. J'ai compris. Ta meuf veut que je me casse d'ici.

Clément soupira en son for intérieur. Romain et lui se connaissaient depuis l'école primaire, lorsqu'ils s'étaient retrouvés assis côte à côte en classe de cours préparatoire. Ils ne s'étaient plus jamais quittés depuis lors, redoublant leur année de sixième ensemble puis avaient emprunté la même filière au bac. Ils avaient partagé pas mal de choses, de la première cigarette à la première cuite, larguant leur flirt généralement en même temps afin de toujours préserver leur amitié.

À l'âge adulte, ils étaient restés très liés malgré le mariage de Clément avec Sandy et même après la naissance de leur bébé, ils continuaient à se voir plusieurs fois par semaine.

Quand les choses étaient devenues sérieuses entre Romain et Sarah, les deux amis avaient espéré que leurs compagnes sympathiseraient pour se voir davantage encore, malheureusement les deux jeunes femmes en étaient restées à une entente tout au plus cordiale.

Il faut dire, avait songé Clément, que Sarah était du style « petite-bourgeoise ». Il n'avait jamais compris l'intérêt de son meilleur ami pour cette fille. Et voilà qu'elle venait de lui faire un enfant dans le dos. Comme si Romain était du genre à accepter ça. Cette pimbêche s'était vraiment leurrée.

Quand Sandy avait manifesté son désir d'enfant, ils en avaient longuement discuté tous les deux. Il avait un emploi stable chez un petit artisan. Bon, il ne gagnait pas des mille et des cents, mais bon, il pourrait assumer financièrement la petite famille qu'elle désirait fonder. Elle savait déjà qu'ils en auraient trois. Pour lui, deux enfants auraient suffi. Il lui avait promis le troisième, si elle ne l'empêchait pas de continuer à voir ses copains comme il le voulait. C'était leur deal.

Quand Romain avait quitté Sarah et demandé à son meilleur copain s'il pouvait l'héberger le temps qu'il se retourne, Clément avait tout naturellement accepté, sachant que son ami aurait fait la même chose pour lui. Il avait cependant promis à Sandy que ce serait pour une courte durée, mais cela faisait déjà cinq nuits et Sandy lui avait mis le marché en main.

— C'est Romain ou moi.

Il faut dire, à la décharge de sa femme, que Clément n'était plus tout à fait le même depuis que Romain dormait à la maison. Il se désintéressait aussi bien d'elle que de son enfant et négligeait les quelques tâches ménagères auxquelles il participait avant l'arrivée de son compère. Elle avait de bonnes raisons de vouloir que son meilleur copain quitte l'appartement, il en était conscient.

— Si Romain squatte une seule nuit de plus ici, c'est moi qui me tire avec le môme, compris ?

Clément n'avait rien pu faire. Il était désolé pour son camarade d'enfance, mais il ne risquerait pas de perdre sa femme et son gosse. Le temps où ils viraient leurs nanas en même temps était passé. Il tenait à Sandy et à la vie qu'ils avaient construite ensemble.

— Où est-ce que tu comptes crécher ? questionna-t-il, soulagé de voir que son ami ne lui en voulait pas trop.

— Chez mes vieux, soupira Romain qui n'avait d'autre solution pour le moment que de retourner vivre chez ses parents. Tu peux me rendre un dernier service ?

Clément hésita une fraction de seconde. Si cela ne lui créait pas d'embrouille avec Sandy, pas de problème, assura-t-il malgré tout.

— J'ai des trucs qui m'appartiennent à récupérer à l'appart. Tu peux t'arranger pour avoir le camion de ton boulot ?

— Pas de problème. Il faut juste que je prévienne mon boss avant.

— OK, je te rappelle pour fixer une date. Je dois voir avec Sarah quand je peux passer, mentit-il.

Romain avait conservé la clé et préférait aller à l'appartement à un moment où Sarah ne serait pas là. S'il était contraint de retourner vivre chez ses parents, c'était entièrement à cause de l'entêtement de Sarah à vouloir garder ce moutard. Elle garderait donc le gosse et l'appart, mais lui récupérerait ce qu'il y avait dedans. Ce n'était pas plus compliqué que ça.

Il prit congé de son pote. Tout de même, s'il n'y avait pas eu Sandy, tout aurait été plus simple. Les deux amis se seraient retrouvés comme au bon vieux temps. Deux célibataires prêts à faire la bringue à tout moment. Les femmes compliquaient vraiment toujours tout, songea-t-il.

5

Une semaine déjà que Maxime occupait son nouveau logement, même si dans les faits, il y passait très peu de temps. Levé tôt le matin, il s'efforçait d'aller courir sur la plage chaque jour bien qu'il n'eût jamais été un grand sportif. Sa taille élancée, malgré la quarantaine passée, tenait plus de la génétique et d'une bonne alimentation que d'une quelconque assiduité sportive.

Courir lui procurait pourtant un plaisir insoupçonné. Au fur et à mesure des jours, il acquérait un rythme soutenu. De plus, le jogging trompait des journées vides de sens. Il ne supportait pas l'inactivité. Son travail lui manquait. Son travail et Laure. Il ne l'avait pas revue depuis le déménagement. Ou plutôt, il ne lui avait pas parlé depuis ce jour-là, car il lui était arrivé plusieurs fois de l'apercevoir au loin alors qu'il traînait du côté de son ancien appartement.

Ses quelques mois de grossesse s'étaient évanouis comme si le bébé n'avait jamais existé. À voir sa taille fine, il était impossible de deviner que Laure entamait deux semaines plus tôt le cinquième mois gestationnel de grossesse. Il ne semblait rien rester de l'enfant dont il avait tant rêvé. Et il trouvait cela démoralisant.

Plus d'une fois, il avait songé à parler à sa femme. Il désirait savoir comment elle allait et si elle lui en voulait toujours. Mais bien sûr qu'elle le blâmait. À cause de lui, elle avait perdu son bébé. Lui-même ressentait une grande culpabilité. S'il n'avait pas bu ce soir-là, jamais il n'aurait eu cet accident. Rongé par le remords, il n'avait pas osé s'approcher d'elle et encore moins voir dans son regard tout le mépris qu'elle devait ressentir à présent pour lui.

Après son jogging quotidien, Maxime retournait à son appartement pour se doucher avant d'aller prendre son petit déjeuner au *Pyé koko*. Après une longue nuit de solitude et un tête-à-tête avec lui-même pendant qu'il courait, il ressentait le besoin urgent d'un contact avec le monde extérieur. Sans doute pour se persuader que sa vie n'était pas finie.

Mina, la patronne de la brasserie, lui réservait pourtant un accueil presque froid sans qu'il en comprenne la raison. Elle semblait affable avec les autres clients et il ignorait ce qui, chez lui, provoquait ce dédain particulier.

Quant à Sarah, la jeune serveuse du *Pyé koko*, elle maintenait une certaine distance entre eux. Elle n'avait pas semblé apprécier de le revoir après leur percutante rencontre, mais depuis elle affichait un détachement à le voir pousser la porte de la brasserie tous les matins, voire au déjeuner quand il ne supportait plus de rester seul avec lui-même, ce qui arrivait de plus en plus fréquemment.

Maxime ne subodorait plus à présent que la jeune serveuse fût victime de maltraitance. Cependant son regard éteint témoignait d'une vive mélancolie, que seule la présence de sa patronne semblait atténuer. Une grande complicité unissait visiblement les deux femmes, dépassant le stade professionnel à n'en pas douter.

Malgré ses propres soucis, l'homme s'interrogeait sur l'origine des états d'âme de la serveuse. Le fait qu'il s'intéressât encore à quelqu'un d'autre que lui prouvait qu'il n'était pas tout à fait mort, sentiment qui l'habitait parfois depuis l'accident.

Cette nuit-là encore, la violence du choc l'avait réveillé en sueur. Les appels lancinants de Laure, pourtant si maîtresse d'elle-même d'ordinaire, résonnaient dans sa tête. La sirène des pompiers. Sa peur panique quand il avait compris qu'ils venaient d'être victimes d'un accident de la route. Le sang qui coulait. Laure était en vie, fort heureusement, mais l'enfant ? Il était encore trop tôt pour le dire. La peur viscérale de perdre le bébé l'avait accompagné durant tout le trajet qui les menait à l'hôpital. Il y avait tellement long-temps qu'il attendait cette grossesse.

Le centre hospitalier et sa chambre impersonnelle, enfin.

Et puis le rappel des mots, tel un couperet, annonçant la perte du bébé avait définitivement achevé sa nuit.

Il s'était réveillé la gorge serrée par un sanglot qu'il ne chercha pas à refouler. Tout ce gâchis pour quoi, au fond ? Pour un verre de trop qu'il n'avait pas eu envie de refuser. Pas su, surtout.

Et pourtant, à cet instant encore, il devait lutter contre la tentation. Boire pour oublier aurait été si simple. Se laisser engloutir par la chaleur d'une bouteille de whisky. Effacer les insoutenables événements dans les brumes de l'alcool. Cet alcool même qui lui valait sa détresse d'aujourd'hui.

Boire ne serait-ce qu'un verre à la recherche d'un apaise-ment qu'il ne parviendrait pourtant jamais à obtenir.

Boire pour tenir en respect la culpabilité qui l'assaillait sans cesse.

Boire. Boire. Boire. Ce mot résonnait dans sa tête tel un leitmotiv.

Il ne disposait d'aucun alcool à l'appartement. Il ne pou-vait prendre ce risque. Surtout quand il ne supportait plus sa vie et ce qu'il en avait fait. Comme ce soir-là.

Un coup d'œil au cadran lumineux du réveil lui apprit qu'il n'était que 3 h 07. Assis au bord du lit, la tête entre les mains, il sentit le désespoir l'envahir. Anéanti, il se demanda comment se débarrasser de ce trop-plein de souffrance. Comment lutter contre un désir d'alcool toujours plus grand. Il jeta un œil du côté de la table de chevet. Là, dans le tiroir, se trouvaient des comprimés de Valium. Il hésita.

Les médicaments lui avaient permis de tenir les deux premiers jours. Depuis, il évitait d'en prendre, refusant cette nouvelle dépendance malgré le calme relatif procuré par les médicaments.

Un nouveau coup d'œil au réveil l'informa que cinq minutes à peine s'étaient écoulées. Maxime saisit instinctivement le combiné du téléphone et composa le numéro de Charles.

De longues tonalités vibrèrent dans sa tête avant que la voix ensommeillée de son ami se fasse entendre.

— Allô ? Allô ?

— Je ne sais pas si je pourrai, commença Maxime au bord du désespoir.

— Maxime ? Maxime, c'est toi ?

Il y eut un long silence à l'autre bout du fil. Accablé par le désastre de sa vie, l'homme resta un moment sans pouvoir parler.

— Maxime, tu es là ? Tu veux que je vienne ?

Son ami ignora la main tendue de Charles et poursuivit :

— J'ai tout perdu, Charles. Laure. Le bébé… le bébé. C'est comme si je l'avais tué moi-même, tu comprends. Tout est de ma faute.

Alerté par la détresse de son ami, Charles s'était relevé, parfaitement réveillé à présent. Il avait une peur soudaine que son ami fasse un geste irréparable.

— J'arrive, Maxime. Tu m'entends, ne bouge pas : j'arrive.

Maxime sortit soudain de la léthargie dans laquelle il s'enfonçait.

— Non… non, Charles, ça va aller, excuse-moi de t'avoir réveillé. Je… Excuse-moi.

— Je serai chez toi dans une dizaine de minutes.

Maxime n'avait pas eu l'intention d'inquiéter son ami. Il avait juste ressenti le besoin de parler. Briser le silence qui l'envahissait. Sortir la tête de cet océan de souffrance qui l'engloutissait. Et c'est vers le seul ami qui lui restait qu'il s'était tourné.

— Merci, Charles, mais ce n'est pas la peine. Ça va aller, je t'assure, répéta-t-il. Excuse-moi de t'avoir réveillé. Je ne sais pas ce qui m'a pris de te déranger si tard.

Charles soupira de soulagement, à demi rassuré par la voix plus calme de son ami.

— Tu es sûr que ça va ? Tu ne veux pas que je vienne ? insista-t-il cependant.

— Non merci, souffla Maxime. Je suis désolé de t'avoir dérangé en pleine nuit. On se voit demain, promis.

Tout à fait rasséréné à présent, Charles raccrocha. La crise était passée, mais il risquait d'y en avoir d'autres si Maxime ne reprenait pas ses esprits.

— Que se passe-t-il ? demanda sa femme d'une voix endormie.

— Rien. C'était Maxime. Un coup de blues. Rendors-toi.

Barbara émit un grognement avant de sombrer à nouveau dans les bras de Morphée.

Assis dans un coin reculé de la brasserie, Maxime tournait à présent sa cuillère dans la tasse blanche dans un geste parfaitement inutile puisqu'il ne sucrait jamais son café. La veille, il avait fini par prendre un comprimé de Valium et s'endormir d'un sommeil sans cauchemar.

— Salut.

Il releva la tête. Charles se tenait devant lui.

— J'ai sonné chez toi. Comme cela ne répondait pas, j'ai pensé que tu pouvais être encore ici. Tiens, je t'ai apporté les croissants.

— Merci. Tu prends un café ? demanda Maxime à son ami. S'il vous plaît, la même chose, héla Maxime en se tournant vers Mina. Je n'ai pas encore acheté de cafetière, ajouta-t-il en guise d'explication à l'adresse de Charles.

— Tu as l'air d'aller mieux.

L'homme opina de la tête.

— Excuse-moi encore pour hier.

— Tu peux te vanter de m'avoir fichu la trouille. J'ai vraiment cru un instant que tu...

Charles laissa sa phrase en suspens, incapable de formuler ce qu'il avait envisagé. Maxime le devina sans peine, mais ne dit rien. Pourrait-il projeter de mettre fin à ses jours dans un moment d'abattement ? Il n'en savait rien. Il n'avait plus aucune certitude dorénavant.

Charles mordit dans un croissant avec appétit. Il n'avait pas pris le temps de déjeuner ce matin, préférant venir directement chez son ami avant de se rendre à l'hôpital. Il voulait s'assurer que ce dernier allait vraiment mieux. Il lui tendit une carte.

— Barbara pense que tu as besoin de te faire suivre. Elle doute que tu puisses t'en sortir seul. Elle a déjà parlé de toi à sa collègue. Celle-ci est d'accord pour entamer une thérapie avec toi. Appelle-la cette semaine, elle trouvera un créneau pour te recevoir.

Maxime saisit la carte du bout des doigts et la fit jouer dans sa main. « Docteur Grandin-Marsac — Psychiatre ». Devait-il, comme le lui suggéraient ses proches, suivre une thérapie ? Il n'en éprouvait nul désir. Ruminer ses idées noires n'était certes pas une solution, mais parler de sa vie et dévoiler ses pensées secrètes n'étaient pas dans ses habitudes. Il n'était pas sûr d'y parvenir et encore moins de le vouloir.

Savoir que la femme de son meilleur ami avait évoqué son cas avec une collègue psychiatre l'irritait. Pourtant, il ne pouvait pas le lui reprocher. Outre le fait qu'elle se faisait probablement du souci pour lui, il avait appelé chez eux en pleine nuit, leur filant sans doute la frousse de leur vie. Il s'avérait dès lors légitime qu'elle l'encourageât à se confier à une professionnelle pour régler ses problèmes.

Maxime glissa la carte dans la poche de sa chemise bleue, nullement convaincu de prendre rendez-vous avec ce docteur Grandin-Marsac. Il pensait toujours pouvoir s'en sortir seul. En reconnaissant son alcoolisme, il avait déjà franchi un pas. Sobre depuis quinze jours déjà, malgré les moments critiques traversés, il restait persuadé qu'il parviendrait à tirer un trait sur l'alcool tout seul. D'ailleurs chaque victoire le rendait plus fort.

— Tu iras la voir ? insista Charles.

— Je te promets d'y songer, éluda-t-il.

Il termina son café et régla leur note, certain qu'il n'en ferait rien.

6

— On peut avoir de l'argent et ne pas être heureux pour autant, fit Mina en rejoignant Sarah restée derrière le comptoir.

La jeune femme s'était levée tôt le matin, comme à l'accoutumée, et avait vaqué à ses occupations avant de se rendre à la brasserie.

Elle n'aurait su dire pourquoi, elle avait le pressentiment que quelque chose n'allait pas. Une infime sensation, qu'elle ne pouvait définir, l'avait alertée. Elle s'en était ouverte à Mina dès son arrivée. De toute façon, elle ne pouvait rien lui cacher. L'Antillaise la connaissait suffisamment pour deviner quand quelque chose la tracassait.

Son amie l'avait tout d'abord incitée à voir son médecin, puis à rentrer chez elle pour se reposer. Devant les refus répétés de Sarah, elle lui avait ordonné de rester derrière le comptoir pendant qu'elle-même ferait le service ce jour-là.

— Le beau gosse m'a l'air d'avoir de sérieux ennuis, poursuivit Mina qui avait surpris une partie de la conversation entre les deux hommes en apportant la consommation du nouveau venu.

Sarah, qui pour s'occuper passait un énième coup de chiffon humide sur le comptoir, releva la tête et observa le client à la dérobée. Elle devinait chez l'homme une amertume teintée de tristesse, mais devant faire face elle-même à une multitude de soucis, elle ne se sentait pas vraiment l'âme compatissante.

Pour des raisons qu'elle n'avait dévoilées qu'à Mina, elle avait quitté précipitamment son précédent emploi. Comme si cela ne suffisait pas, le père de son futur bébé l'avait quittée quand il avait compris qu'elle avait l'intention de garder l'enfant. Et, comble de la goujaterie, il avait profité de son absence à l'appartement pour déménager une partie des meubles, y compris ceux qu'ils avaient achetés en commun, ne lui laissant que le clic-clac, la commode en rotin et le meuble télé entièrement vidé, ainsi que le réfrigérateur, les seules choses qui lui appartenaient avant leur rencontre.

Révoltée quand elle l'avait su, Mina avait suggéré à Sarah de porter plainte au commissariat. Cependant, la jeune femme ne possédait aucune preuve d'achat, les factures étant au seul nom de Romain, leur relation étant basée sur la confiance malgré tout. Enfin, c'est ce qu'elle avait toujours voulu croire.

Si seulement elle avait su de quoi son ex-petit ami était capable ! Pas sûr qu'elle puisse de nouveau accorder une telle confiance à un homme à présent.

— Je n'ai jamais pensé que l'argent faisait le bonheur, répondit Sarah en reportant son attention sur Mina. Et puis, comment sais-tu qu'il en a ?

— Il n'y a qu'à le regarder. Je ne connais pas l'origine de ses soucis, mais les fins de mois difficiles, il ne sait certainement pas ce que c'est !

Sarah jeta un nouveau coup d'œil à l'homme. En jeans et chemise bleue de qualité, il émanait de lui une classe naturelle. Elle ne pouvait nier qu'il était très séduisant et qu'en dépit de la décontraction de ses vêtements, sa distinction innée se dévoilait sans peine.

Elle était touchée par la gentillesse qu'il lui témoignait chaque fois qu'il venait ici. Bien qu'elle montrât une évidente réserve envers lui, il ne se départait jamais d'une certaine prévenance à son égard. Elle devait reconnaître qu'elle n'y était pas insensible même si elle s'en serait défendue auprès de quiconque lui en aurait fait la remarque.

Sarah s'était accoutumée à le voir tous les jours et bien qu'elle ne se comportât pas avec lui de façon aussi naturelle qu'avec la plupart des autres habitués de la brasserie, elle ne se sentait plus aussi troublée par sa présence.

— J'ai rendez-vous demain après-midi avec la gynécologue, fit Sarah en changeant de sujet. Cela ne te gêne pas si je finis mon service un peu plus tôt que d'habitude ?

— Bien sûr que non. Tu veux que je t'accompagne ? demanda Mina sentant la nervosité de sa jeune amie. Je peux demander à une de mes nièces de me remplacer ici, si tu veux.

— Non merci, c'est gentil à toi, mais je pense que cela ira. Ne t'inquiète pas. Après tout, ce n'est qu'une visite de routine.

Sarah était cependant loin d'être convaincue de ce qu'elle disait. Patienter seule dans la salle d'attente, alors que les autres femmes enceintes seraient sans aucun doute accompagnées du père de leur bébé, provoquait chez elle une vive appréhension. Toutefois, d'un caractère très indépendant, elle préférait assumer seule le choix qu'elle avait fait en décidant de garder l'enfant. Elle n'allait tout de même pas demander à Mina de lui tenir la main chaque fois qu'elle devrait subir des examens périnataux.

Le lendemain elle se rendit à la clinique après son travail, comme convenu. Elle était suivie par la même gynécologue depuis qu'elle prenait la pilule et savait donc déjà où se diriger sans passer par l'accueil. Elle monta directement à l'étage et signala sa présence au secrétariat, où on l'informa qu'il y aurait une bonne heure d'attente. Elle s'en doutait et avait amené de quoi s'occuper. Elle comptait en effet en profiter pour terminer le roman qu'elle lisait depuis plusieurs jours.

Sarah s'installa dans un fauteuil bas dans lequel il lui serait sans doute impossible de s'asseoir dans quelques mois, mais la salle d'attente comportait un tas de chaises et fauteuils disparates, occupés pour l'heure par de nombreuses patientes et leurs compagnons.

Avant de se plonger dans son livre, le regard de la jeune femme parcourut la salle remplie de monde, les deux spécialistes ayant chacun accumulé un grand retard, comme à l'accoutumée.

Elle survola du regard les deux dames âgées et la fille à peine sortie de l'adolescence, ignora les patientes venues apparemment pour une simple consultation, et s'attarda sur les deux femmes enceintes.

La première devait en être à son quatrième mois de grossesse. Son ventre commençait à se dessiner sous la salopette en jeans beige et elle arborait la sérénité d'un début de deuxième trimestre. Son compagnon se tenait à ses côtés, lui montrant régulièrement le magazine qu'il tenait dans les mains, échangeant dans un murmure quelques mots complices.

L'autre future maman, assise en face de Sarah, affichait un terme proche. Son visage, malgré des yeux cernés, resplendissait de bonheur. Une main posée tendrement sur son ventre rebondi, elle caressait son bébé, impatiente sans doute de le tenir dans ses bras.

Serait-elle aussi énorme dans quelques mois ? Elle avait peine à l'imaginer. À moins que cette femme ne fût enceinte de jumeaux ?

Sarah réprima un geste vers son propre ventre. Difficile encore pour elle d'imaginer qu'il abritait un petit être. Cela lui semblait encore tellement irréel. Elle ressentit soudain un grand vide. Romain aurait dû être à ses côtés, comme les deux futurs papas ici présents. Elle ne pouvait s'empêcher de regretter son absence malgré l'égoïsme dont il faisait preuve.

Lambeaux de mon amour pour lui, sans doute, songea-t-elle amèrement.

Pourtant, même s'il refusait de tenir ce rôle, il était le père de son enfant. Il était donc tout naturel qu'elle souhaitât sa présence à ce moment précis.

Elle se demanda comment elle expliquerait à son enfant l'histoire de sa naissance. Elle-même avait dû grandir sans père à ses côtés et elle regrettait d'infliger cela au petit être qui grandissait en elle.

Sarah n'avait jamais ignoré qu'elle était née d'une amourette de vacances qui s'était achevée à la fin de l'été. Quand sa mère avait eu la certitude d'être enceinte, il était trop tard pour qu'elle avorte. Elle avait tenté de reprendre contact avec le père de son futur enfant, mais un accident de voiture avait ôté la vie du géniteur peu de temps auparavant. Les parents du jeune homme avaient refusé de faire sa connaissance. C'est du moins ce que sa mère lui avait toujours dit. Elle ne savait pas si c'était la vérité, mais avait renoncé à faire des recherches dans ce sens. Si ces gens ne voulaient pas d'elle, inutile de leur courir après.

Plus d'une heure s'écoula avant que Sarah entre dans le cabinet du médecin. Elle annonça le but de sa visite et osa confier ses inquiétudes à la spécialiste qui, même si elle la suivait depuis plusieurs années déjà, la connaissait fort peu. Une consultation par an n'était pas suffisante pour créer de véritables rapports. Mais avec le suivi de la grossesse, les choses allaient évoluer et le médecin devina sans peine que cette jeune maman aurait besoin d'être tranquillisée.

Émue et émerveillée, la jeune femme oublia ses tourments à la vue de son bébé sur l'écran. La gynécologue la rassura aussitôt. Enceinte de six semaines déjà, tout allait bien pour le fœtus.

Le cœur léger, Sarah retourna à la brasserie, voulant partager sa joie avec Mina qui se réjouissait plus que sa propre mère de son état.

7

Comme Sarah habitait non loin du *Pyé koko*, elle passait à la brasserie pour saluer ses amis même les jours où elle ne travaillait pas.

L'amitié qui l'unissait à Mina pouvait surprendre. Près de vingt ans séparaient les deux femmes, mais peut-être était-ce justement cette différence d'âge qui expliquait le lien puissant qui existait entre elles. Aucune rivalité n'était possible entre la jeune femme et l'Antillaise. De plus, Mina considérait presque Sarah comme la fille qu'elle n'avait jamais eue. Elle s'était attachée à la fillette dès les premiers instants, pressentant chez l'enfant un grand vide affectif. Son père, qu'elle n'avait jamais connu, était décédé depuis de longues années déjà. Sa mère, jolie comme un cœur, ne parvenait pas à témoigner la tendresse dont avait besoin tout enfant. Elle aimait Sarah, certes, mais ne savait pas l'exprimer. Elle avait davantage besoin du regard des hommes sur elle que des câlins de sa fillette pour se sentir exister.

Si la petite fille, devenue adulte, avait regretté de ne pas tisser de liens étroits avec sa mère, elle ne lui en voulait plus. Diane Belmont n'était tout simplement pas capable d'entretenir une relation maternelle aimante avec sa fille. Sarah avait compris qu'il ne suffisait pas de donner la vie pour que surgisse ce lien étroit entre une mère et son enfant.

Sa relation avec Mina prouvait aussi que n'importe quelle femme, débordante d'amour, pouvait exprimer une affection sincère proche de l'amour maternel.

Après quelques mots échangés avec Mina et Karen, la fille cadette d'Ambroise venue leur rendre visite ce matin-là,

Sarah alla saluer le cuisinier, très affairé devant un colombo de poulet.

— Mmm ! Cela donne faim, fit la jeune femme en humant avec délice l'odorante épice.

L'heure du déjeuner était proche et les effluves qui lui chatouillaient les narines éveillèrent son appétit. Elle avait la grande chance de ne pas connaître les nausées de début de grossesse. À peine avait-elle ressenti, durant une dizaine de jours, un léger barbouillage du ventre qu'il s'était aussitôt dissipé.

— Merci ma belle.

— De rien. Je pense que je vais rester manger ici. Je craque toujours autant pour ton colombo de poulet. C'est un tel délice !

Sarah déposa un baiser sur la joue d'Ambroise tout en se hissant sur la pointe des pieds pour regarder mijoter le menu du jour. Elle aimait la cuisine antillaise, la spécialité du *Pyé koko*, même si Ambroise cuisinait aussi d'autres plats traditionnels français.

— Clarisse m'a donné un livre pour toi, reprit l'homme tout content du compliment qu'il savait des plus sincères. Il est dans les vestiaires. Tu es au courant ?

— Oui, elle m'en avait parlé. Comment vont Clarisse et le bébé ?

L'aînée des enfants d'Ambroise venait de mettre au monde son premier enfant la semaine précédente.

— Le retour à la maison a été éprouvant. Enzo pleure beaucoup. Clarisse va prendre un rendez-vous avec un ostéopathe pour voir si tout va bien. En attendant, sa mère et ses sœurs la secondent. Elle est bien entourée.

Un voile de tristesse passa dans les prunelles noires de Sarah. Clarisse avait la chance d'avoir un mari attentionné, des parents qui ne l'étaient pas moins et une grande famille unie prête à s'occuper d'elle et du bébé.

La jeune femme sentit s'abattre sur elle un sentiment de solitude, ce qui n'échappa aucunement à Ambroise. Il posa la cuillère qu'il tenait et mit une main réconfortante sur l'épaule de Sarah.

— Tu sais que pour toi aussi, on sera toujours là, ma belle, dit-il simplement.

Sarah l'embrassa une nouvelle fois sur la joue et s'efforça de sourire. L'amitié que lui portait toute la famille de Mina lui réchauffait le cœur.

— Je sais, oui. Merci Ambroise. Bon, je vais chercher ce livre. N'oublie pas de me réserver une part de ton poulet au colombo pour ce midi.

— T'inquiète. Allez, va, ma belle.

Ambroise regarda Sarah s'éloigner. La pauvre petite n'avait pas eu beaucoup de chance dans la vie depuis sa naissance. Et cela n'allait sans doute pas s'arranger avec la venue du bébé. Être mère célibataire restait délicat à gérer à bien des égards. Pourtant, la jeune femme aurait mérité d'être enfin heureuse. Il l'aiderait du mieux qu'il pourrait. Depuis qu'elle travaillait à la brasserie, les liens qui les unissaient s'étaient resserrés. Pour lui, Sarah faisait partie de la famille et elle pourrait toujours compter sur lui.

8

L'homme balaya du regard les dégâts causés par son accès de rage. Le liquide ambré s'était répandu sur le sol carrelé de couleur crème et l'odeur du whisky, qui emplissait à présent le coin cuisine, lui donnait des nausées. Elles se faisaient plus rares ces derniers temps, mais ce n'était pas gagné pour autant. Il se précipita au-dessus de l'évier.

Était-ce vraiment pour se convaincre que sa volonté serait la plus forte qu'il s'était arrêté à la supérette en revenant de son jogging ? Son unique achat avait été une bouteille de whisky. Il lui avait semblé que la caissière l'avait regardé d'un drôle d'air. Il se faisait probablement des idées. Il n'était pas inscrit sur son front qu'il était alcoolique.

Il avait posé la bouteille sur la table avant d'aller prendre une douche. Il se sentait sale. Sale et perdu.

À quarante ans passés, sa vie était finie. Du moins, tout ce qu'il avait construit jusqu'à présent l'était. Cette évidence l'avait vidé de ses forces.

Heureusement, la douche froide qu'il venait de prendre l'avait réveillé un tant soit peu. Une serviette bleue enroulée autour de la taille, il était revenu faire face à l'objet de la tentation.

Un peu plus tôt, il avait ressenti une profonde satisfaction à la laisser en évidence, sans succomber au désir de se servir un verre. Le contrôle qu'il exerçait sur lui-même avait un côté presque jouissif tant il avait conscience du risque énorme qu'il prenait. Assis sur l'une des deux chaises qui entouraient la petite table en contreplaqué, il contempla un long moment la bouteille sans bouger. Il tendit enfin une main tremblante vers l'objet de sa convoitise, ôta le bouchon et versa une rasade de whisky dans un verre. Il noya son regard dans le liquide ambré, laissant défiler devant lui de sombres pensées.

Sa femme, Laure, qui l'avait quitté.

Leur unique bébé à jamais disparu.

L'accident. Celui qui avait déclenché un tel raz-de-marée dans sa vie.

Alors même qu'il allait succomber à la tentation, il expédia d'un geste rageur le verre par terre. Celui-ci s'écrasa sur le sol dans un bruit fracassant.

Maxime ne retira finalement aucune satisfaction d'avoir vaincu son désir de boire, ne serait-ce qu'une gorgée. Il ferma les yeux. Qu'est-ce qu'il lui avait pris d'acheter cette bouteille de whisky ? Vraiment pas malin de sa part. Il ne fallait plus jouer à ce petit jeu. C'était trop dangereux. Aujourd'hui, il avait résisté. Mais qu'en serait-il un autre jour ?

Il vida le reste de la bouteille dans l'évier avant de nettoyer le tout à l'eau de javel. Malgré l'ammoniaque, l'odeur du whisky était tenace. À moins que son sens olfactif ne fût lui-même perturbé.

Maxime prit soin de laisser la fenêtre ouverte avant d'aller enfiler un pantalon *battle* en toile noire et un pull à col roulé assorti, puis il quitta la solitude de son appartement. Il fallait qu'il sorte. Qu'il voie du monde. Ne pas rester seul un moment pareil. Même s'il n'avait nul endroit où aller.

9

Le client avait le visage sombre des mauvais jours. À son entrée dans la brasserie, il l'avait saluée d'un bref hochement de tête avant de s'asseoir à sa place habituelle, perdu dans les noires pensées qui l'assaillaient.

Sarah ne savait pas grand-chose à son sujet. Le jour de leur rencontre, quand ils s'étaient retrouvés ici après leur premier choc dans la rue, il lui avait déclaré être médecin, pourtant il ne semblait jamais travailler. Comme elle l'avait très vite appris, il habitait dans l'immeuble qui faisait face au *Pyé koko*, où il venait tous les jours sans exception pour prendre son petit déjeuner. Il y restait plus ou moins longtemps et revenait de plus en plus souvent à l'heure du déjeuner. Il était parfois accompagné d'un ami. Toujours le même. La plupart du temps, pourtant, il était seul, mais cela ne paraissait nullement le déranger.

Sarah l'avait aussi croisé plusieurs fois en se rendant à son travail alors qu'il revenait de son jogging matinal. Il la saluait chaque fois avec courtoisie. Elle lui répondait à présent avec plus de naturel, s'étant habituée à sa présence quotidienne à la brasserie, même si elle s'interrogeait sur cette constance. Que venait-il chercher ici qu'il ne pouvait trouver ailleurs ?

À cette heure-là, il y avait encore peu de clients au *Pyé koko*. Avec toute la fougue de leur jeunesse, un groupe de lycéens mettait cependant une certaine animation dans le calme de ce milieu de matinée, préparant une fête d'anniversaire pour le samedi suivant avec force cris et exclamations. Sarah était quelque peu sidérée en les écoutant parler, car il semblait que l'invité principal de cette fête soit l'alcool. Les jeunes d'aujourd'hui ne savaient-ils donc plus ce que s'amuser sans alcool voulait dire ? Elle avait lu à plusieurs reprises dans des magazines le taux inquiétant que les adolescents ingurgitaient et s'en était effarée. Elle se rappelait sa propre adolescence. Elle n'avait certes guère fréquenté les boums et autres soirées organisées par ses camarades, mais elle avait tout de même accepté certaines invitations qu'on lui faisait alors, et elle ne se rappelait aucunement que les boissons y coulaient à flots, comme cela semblait être le cas de nos jours.

Mina s'était absentée une petite heure afin de se rendre auprès de sa nièce Clarisse, qui avait récemment accouché, tandis qu'Ambroise s'activait déjà en cuisine, préparant salades et menu du jour.

Sarah posa les consommations des adolescents sur la table en secouant imperceptiblement la tête et se dirigea vers l'homme d'un pas hésitant. Il avait terminé sa tasse depuis longtemps, n'en avait pas réclamé de seconde. Il restait cependant assis, les yeux fixant un point invisible sans manifester l'intention de quitter la brasserie.

— Un autre café ?

Maxime leva sur la serveuse un regard vide.

— Je vous l'offre, ajouta-t-elle doucement, touchée malgré elle par la détresse qu'elle lisait au fond de ses yeux.

Quel secret, quel tourment agitait ce client pour le plonger dans un tel abîme ?

Les prunelles bleues de l'homme s'animèrent enfin et Sarah sentit ses joues s'enflammer. De nature plutôt réservée, il n'était pas dans ses habitudes d'accoster les gens ainsi. Elle attendait avec une certaine anxiété sa réponse, craignant un instant pour son amour-propre qu'il rejette sa proposition. Elle se demandait déjà comment elle pourrait de nouveau lui faire face dans le cas de cette éventualité.

Manquant terriblement de confiance en elle, elle considérerait presque comme une atteinte personnelle un refus de sa part. Elle devait reconnaître que son enfance avait laissé des traces indélébiles.

La jeune serveuse soupira doucement lorsqu'elle vit l'homme hocher la tête, semblant émerger du gouffre profond dans lequel il était plongé quelques instants plus tôt.

Elle lui apporta une seconde tasse de café.

— La première fois qu'on s'est vus, vous m'aviez dit que vous étiez médecin. Vous ne pratiquez plus ? osa-t-elle demander, curieuse d'en connaître un peu plus sur cet inconnu taciturne, elle qui n'était pourtant pas de nature indiscrète.

Le regard bleu de l'homme la transperça.

— Excusez-moi, balbutia-t-elle en rougissant de nouveau. Je n'ai pas pour habitude de me mêler des affaires de nos clients.

L'homme secoua la tête comme pour chasser ses démons intérieurs. Il désigna la place vide en face de lui.

— Non, ne vous excusez pas. Je… Vous m'accompagnez ? proposa-t-il soudain de sa voix chaude et grave.

Sarah hocha la tête, aussi surprise de l'invitation elle-même que de l'accepter sans aucune hésitation. Il n'était pas, en effet, dans ses pratiques de s'asseoir avec les clients afin de discuter avec eux. Elle alla se servir un lait menthe avant de s'installer à la table de l'homme.

— Je ne me suis pas encore présenté : Maxime Kervalen. Et je suis bien médecin, confirma-t-il. J'ai pris une année sabbatique.

Il n'ajouta pas qu'il y avait été contraint par le directeur de la clinique où il exerçait, préférant garder pour lui cet état de fait peu glorieux.

Si elle se dit qu'il avait de la chance de pouvoir s'offrir le luxe d'une année sabbatique, elle se demanda surtout quelles raisons l'avaient poussé à le faire. Certainement pas le désir de tuer des journées vides de sens dans une brasserie après son jogging matinal.

S'il lui était donné personnellement d'avoir une année sans se soucier du travail, elle en profiterait sans aucun doute pour réaliser un quelconque rêve. S'adonner à fond à un loisir. Voyager. Suivre une autre formation. Quoique, à la réflexion, en ce qui le concernait, on pouvait penser que son travail représentait beaucoup pour lui. On ne devenait pas médecin par hasard, plutôt par vocation. Enfin, c'est ce qu'elle imaginait, mais peut-être que certains suivaient seulement une voie depuis longtemps tracée par une lignée familiale.

En tous les cas, lui, visiblement, il n'avait pas de projet particulier et cela l'étonna qu'il ait mis une carrière certainement très intéressante entre parenthèses pour passer ses journées, seul, dans une petite brasserie de quartier.

— Et vous, c'est Sarah, n'est-ce pas ?

Il avait souvent entendu prononcer son prénom par la patronne du *Pyé koko*.

La jeune femme hocha la tête.

— Oui. Sarah Belmont.

— Et il y a longtemps que vous travaillez ici ?

— Seulement depuis le début de l'année. Mais c'est un job provisoire. J'ai dû quitter mon précédent emploi et Mina m'a gentiment proposé de venir les aider, son frère et elle.

Sarah avait elle aussi ses secrets et n'était guère encline à vouloir dévoiler pourquoi elle avait démissionné d'un poste plutôt intéressant pour venir faire le service dans cette petite brasserie de quartier. Elle ne s'attarda donc pas sur le sujet.

— Je pense attendre la naissance du bébé avant de chercher autre chose, confia-t-elle seulement.

À ces mots, Maxime se raidit bien malgré lui. Son regard descendit machinalement sur le ventre de la serveuse.

— La naissance du bébé ?

Sarah caressa son ventre encore plat avec un sourire plein de tendresse.

— Je suis enceinte. Cela ne se voit pas encore, car c'est tout récent.

— Votre métier n'est guère compatible avec une grossesse, observa le médecin en pensant aux allées et venues que la jeune serveuse devait faire tout au long de la journée ainsi qu'à la station debout prolongée.

— Je sais, mais je n'ai pas vraiment le choix. J'ai besoin de ce travail. Mon ami m'a laissé tomber quand il a appris la nouvelle.

La jeune femme se mordit la lèvre inférieure avant de poursuivre, étonnée d'en dévoiler autant sur sa vie à un parfait inconnu.

— Quelle grandeur d'âme ! ironisa Maxime en songeant avec une pointe de jalousie à l'enfant que lui-même n'aurait pas et qu'il aurait accueilli avec le plus grand bonheur.

— Ce bébé est un accident, ne put-elle s'empêcher de dire pour défendre le père de son enfant sans savoir pourquoi elle lui cherchait des excuses.

L'expression qu'elle lut sur le visage de l'homme la conforta dans l'idée que Romain faisait preuve de lâcheté en refusant d'assumer son rôle, même si ce bébé n'était pas dans leurs projets. D'autres auraient réagi différemment devant le fait accompli. Son indulgence envers son ex-petit ami fit place à l'amertume.

— Il voulait que je me fasse avorter, avoua-t-elle dans un murmure.

Mais qu'est-ce qu'il lui prenait de s'épancher ainsi ? Même à sa mère, elle n'avait rien dit.

— Mais je n'ai pas pu m'y résoudre, lâcha-t-elle pourtant devant l'écoute attentive dont elle faisait l'objet. Je n'ai pas désiré ce bébé, mais je suis contente qu'il soit là, même si je sais que cela sera loin d'être toujours facile. J'ignore ce que je dirai à mon enfant dans quelques années quand il voudra savoir qui est son père. Je ne voudrais pas qu'il garde une image trop négative de lui, même si celui-ci a fui ses responsabilités. Et puis, grandir sans père n'est pas facile. J'en sais quelque chose, moi qui ai grandi sans le mien.

— Vous êtes jeune. Vous pouvez refaire votre vie et donner un père à votre enfant. Je veux dire : un vrai père et non un géniteur. Il y a une grande différence entre les deux, fit Maxime d'une voix douce.

— Vous avez sûrement raison, soupira Sarah.

Puis, se rappelant qu'elle était venue vers lui pour le sortir de sa léthargie et non pour lui raconter sa vie, elle ajouta :

— Excusez-moi, je vous ennuie avec mes problèmes.

L'homme lui adressa un sourire complice.

— Au contraire…

Cela m'évite de songer aux miens, ajouta-t-il en son for intérieur.

— Cela fait un moment que je viens ici et nous n'avons jamais eu l'occasion de faire plus ample connaissance. Voici un oubli réparé.

Sarah sourit à son tour et se retint de dire que c'était la première fois qu'elle échangeait autre chose que des banalités avec un client. La détresse qu'elle avait lue sur le visage de l'homme l'avait incitée à sortir de sa réserve habituelle. Elle n'avait certes pas eu l'intention d'étaler sa vie devant cet inconnu, mais elle avait éprouvé le besoin soudain de se livrer et il était parfois plus facile de le faire avec un étranger. Elle trouva une grande satisfaction personnelle d'avoir déridé ce nouvel habitué tout en confiant ses propres soucis. Il était d'une bonne écoute, peut-être était-ce dû à son travail, quoique, à la réflexion, elle convint que tous les médecins n'avaient pas cette capacité. Elle se dit aussi que les magazines avaient sûrement raison. Cela faisait du bien de parler. Elle retourna à son travail et échangea quelques regards complices avec lui jusqu'à son départ.

10

Il avait plu presque toute la matinée. À présent, le soleil de ce milieu de mars tentait de percer l'épaisseur cotonneuse, aidé en cela par un vent fort qui soufflait depuis la veille au soir.

Saint-Nazaire ne connaissait généralement pas d'hiver rigoureux et encore moins d'épisodes neigeux — même quand la France entière semblait prise sous un manteau blanc —, mais cette année-là plus que toute autre, la saison avait été particulièrement douce et humide. Tous les Nazairiens s'accordaient pour dire qu'il était temps que le soleil apparaisse enfin, mais chaque soir, les météorologues s'obstinaient à annoncer des perturbations qui se succédaient avec une lassante monotonie. Peut-être que l'arrivée prochaine du printemps allait remédier à tout cela ? C'est ce que tout le monde espérait en tous les cas.

Sarah avait profité du calme du milieu de matinée pour régler quelques démarches administratives liées à son nouveau statut de future maman et arriva à la brasserie en courant, car l'heure du déjeuner approchait à grands pas. Elle repéra aussitôt l'homme, installé à sa table habituelle dans un coin reculé de la salle. Il déjeunait à présent tous les jours au *Pyé koko*, fuyant la solitude de son appartement. Mais peut-être aussi pour une tout autre raison connue de lui seul. Elle n'aurait pas su le dire. Depuis leur conversation, un lien s'était pourtant créé entre eux, sans que l'un ou l'autre puisse expliquer la nature réelle de ce lien.

Le journal posé sur la table, Maxime Kervalen terminait de lire un article dans les pages régionales et lui fit un petit signe de la main quand elle pénétra dans la brasserie. Elle répondit à son salut avec un sourire et se hâta d'enfiler son tablier en madras, après avoir accroché son imperméable couleur chocolat ruisselant de pluie dans le vestiaire qui était réservé au personnel.

Elle nouait le lien dans son dos lorsque le sourire qui flottait encore sur ses lèvres se figea. Gagnée par une sourde inquiétude, son cœur s'emballa tandis qu'elle se dirigeait, les jambes tremblantes, vers les toilettes privées. Avant même d'y parvenir, elle pressentit ce qui lui arrivait en sentant un nouveau caillot de sang surgir de ses entrailles. Elle était en train de faire une fausse couche.

Elle poussa la porte et se précipita vers le rouleau de papier afin de s'en garnir, avant d'appeler Mina d'un ton où perçait l'anxiété. Le timbre agité de la voix de Sarah alerta immédiatement l'Antillaise occupée à encaisser un client. Sa patronne se hâta de la rejoindre.

— Que se passe-t-il ? Qu'est-ce que tu as ? questionna-t-elle avec inquiétude devant la pâleur soudaine de son employée.

— Je perds du sang, répondit Sarah d'une voix blême, les yeux humides de larmes, car elle redoutait de perdre ce bébé auquel elle s'était déjà attachée. Il faut que je me rende immédiatement à la clinique.

— Attends-moi là. Je reviens tout de suite, ordonna Mina d'une voix décidée où perçait tout de même un soupçon d'angoisse.

Elle était bien placée pour savoir que la perte de sang était anormale et ce que ce symptôme présageait.

L'Antillaise retourna en salle et se dirigea vers Maxime aussi vite que le lui permettait son embonpoint, tout en ignorant la cliente qui l'interpellait pour passer commande.

— Venez vite, dit-elle d'un ton autoritaire en s'adressant au client qui la dévisageait, interloqué. Sarah a besoin de vous. Elle fait une hémorragie.

À ces mots, le médecin se précipita vers les toilettes et rejoignit la jeune femme dont le visage pâle exprimait toute son angoisse. Il se pencha vers elle et demanda d'une voix très professionnelle :

— Avez-vous perdu beaucoup de sang ?

Sarah haussa les épaules, ne sachant que répondre. Elle sentait par à-coup des flots de liquide chaud, sa garniture improvisée n'y résisterait probablement pas longtemps. Alors oui, elle pouvait certainement dire qu'elle perdait beaucoup de sang. Mais était-ce sa propre vision des choses ?

— Mina, apportez-lui une chaise, s'il vous plaît. Sarah, je vais aller chercher ma voiture et vous conduire à la clinique. En attendant, restez assise : cela calmera l'hémorragie. D'accord ?

Incapable de parler, la jeune femme hocha la tête docilement et le regarda disparaître. Il était médecin, elle lui faisait instinctivement confiance.

Elle prit la serviette propre que lui tendait Mina et retourna dans les toilettes, retenant difficilement les larmes qui menaçaient de couler.

Mina en profita pour informer Ambroise de ce qui se tramait et remercia au passage un client, désireux d'apporter son aide à la jeune serveuse du *Pyé koko*, toujours très affable et souriante.

Maxime réapparut assez vite et souleva la jeune femme dans ses bras malgré les protestations de celle-ci. Mina sur ses talons, il sortit de la brasserie et rejoignit, tant bien que mal compte tenu de son fardeau, sa voiture qu'il avait garée à la hâte sur une bande jaune.

— J'aurais pu marcher jusque-là, s'entêta faiblement Sarah, mal à l'aise dans les bras du médecin.

— Pensez-vous donc ! lui rétorqua ce dernier pour alléger la tension qui régnait. Vous êtes un vrai poids plume !

L'Antillaise protégea le siège passager avant d'une serviette en éponge repliée avant que Maxime n'y dépose Sarah.

— Je vous préviens dès que j'ai du nouveau, lança-t-il à Mina avant de disparaître derrière le volant de sa voiture.

Tout en conduisant d'une main sûre, Maxime jetait de temps à autre des coups d'œil inquiets vers la jeune femme.

— Ça va ? demanda-t-il à plusieurs reprises.

— Oui, répondait-elle alors laconiquement, tressaillant à chaque nouveau jet de sang qui affluait de son ventre.

Mais j'ai tellement peur de le perdre ! songeait-elle. *Faites qu'il s'accroche ! Bébé, je t'en prie, accroche-toi !*

Dès leur arrivée à la clinique, une sage-femme prit en charge Sarah, la conduisant aussitôt en salle de pré-travail. Elle fit allonger la jeune femme sur un lit pour l'examiner, avant de faire revenir celui qu'elle supposait être le père du bébé, Maxime étant resté derrière la porte de la chambre. Le visage sombre, elle leur annonça qu'il n'y avait rien à faire et leur dit qu'elle prévenait le médecin de garde. Sarah allait être descendue au bloc pour subir un curetage. Elle les laissa le temps de préparer l'opération avec le reste de l'équipe.

Restés seuls, Maxime tendit une main à laquelle Sarah se raccrocha avec le désespoir qui était le sien, tandis que les larmes roulaient inlassablement et silencieusement sur les joues de la jeune femme. Il ne dit rien, sachant combien tout mot était inutile. Elle était en train de perdre la chair de sa chair. Pour l'avoir lui-même éprouvé, il connaissait la douleur de perdre un bébé, même inachevé, ce vide difficile à combler après des semaines d'espoir et de bonheur fragile. Ce devait être encore plus difficile pour la future maman qui portait son enfant, songeait-il, car un lien physique existait déjà entre la mère et le fœtus.

Ce que Sarah se rappela des heures qui suivirent resta à jamais confus pour elle. Une civière où elle fut déposée avec précaution. Un dédale de couloirs plus ou moins sombres. La morsure du froid d'une salle au sous-sol de la clinique. La lumière crue du bloc opératoire. La voix paternaliste du chirurgien. Son humour décalé quand il décréta qu'il allait commencer sans l'anesthésiste qui tardait à arriver.

Et puis la salle de réveil. Ses yeux qui s'ouvraient avec peine sur une pièce fraîche. Le drap rêche et jaune qui couvrait à peine ses épaules, vêtues de la seule fine blouse bleue que fournissait la clinique à chaque patient du bloc opératoire. Et enfin, un visage masqué qui se penchait sur elle alors que ses paupières encore lourdes peinaient à s'ouvrir.

— Vous allez bien ? lui demanda-t-on d'une voix lointaine.

Sarah hocha la tête, encore sous l'effet de l'anesthésie. Elle ne ressentait aucune douleur physique. Seul le désespoir d'avoir perdu son enfant l'étreignait.

— Votre mari vous attend dans le couloir, reprit la voix avec douceur. Ma collègue est allée lui dire que le curetage s'est bien passé. Vous pourrez bientôt le rejoindre.

Son mari ? Le cerveau de Sarah était encore trop embrumé pour corriger l'erreur. Elle n'était pas mariée et le père du bébé se contrefichait de cet enfant. Alors, qui l'attendait derrière la lourde porte ? Mais pour le moment, elle se fichait bien de savoir qui était ce soi-disant mari. Elle ne pensait qu'à l'enfant perdu.

Elle interrogea l'aide-soignante sur le sexe du bébé.

— À ce stade de la grossesse, c'est trop tôt pour le savoir, entendit-elle lui répondre une voix calme.

Était-ce la réalité ? Il y avait bien des moyens de savoir très tôt dans la grossesse le sexe d'un enfant en cas de maladie génétique. Mais peut-être que cela supposait des examens qu'il n'y avait pas lieu de faire dans le cas d'une fausse couche, somme toute très banale.

La jeune femme avait partagé près de onze semaines de la vie d'un petit être et ne saurait jamais s'il s'agissait d'un garçon ou d'une fille. Cela provoqua un certain malaise en elle. Jamais elle ne pourrait se représenter cet enfant grandir. Comment imaginer quelqu'un dont on ne savait rien, même pas son appartenance sexuelle ? Comment le faire vivre à travers sa mémoire puisqu'il restait cet élément inconnu ? Mais, au fond, cela avait-il une si grande importance ? Pour elle, elle sentait bien que oui.

Une larme coula le long de sa joue. Sarah se sentait coupable et impuissante. Terriblement seule aussi, puisque le père de son enfant n'était pas là pour partager cette terrible épreuve avec elle. Et pourtant, elle avait bien « un mari » qui patientait derrière cette porte. C'est ce que lui avait dit l'aide-soignante. Quelqu'un avait-il prévenu Romain ? Sans doute que oui, même si elle imaginait mal Mina téléphoner au jeune homme. Sans doute le docteur Kervalen avait-il insisté pour mettre Romain au courant. Et il était venu. Peut-être tenait-il un tant soit peu à elle, finalement ?

Mais lorsque Sarah quitta la salle de réveil, la première personne qu'elle vit fut Maxime. C'était donc lui, le supposé mari. Elle ne s'attendait pas à ce qu'il fût resté à la clinique alors qu'elle avait été prise en charge par le personnel médical.

Elle lui fut reconnaissante de sa présence qui la réconforta plus qu'elle ne voulut se l'avouer. Être seule à un tel moment de sa vie aurait été au-dessus de ses forces.

Balayant les remerciements de la jeune femme, il saisit de nouveau sa main et la serra dans la sienne. Elle s'efforça de sourire.

C'était la deuxième fois en un mois et demi qu'il assistait, impuissant, à la douleur d'une mère face à la perte de son bébé. Brisé par la culpabilité et sa propre peine, il n'avait pas pu soutenir Laure dans sa détresse. Sa présence, en revanche, apaisait le tourment de Sarah et cela le réconcilia un peu avec lui-même.

Maxime demeura à ses côtés jusque tard dans l'aprèsmidi, veillant de façon autoritaire à ce qu'on ne la dérange pas lorsqu'elle parvenait à s'assoupir. Il avait prévenu Mina et Ambroise du déroulement des événements dès qu'elle avait fermé les yeux, mais n'avait plus quitté son chevet depuis.

Même dans son sommeil, Sarah sentait la présence de l'homme qui lui insufflait la force de ne pas sombrer dans la mélancolie. Tout était confus en elle. Hier encore, elle se réjouissait de devenir mère. Son ventre commençait à peine à s'arrondir, mais elle se sentait déjà pleine d'amour pour ce petit être. À présent, elle se sentait vide. Plus rien ne serait jamais pareil pour elle, elle en avait la conviction. Elle ne put s'empêcher aussi d'éprouver un sentiment de culpabilité. En début de grossesse, elle avait rejeté un court moment ce bébé. Son subconscient avait-il gardé en mémoire ce refus de quelques heures ? Mais pourquoi avoir attendu dans ce cas aussi longtemps pour lui reprendre ce qu'elle avait, tout compte fait, décidé facilement d'accepter ?

On frappa doucement à la porte. Sarah ouvrit les yeux et admira le profil parfait de Maxime se dessiner sur le blanc immaculé de la porte, avant de regarder entrer la nouvelle arrivante. Mina pénétra dans la chambre, un bouquet d'œillets multicolores dans les mains.

Maxime se leva aussitôt.

— Je vous laisse. Voulez-vous que je vous apporte quelque chose, Sarah ? Un livre ? De la musique ?

Sarah lui sourit, reconnaissante.

— Merci, mais vous en avez déjà fait beaucoup.

Maxime s'était naturellement chargé de régler les détails de son admission à la clinique. Il était également passé à son appartement pour revenir avec un sac de vêtements de nuit, des rechanges et son nécessaire de toilette. Tout ce dont elle aurait besoin jusqu'à sa sortie, le lendemain.

— Ce n'est rien. Tâchez de passer une bonne nuit. On se revoit demain.

Elle hocha la tête en signe d'assentiment. Ils avaient convenu qu'il reviendrait la chercher le lendemain pour l'emmener à son appartement. Elle n'avait pas eu la force de protester lorsqu'il le lui avait gentiment proposé. D'ailleurs, elle n'avait guère d'autre solution. Mina n'avait pas son permis de conduire, ne circulant qu'en bus, et il était hors de question pour Sarah de faire appel à sa mère qui ne partagerait nullement sa douleur. Sarah savait qu'elle lui dirait combien cette fausse couche était une bénédiction pour elle. C'était bien la dernière chose qu'elle avait envie d'entendre en ce moment. Son point de vue différait totalement de celui de sa mère, même si elle avait conscience qu'élever seule un enfant n'aurait pas été aisé.

Quant à Ambroise, il ne pourrait s'échapper du *Pyé koko* avant le début de l'après-midi et la jeune femme avait hâte de quitter la clinique pour trouver refuge dans son appartement. Elle avait donc préféré accepter la proposition de Maxime.

À peine le médecin parti, le personnel lui apporta son dîner. Sarah n'avait pas faim, mais l'Antillaise la força à manger un peu. Elle avala tant bien que mal la soupe, dédaigna avec une grimace le fromage fondu qu'elle raffolait enfant et grignota un morceau de pain avant de terminer par le yaourt nature.

— J'ai téléphoné à ta mère pour lui annoncer la nouvelle.

— Je suppose qu'elle n'était pas mécontente que je perde le bébé, fit Sarah avec amertume. Contrairement à toi, elle m'avait encouragée à ne pas le garder.

Mina prit la main de la jeune femme. Passant sous silence les propos de satisfaction évidente de Diane, elle déclara :

— Elle se faisait du souci pour toi.

C'était en partie vrai. Diane Belmont s'était inquiétée de la santé de sa fille. Pourtant elle ne cacha pas à son amie que cette fausse couche permettrait à Sarah de repartir sur ce qu'elle considérait être comme de bonnes bases. Sa fille allait enfin pouvoir chercher un nouveau travail. Et elle rencontrerait un jour quelqu'un avec qui fonder un foyer. Un enfant aurait probablement compliqué l'un et l'autre. Elle-même en avait fait la triste expérience.

Mina n'avait pas envie d'ajouter à la peine de Sarah le manque de compréhension de Diane. Mieux que quiconque, elle comprenait le grand vide laissé par un bébé, même inachevé, elle qui avait fait plusieurs fausses couches avant d'abandonner toute idée d'avoir un enfant. Une femme ne se remettait jamais totalement d'une telle épreuve.

Mina tint compagnie à sa jeune amie, rejointe bientôt par Ambroise, jusqu'à ce que Sarah émette des signes de fatigue. Alors Mina s'éclipsa pour retourner dans son appartement désert tandis que son frère retrouvait sa famille.

Quand Ambroise avait déposé sa sœur au pied de son immeuble, il l'avait bien sûr invitée à venir dîner chez eux, mais elle avait décliné la proposition, prétextant la fatigue due aux dernières émotions.

En vérité, Mina avait éprouvé le besoin d'être seule. La fausse couche de Sarah l'avait replongée dans ses propres souvenirs et elle ne se sentait pas la force de partager avec son frère et sa belle-sœur la convivialité d'un repas de famille.

Pelotonnée sur le canapé, elle ressortit un vieil album photo et tourna les pages de sa vie, se remémorant les souvenirs plus ou moins heureux de son passé : le jour de son mariage avec Jean-Baptiste, beau comme un dieu, les fêtes de famille toujours aussi pleines d'allégresse. Et puis sa première grossesse, la deuxième, la troisième. Ils avaient été jusqu'à cinq tentatives quand le médecin les avait informés froidement qu'il ne servait à rien de s'obstiner. Son corps ne mènerait jamais une grossesse jusqu'à son terme. Mina ne serait jamais mère, en tous les cas, pas de cette façon. Il fallait qu'elle s'y fasse.

Elle avait pleuré toutes les larmes de son corps, maudissant toutes ces femmes qui tombaient enceintes facilement et savaient garder leur bébé au fond de leurs entrailles. Toutes ces femmes qui ne méritaient pas forcément d'être mères. Et surtout, elle maudissait sa meilleure amie qui était tombée enceinte sans le vouloir et qui se désintéressait de son enfant, préférant continuer à courir les hommes plutôt que de tenir ce rôle qu'elle jugeait des plus ingrats.

Oh, comme elle avait maudit Diane, elle qui ne trouvait rien de plus beau que de s'occuper d'un enfant. S'il n'y avait pas eu Sarah, Mina aurait rompu tout lien avec son amie. Comme la vie était injuste, parfois.

Elle avait évoqué avec son mari l'idée d'adopter un enfant, sans aller au bout de leurs démarches. Et leur vie s'était déroulée sans cris de joie enfantine, sans la douceur des câlins, en dehors de ceux des enfants des autres. Un manque incommensurable dont elle n'était jamais tout à fait parvenue à faire le deuil.

Mina s'était tout naturellement rapprochée de ses neveux et nièces et avait pris sous son aile la petite Sarah, lui témoignant l'amour et la tendresse que sa propre mère lui refusait. Comme il était étrange de constater que la jeune femme traversait aujourd'hui la même épreuve qu'elle.

Serrant l'album contre sa large poitrine, Mina fondit en larmes, pleurant sur son sort autant que sur celui de Sarah. Plus que jamais, elle savait combien la jeune femme aurait besoin d'elle. Sa mère ne lui serait, encore une fois, d'aucun soutien, c'était une évidence pour tout le monde.

Il ne fallait pas non plus que Sarah s'appuie sur ce Maxime Kervalen. Bien sûr, c'était elle qui avait été le chercher lorsque Sarah avait fait son hémorragie. Elle avait agi sous le coup de l'impulsion. Sans doute parce qu'elle savait qu'il était médecin. Encore que, Mina se posait la question. Peut-être qu'il l'avait été un jour et était-il désormais radié de l'ordre des médecins ? Elle n'en savait fichtre rien et s'en moquait, à vrai dire, du moment qu'il se tenait à l'écart de Sarah. Elle connaissait bien la jeune fille. Avec son cœur de midinette, Sarah ne tarderait pas à tomber sous le charme de cet homme, d'autant qu'il était très séduisant. Mais Mina veillerait sur sa protégée. Il était hors de question qu'elle la laisse entre les griffes de cet homme.

11

Maxime ne s'était posé aucune question. Dès l'instant où la patronne du *Pyé koko* était venue vers lui pour lui demander d'aider Sarah, il avait agi dans la plus grande spontanéité. Il avait conduit la jeune femme à la clinique et était demeuré à ses côtés jusqu'à ce que les infirmiers l'emmènent au bloc opératoire.

Resté seul, il avait réglé son admission à l'accueil et n'avait apporté aucun démenti auprès du personnel soignant chaque fois qu'on l'avait pris pour le père de l'enfant. Il n'avait eu aucune envie de justifier sa présence auprès de la jeune serveuse, ni même de tenter d'expliquer pourquoi c'était lui — un presque inconnu — qui se trouvait là à ses côtés pour traverser cette terrible épreuve et non le père de l'enfant.

Farfouillant dans le sac à main de Sarah en éprouvant un léger sentiment de violation de son intimité, il avait trouvé les clés de son appartement. Muni de son adresse grâce aux papiers de la jeune femme, il s'y était rendu, mesurant la nouvelle coïncidence qui les liait tous les deux. Leurs domiciles respectifs n'étaient guère éloignés l'un de l'autre. Il ne s'attarda pas longtemps sur cet étonnant hasard qui semblait vouloir à tout prix que leurs chemins se croisent, surpris par le dépouillement de l'appartement. Il se rappela que Sarah venait aussi de se séparer d'avec son compagnon. L'ex-petit ami de la jeune femme avait peut-être conservé la plupart des meubles, à l'instar de Laure.

Il entra dans la chambre où un matelas était posé à même le sol. Il se demanda si elle pourrait y dormir après avoir subi un curetage en songeant que ce ne serait certainement pas des plus confortable de se coucher si bas avec des tiraillements dans le bas-ventre, mais décida de remettre le problème à plus tard. Pour le moment, il fallait penser à son hospitalisation, même si pour ce genre d'acte, celle-ci sera de courte durée.

Refoulant le nouveau sentiment de culpabilité qui l'assaillait en ouvrant les différents tiroirs, Maxime prit, dans la commode en rotin, plusieurs rechanges qu'il glissa prestement dans un sac de voyage trouvé dans le placard situé à l'entrée. Il passa ensuite dans la salle de bains entièrement lambrissée pour rassembler le nécessaire de toilette.

Sans doute aurait-il dû laisser Mina s'occuper de cela. Cela lui semblait en effet très intime d'entrer dans l'antre personnel de Sarah et de farfouiller dans ses effets alors qu'il connaissait à peine la jeune femme, mais il sentait monter en lui l'impérieux besoin d'aider la jeune serveuse du *Pyé koko* sans vouloir s'appesantir sur ses obscures raisons.

Quand il eut terminé de préparer les affaires de la jeune femme, il quitta l'appartement de Sarah.

Avant de retourner à la clinique, il fit un rapide saut à la brasserie afin de donner quelques nouvelles de la jeune femme, bien qu'il n'y eût pas grand-chose à en dire dans la mesure où elle était entrée au bloc opératoire juste avant son départ. Mina lui fut pourtant reconnaissante de cette délicatesse, d'autant que Maxime leur promit de les appeler dès qu'il en saurait plus.

À son arrivée à la clinique, une aide-soignante vint vers lui et l'informa que le curetage s'était bien passé et que Sarah était à présent en salle de réveil. Il s'impatientait de pouvoir la rejoindre, désireux d'être là quand elle ouvrirait les yeux. Mais son statut de médecin ne lui octroyait aucun droit pour cela. Si encore il exerçait ici, il aurait pu profiter d'un passe-droit, mais ce n'était pas le cas. Maxime arpenta donc nerveusement le couloir jusqu'à ce que les portes s'ouvrent et que la frêle jeune femme apparaisse, allongée sur un lit roulant poussé par un jeune infirmier au visage avenant. Il se précipita impulsivement vers elle et saisit la main froide de Sarah sans réfléchir à la conséquence de ses actes.

Il resta à son chevet en balayant d'un revers de main les instances de Sarah pour qu'il reprenne le cours de sa journée sans plus se préoccuper d'elle, lui assurant qu'il en avait déjà fait beaucoup. Il préféra demeurer à ses côtés jusqu'à ce que Mina vienne prendre la relève, refusant qu'elle reste seule plus que nécessaire.

L'après-midi s'était écoulé, triste et monotone. Sarah s'efforçait de retenir ses larmes, mais ne trouvait d'apaisement que lorsqu'elle sombrait dans un sommeil pourtant agité. Il faisait en sorte, alors, que personne ne la dérange.

Maxime se sentait impuissant. Il se rappelait trop combien la perte d'un bébé se révélait difficile à accepter. Faire le deuil de cet enfant prendrait du temps. Si jamais cela pouvait réellement arriver. Lui-même n'y était pas encore parvenu.

Alors qu'il sortait de l'ascenseur, il entendit une voix masculine le héler.

— Maxime ! Que fais-tu ici ?

L'un de ses confrères venait à sa rencontre. Ils avaient fait une partie de leur internat ensemble et, sans se fréquenter réellement en dehors de leurs vies professionnelles, ils s'entendaient plutôt bien.

— J'accompagne une amie. Peux-tu t'assurer qu'elle sera bien traitée ?

— Mais toutes nos patientes le sont ! s'indigna gentiment le médecin. Mais ne t'inquiète pas, j'y veillerai personnellement. Comment se nomme ton amie ?

— Sarah Belmont. Elle est dans la chambre 106. Merci.

— Pas de problème. Comment va ta femme ?

— Aussi bien que possible, je suppose. Nous sommes séparés depuis plusieurs semaines.

L'anesthésiste hocha la tête d'un signe compatissant.

— Ah, excuse-moi, je l'ignorais... Par contre, j'ai appris pour le bébé. Je suis désolé. Cela te fait pas mal de coups durs à gérer !

L'homme ne sut quoi ajouter d'autre. Un silence gêné s'ensuivit. Maxime commençait à s'habituer au malaise des gens chaque fois que le sujet était abordé. Le malheur rendait les gens hésitants. C'était humain, probablement.

Il prit congé de son collègue avec un vague remerciement et aperçut Ambroise non loin de là. Il l'avait croisé quelques fois à la brasserie, quand ce dernier quittait ses fourneaux pour venir en salle.

Le visage impassible de l'Antillais tentait de le sonder attentivement, il en avait bien conscience. Maxime s'approcha de lui et ils échangèrent quelques banalités. Après quoi, Maxime rentra chez lui malgré son envie de fuir cet appartement désert qu'il commençait à avoir en horreur.

Il aurait aimé pénétrer dans une maison accueillante, l'air embaumant un petit plat mijoté. Il se serait approché d'une femme affairée dans une cuisine spacieuse et agréable. Planté derrière elle, les mains sur sa taille, il aurait regardé par-dessus son épaule ce qu'elle était en train de préparer et il aurait humé l'odeur d'une blanquette ou d'un pot-au-feu, avant de déposer un baiser léger sur son cou dégagé.

De l'étage, des cris et des rires d'enfants leur seraient parvenus. Une cavalcade dans les escaliers aurait résonné bruyamment. Une fillette se serait jetée dans ses bras pour le couvrir de bisous. Un petit garçon impatient l'aurait entraîné jusque dans sa chambre pour lui montrer une construction de Lego qu'il aurait complimentée avec un fort enthousiasme.

Mais les murs usés de l'appartement ne renvoyaient qu'un silence oppressant. Maxime se laissa tomber lourdement sur le canapé. La tête renversée en arrière, il ferma les yeux en soupirant. Même si Laure et lui ne s'étaient pas séparés et même s'ils avaient eu des enfants ensemble, le genre de scène qu'il venait d'entrevoir n'aurait probablement jamais eu lieu. Il le savait pertinemment. Laure n'était pas du genre « cocon familial douillet ». La cuisine, les enfants — du moins en dehors de son travail de pédiatre — ce n'était pas son truc. Elle était plutôt boulot et soirées mondaines. Expositions et concerts. Sans oublier les voyages à travers le monde.

L'image de Sarah dansa devant ses yeux, chassée aussitôt par l'indésirable sonnerie du téléphone. Tandis qu'il décrochait le combiné en maugréant intérieurement, il constata qu'il avait plusieurs messages sur son répondeur.

— Ah enfin ! Tu es rentré ! J'ai essayé de te joindre tout l'après-midi. Où étais-tu passé ?

Cette question, digne d'un mari jaloux, aurait fait sourire Maxime s'il n'avait passé une si difficile journée.

— J'étais à la clinique.

— Quoi ? s'exclama son interlocuteur visiblement inquiet. Qu'est-ce qu'il t'est arrivé ? C'est grave ?

Maxime interrompit le flot de questions.

— Il ne s'agit pas de moi. Sarah, tu sais, la jeune serveuse du *Pyé koko*, a fait une fausse couche dans la matinée. Je l'ai accompagnée à la clinique et j'ai décidé de rester avec elle pour lui tenir compagnie.

Si Charles, rassuré sur le sort de son ami, se demandait ce que cela pouvait faire à Maxime qu'une quasi-inconnue perde son bébé, il n'en dit rien. Cela avait dû réveiller en lui de douloureux souvenirs, tout simplement. De plus, l'attitude de son ami le dépassait depuis quelque temps.

— Ah ! Je suis désolé pour elle, marmonna-t-il. Écoute, je t'appelais parce que Barbara et moi organisons une petite soirée samedi prochain à la maison. On compte sur ta présence.

— Je ne sais pas…

— Allez, viens, cela te changera les idées. On sera en petit comité, rassure-toi. Et bien sûr, Laure ne sera pas là.

Un silence pesant se fit entendre à l'autre bout du fil.

— Maxime ?

— Je verrai… Je ne te promets rien. Écoute, j'ai passé une sale journée et j'ai vraiment besoin d'une bonne douche, là. Salut, Charles, et merci quand même pour l'invitation. Je te tiens au courant.

Maxime raccrocha avant que son ami n'ajoute autre chose. L'idée de passer la soirée avec d'anciens amis ne le tentait guère. Charles était le seul avec qui il avait vraiment gardé contact depuis l'accident. Certains l'avaient littéralement fui, comme s'ils craignaient que le malheur ne soit contagieux. D'autres s'étant montrés particulièrement mal à l'aise en sa compagnie, il avait de lui-même espacé les rencontres. De toute façon, il n'avait aucunement besoin d'eux.

En peu de temps, il avait dû faire face à l'accident qui avait coûté la vie de son futur enfant, à une séparation décidée par son épouse sans qu'il ait le moindre mot à dire, à une retraite professionnelle forcée, même si ce n'était que de façon temporaire, et enfin à la révélation de son alcoolisme. Cette série d'épreuves, dépendantes les unes des autres — il le savait pertinemment —, avait révélé à Maxime les amis sur lesquels il pouvait réellement compter. Il devait reconnaître que seul Charles, qui ne le comprenait pourtant plus, restait fidèle à leur amitié. Il se promit de réfléchir plus sérieusement à l'invitation de son ami qui était vraiment soucieux de l'aider.

12

Installée sur le lit médicalisé encore défait, Sarah jeta un nouveau coup d'œil impatient à sa montre : 9 h 35. Les minutes s'égrenaient avec une lenteur désespérante, mais Maxime ne tarderait plus à arriver maintenant. Elle avait hâte de quitter la clinique. Hâte de retrouver le cocon douillet de son appartement. Loin de la compassion du personnel soignant. Loin de cet endroit qui lui avait pris son enfant. Même si elle avait bien conscience que partout où elle irait, elle emporterait avec elle son désespoir.

Près de trois heures plus tôt, elle avait été réveillée par le roulement du chariot et le bruit des voix dans le couloir, des toc-toc et du grincement des portes qui s'ouvraient et se refermaient.

Quand son tour était venu, les yeux encore embrumés de sommeil, elle avait laissé une aide-soignante lui prendre sa température et sa tension. Trois quarts d'heure plus tard, on lui avait servi son petit déjeuner, qu'elle avait dévoré avec appétit malgré les circonstances. Il faut dire qu'elle n'avait presque rien avalé la veille.

Ce dernier achevé, elle avait rassemblé ses affaires de toilette pour se rendre au bout du couloir prendre une douche. Celles-ci faisaient face à la nursery et le cœur de Sarah se serra douloureusement aux cris des nouveau-nés qui s'en échappaient.

Elle posa instinctivement une main sur son ventre à présent vide et une larme roula sur sa joue. Elle ferma les yeux pour tenter de retenir le flot qui menaçait de couler. La gorge serrée, elle prit une douche rapide, désireuse de s'éloigner des nourrissons qui témoignaient avec vigueur de leur vie toute neuve. Elle-même n'entendrait jamais son propre enfant pleurer. Jamais elle ne pourrait le prendre dans ses bras pour le consoler. Pourrait-elle un jour se remettre de cette perte ? Elle n'en était pas sûre. Il est des blessures qui ne vous quittent jamais. Il lui faudrait apprendre à vivre avec ça.

Quand elle regagna sa chambre, la sage-femme l'y attendait. Elle examina Sarah et s'enquit de sa santé et de son moral. Les larmes n'étaient jamais très loin et c'est la gorge nouée que Sarah tenta de répondre que tout allait bien.

— Vous pourrez sortir dès que l'anesthésiste sera passé, l'informa la sage-femme pour conclure.

D'une voix douce, elle souhaita bon courage à Sarah et quitta la chambre de son pas feutré. La jeune femme ferma les yeux, le cœur serré. Elle aurait dû venir ici pour accoucher dans quelques mois. Elle en serait partie un bébé dans les bras. Mais cela ne serait pas. Ses bras ballants lui semblèrent soudain inutiles.

De brefs coups frappés à la porte lui firent ouvrir les yeux. Le sourire chaleureux de Maxime lui réchauffa instantanément le cœur.

— Bonjour, Sarah. Comment vous portez-vous ce matin ?

La jeune femme ravala les larmes qui menaçaient de couler et affirma que tout allait bien. Maxime ne fut pas dupe, mais ne releva pas les propos qui se voulaient rassurants. Il s'assit sur le bord du lit et l'interrogea sur les éventuels effets secondaires de l'anesthésie. Elle se remémora qu'il était médecin. Sa sollicitude à son égard lui parut alors toute professionnelle et elle en éprouva une certaine et inexplicable déception.

L'anesthésiste de service entra à son tour dans la chambre après un bref coup toqué à la porte. Il salua Maxime par son prénom et Sarah comprit que ce dernier se trouvait ici en terrain connu. Avait-il travaillé à la clinique ?

Le docteur Kervalen se leva et se dirigea vers la fenêtre qui donnait sur le petit parc de la clinique. Un parterre de primevères explosait de couleurs chatoyantes, tandis que les fleurs du camélia hésitaient encore à s'ouvrir sur un printemps tâtonnant.

L'anesthésiste reposa à Sarah les mêmes questions que celles que Maxime lui avait posées quelques instants plus tôt, ce qui la fit sourire malgré elle, en dépit de la tristesse qui était la sienne. Elle jeta un coup d'œil en direction de ce dernier à l'instant même où il se retournait vers elle. Ils échangèrent un sourire complice.

— Bon, souligna le médecin à qui ce regard n'avait pas échappé. Je pense que je peux vous laisser sortir. De toute façon, je vous laisse entre de bonnes mains. Bon retour Mlle Belmont. Maxime, au plaisir de te revoir.

Sarah remercia le médecin et s'empressa d'enfiler son imperméable à peine l'anesthésiste parti. Elle enroula de papier journal le bouquet d'œillets offert par ses patrons lors de leur visite la veille au soir et se pencha pour prendre son sac de voyage. Maxime devança son geste et ils échangèrent un nouveau sourire de connivence avant de quitter la chambre.

— Vous aviez l'air de bien vous connaître, l'anesthésiste et vous, fit-elle remarquer.

— En effet, nous habitons une petite ville. Les médecins se connaissent tous entre eux.

— Ah ! Et vous, c'est quoi votre spécialité ? Enfin, si vous en avez une !

— Je suis également anesthésiste.

Ils étaient devant l'ascenseur qui tardait à arriver.

— Et pourquoi… Pourquoi avez-vous pris une année sabbatique ? Si la question n'est pas indiscrète, bien sûr !

L'homme hésita une fraction de seconde avant de répondre.

— Dernièrement il y a eu dans ma vie des événements qui m'ont incité à prendre du recul, répondit Maxime d'un ton évasif.

Sarah comprit qu'il ne souhaitait pas s'étendre sur le sujet et respecta son silence. Elle-même n'était toujours pas prête à raconter ce qui lui était arrivé lors de son précédent emploi. Seule Mina était au courant.

À l'accueil, elle régla les derniers détails de sa sortie et remercia d'une voix faible l'hôtesse qui lui souhaitait, à son tour, un bon retour à son domicile.

Au moment de franchir la porte à deux battants, pourtant, un grand vide l'envahit. Elle aurait tant voulu le faire en serrant son enfant contre elle !

Maxime sentit le désarroi soudain de la jeune femme et posa une main compatissante sur son épaule. Leurs regards se rencontrèrent et ils se comprirent instantanément. Elle le remercia d'un sourire triste, appréciant qu'il soit là à ce moment de son existence. Elle n'aurait pas aimé être seule pour traverser une telle épreuve. Pourtant, Maxime demeurait un quasi-inconnu pour elle. Il était étrange qu'elle appréciât autant sa présence, elle qui ne se livrait guère ordinairement. Mais il était là pour lui offrir son soutien et elle lui en fut reconnaissante.

Sarah ne put s'empêcher d'éprouver un certain malaise en pénétrant dans son appartement. Elle se sentait différente dans son corps et dans sa tête et la familiarité des lieux la perturba. La vie continuait malgré tout et elle devait l'accepter. Le temps cicatriserait ses blessures. Tout au moins en partie.

Sarah s'approcha de la table basse qu'elle venait d'acquérir une quinzaine de jours plus tôt et admira le bouquet de gerberas orange agrémenté de tiges de gypsophile qui trônait au milieu. Un petit mot était posé à côté des fleurs.

— C'est de la part de Mina. Elle a un double des clés de l'appartement, expliqua-t-elle à Maxime, sans trop savoir pourquoi.

— Votre patronne vous apprécie énormément, pour vous couvrir de fleurs ainsi. Et elle se soucie beaucoup de vous, apparemment.

La jeune femme esquissa un sourire en reposant le mot griffonné à la hâte.

— Ce n'est pas seulement ma patronne. J'ai toujours connu Mina. C'est une amie de ma mère. Elles ont été à l'école ensemble. Mina et son mari n'ont jamais pu avoir d'enfants. Elle-même a eu la douleur de faire plusieurs fausses couches, même si j'étais trop jeune à l'époque pour m'en souvenir. Ils n'ont pas souhaité adopter d'enfant, alors elle a reporté sur moi la tendresse maternelle qui faisait défaut à ma propre mère. Quant aux fleurs, elle sait que j'adore ça. J'aimerais avoir une maison plus tard avec un jardin rempli de fleurs. Un petit potager me plairait bien aussi.

Elle se tut, consciente de lui dévoiler encore des choses sur elle. Quel don cet homme avait-il pour la faire parler ainsi d'elle, alors qu'elle avait horreur de cela ?

— Excusez-moi, je suis en train de vous raconter ma vie ou plutôt mes rêves, alors que vous avez sans doute un tas de choses à faire.

Bon, rien n'était moins sûr vu qu'il passait pour ainsi dire ses journées au *Pyé koko*, mais elle ne voulait tout de même pas abuser de sa gentillesse.

— Non, je n'ai rien de prévu aujourd'hui.

Ni demain ou après-demain, du reste, ajouta-t-il pour lui-même.

— Dans ce cas, puis-je vous offrir quelque chose pour vous remercier ? Café ? Thé ?

— Je prendrai volontiers un café, mais je m'en occupe. Dites-moi seulement où je peux trouver ce qu'il faut et reposez-vous.

D'un naturel indépendant, Sarah allait protester, mais les tiraillements qu'elle ressentait dans le bas-ventre l'en dissuadèrent. Après tout, se faire dorloter un peu n'aurait rien de désagréable et elle se cala confortablement dans le clic-clac après avoir remis les œillets dans un vase.

Elle entendit l'homme s'affairer dans la cuisine et en profita pour passer un coup de fil à Mina pour la remercier du nouveau bouquet de fleurs.

— C'est avec plaisir. Je passerai te voir un peu plus tard. Tu es sûre que tout va bien et que tu n'as besoin de rien ?

— Oui Mina, ne t'inquiète pas.

— Je n'aime pas te savoir seule dans un moment comme celui-là.

— Pour le moment, je ne suis pas seule. Maxime est là.

— Ah !

Sarah comprit instantanément tout ce qui se cachait dans cette petite exclamation. Dès le départ, Mina avait semblé avoir des réticences vis-à-vis de Maxime, comme elle en avait d'ailleurs à l'égard de tous les hommes que Sarah pouvait côtoyer, de près comme de loin.

L'ingérence de son amie dans sa vie privée la faisait souvent sourire, même si elle trouvait cela parfois pesant. Elle adorait Mina, mais n'admettait pas que cette dernière intervienne sur ses relations amicales ou amoureuses. Elle était assez grande pour savoir ce qu'elle faisait. Et elle se fiait généralement à son instinct pour ressentir les gens. Quoique, à la réflexion, il n'avait pas toujours été de bon conseil. En tous les cas, il ne l'avait pas vraiment été pour Romain.

— Ne t'inquiète pas pour moi, Mina. À plus tard.

À peine avait-elle raccroché que la sonnerie du téléphone retentit.

— Allô ?

— C'est moi, fit sa mère à l'autre bout du fil. Depuis quand es-tu sortie de la clinique ?

Sarah jeta un œil sur son bracelet-montre.

— Une demi-heure à peine.

— Tu aurais pu m'appeler, lui reprocha Diane Belmont. Je me faisais du souci pour toi.

— Excuse-moi, maman.

Sarah sourit à Maxime qui arrivait avec le plateau.

— Veux-tu que je passe ? Si tu veux, je peux rester avec toi cette nuit. On ne sait jamais, après une opération.

Un tête-à-tête avec sa mère ne lui disait rien du tout. Sa mère se félicitait probablement que son bébé ne soit plus un problème pour elle, même si Mina avait tenté de lui faire croire le contraire. Il ne faisait aucun doute aux yeux de Sarah que c'était ainsi que sa mère voyait les choses.

Diane Belmont ne manquerait pas de lui narrer pour la énième fois combien cela avait été difficile pour elle de se retrouver enceinte, et ce qu'elle avait éprouvé lorsqu'elle avait su que le père de son enfant ne pourrait jamais assumer la paternité du bébé. Elle avait regretté de ne pouvoir mettre un terme à une grossesse non désirée, mais elle avait passé le délai légal pour avorter lorsqu'elle s'était aperçue de son état. Sarah s'était parfois demandé s'il n'aurait pas été préférable pour elle que sa mère puisse le faire. Cependant, elle appréciait trop la vie pour s'attarder longuement sur le sujet.

— Ça ira, maman.

— Comme tu veux.

Sa mère n'insista pas et Sarah comprit qu'elle n'était guère encline à tenir compagnie à sa fille, redoutant la morosité qu'elle supposait être de mise après l'épreuve que celle-ci endurait. Pourtant Sarah ne se plaignait que très rarement, acceptant avec un certain fatalisme les épreuves de la vie, préférant regarder devant elle plutôt que de s'appesantir sur les événements passés. À quoi bon regarder en arrière, de toute façon. On ne pouvait rien changer aux épreuves que nous envoyait la vie.

— Je te rappelle demain, alors.

— Très bien, maman. À demain.

La jeune femme raccrocha la première. Elle eut un sourire d'excuse envers Maxime. L'homme lui tendit un mug jaune qu'elle prit avec précaution, car la tasse était brûlante.

— Merci, fit-elle en agitant doucement le sachet de thé qui colora aussitôt le liquide d'un brun sombre.

— Du sucre ?

Sarah secoua la tête d'un signe négatif et observa Maxime à la dérobée.

De taille moyenne, il était plutôt svelte. Il portait un jeans noir et un pull-over anthracite moucheté de rouge qui lui seyait à merveille malgré sa simplicité. Elle ne pouvait nier qu'il était vraiment bel homme, et tentait de comprendre ce qu'il faisait ici. Elle n'était pour lui qu'une quasi-inconnue.

Elle se savait jolie, mais sans réelle beauté. Ses yeux, d'un noir profond, lui valaient bien quelques compliments, mais en dehors de cela, elle devait reconnaître qu'elle se sentait plutôt ordinaire. Pourquoi cet homme se souciait-il d'elle ? Éprouvait-il de l'attirance pour elle ? Elle n'en savait fichtre rien. Il n'avait jamais eu de regard ou de geste équivoque, en tous les cas.

Sarah n'avait pas l'habitude qu'on prenne soin de sa personne. Elle avait dû se montrer autonome dès sa plus tendre enfance et s'en félicitait. Il fallait savoir se débrouiller dans la vie. Toujours compter sur les autres n'était pas une solution envisageable pour elle. Cependant, aujourd'hui, elle se sentait particulièrement vulnérable. Le cœur et le corps meurtris, elle se sentait trop lasse pour ne pas apprécier que quelqu'un s'occupe d'elle.

La jeune femme replia ses jambes pour que Maxime puisse prendre place sur le clic-clac.

— Je suis désolée, dit-elle. Je n'ai pas encore eu le temps de m'équiper de nouveau.

— Ne vous inquiétez pas. J'ai l'habitude. Chez moi aussi, c'est plutôt succinct. C'est votre ex-petit ami qui vous a laissée aussi démunie ?

Sarah hocha la tête avec une grimace éloquente.

— Il ne m'a laissé que les meubles que j'avais acquis avant notre rencontre.

— Charmant !

— Cela a rendu Mina folle de rage, dit-elle en souriant à ce souvenir.

— Pas vous ? s'étonna Maxime.

Il scruta son visage. Une mèche brune s'échappait du chignon de Sarah et lui caressait la joue. L'homme avait une envie folle de la glisser derrière l'oreille de la jeune femme, mais n'osa pas ce geste trop intime.

— Cela ne m'a guère enchantée, je l'avoue, mais... En fait, je ne suis pas très matérialiste. J'étais plus en colère contre l'attitude même, que sur le fait d'être presque dépouillée.

Elle paraissait sincère et cela étonna Maxime. Il côtoyait tant de gens qui semblaient ne jamais posséder assez. Lui-même avait été ainsi, il y a peu encore. Si aujourd'hui il se contentait de vivre dans un appartement médiocre avec le strict minimum, il n'en avait pas toujours été ainsi. Mais il avait perdu Laure. Laure et leur enfant. Le monde s'était alors écroulé, laissant un grand vide dans sa vie. Il s'était aperçu que le bonheur était fragile et qu'il tenait à peu de choses.

Il était près de midi et le ventre de Sarah émit un grognement sourd.

— Excusez-moi, fit-elle en rougissant de confusion. On mange tôt à la clinique et je commence à avoir faim.

— Lorsque j'étais enfant, ma mère nous disait toujours à mes frères et à moi que la faim était une bonne maladie, lui assura Maxime en souriant. Je vais aller nous chercher quelque chose à manger chez le traiteur, car je dois avouer que je suis un piètre cuisinier. Vous préférez la viande ou le poisson ?

Gênée que Maxime s'occupe ainsi d'elle, Sarah allait protester, mais il l'en empêcha et elle en fut secrètement ravie, désireuse de voir se prolonger sa visite. Sa compagnie lui faisait du bien, elle devait se l'avouer. Et pour la première fois de sa vie, elle sentait que la solitude lui pesait. Peut-être était-ce parce qu'elle ressentait ce vide en elle ? Un vide immense laissé par le bébé. Les larmes lui montèrent aux yeux. Elle les essuya d'un revers de la main. Elle n'allait tout de même pas passer sa journée à pleurer !

Elle profita de l'absence de Maxime pour téléphoner à Romain. Bien qu'il lui en coûtât d'avoir une discussion avec lui, elle se devait de le tenir informé des derniers événements. Il n'avait jamais témoigné d'intérêt pour l'enfant, mais elle tenait à ce qu'il sache que finalement, il ne serait pas père.

Sarah soupira d'aise lorsque, après avoir composé le numéro de son portable, elle tomba sur la messagerie. Elle fut brève et concise. Entre eux, la page était définitivement tournée, songea-t-elle.

Maxime revint avec deux parts de sandre au beurre blanc qu'il fit réchauffer dans le mini-four qu'elle avait dû acheter après le départ de Romain. Il prépara du riz et dressa la table, refusant fermement l'aide de Sarah. Ils s'attablèrent avec appétit, discutant de tout et de rien, comme deux vieux amis.

Après le repas, Maxime débarrassa la table et fit la vaisselle tandis que la jeune femme s'assoupissait sur le clic-clac, coupable, mais heureuse de pouvoir, aujourd'hui au moins, se reposer sur quelqu'un.

L'homme couvrait son corps abandonné au sommeil d'un plaid trouvé dans la chambre, lorsqu'elle rouvrit les yeux.

— Je vous laisse vous reposer, Sarah. Si vous avez besoin de quoi que ce soit, n'hésitez pas : appelez-moi. Je vous ai laissé mon numéro de téléphone sur la table.

Hésitant, il se pencha vers elle et déposa un léger baiser rapide sur le front de la jeune femme.

Longtemps après son départ, elle ressentait encore la chaleur de ses lèvres sur sa peau et en était troublée. Inutile pourtant de se faire des illusions. Pour une raison inconnue d'elle, Maxime compatissait à son désarroi, mais elle devinait que son cœur n'était pas libre.

Elle-même se sentait vulnérable devant l'avalanche des épreuves qui déferlaient depuis peu dans sa vie, et ne pouvait demeurer insensible à l'attention qu'on lui portait. Cependant, elle n'était pas prête pour une relation avec lui. Elle devait penser à se reconstruire avant d'envisager une nouvelle histoire d'amour.

13

Allongée sur le clic-clac ouvert où elle avait passé une nouvelle nuit, car le matelas de la chambre était trop bas pour y dormir, Sarah tentait de remonter la fermeture Éclair de son jeans. Elle avait conservé quelques rondeurs de sa courte grossesse et attendait avec impatience que son corps se soit parfaitement remis de sa fausse couche, avant d'entamer des exercices abdominaux pour retrouver un ventre plat. Mais pour le moment, elle ressentait encore régulièrement des tiraillements et des douleurs dans le bas-ventre. Mieux valait attendre. De toute manière, elle n'avait pas tant de poids à perdre que cela, juste un petit ventre encore légèrement bedonnant.

La sonnette de la porte retentit et la jeune femme se hâta d'enfiler un chemisier blanc cintré à la taille. Elle enroula prestement ses cheveux mi-longs et ferma le clip de sa barrette d'un coup sec tout en se dirigeant vers la porte.

D'ordinaire, elle jetait un œil à l'œilleton avant d'ouvrir, aimant savoir à l'avance qui était son visiteur, mais le second coup de sonnette impatient lui fit négliger cette précaution et elle ouvrit la porte sans plus attendre. Elle se retrouva devant un énorme bouquet de roses rouges agrémentées de gypsophile. Romain apparut alors derrière les fleurs, un sourire enjôleur aux lèvres.

— Salut, beauté.

Sarah se contracta aussitôt. Romain était bien la dernière personne qu'elle pensait voir en ouvrant la porte. Et puis, que signifiaient ces fleurs et son air cajoleur ?

— Qu'est-ce que tu veux ? lui demanda-t-elle sèchement.

Il ignora le ton revêche de son ex-petite amie.

— Je peux entrer ?

— Je m'apprêtais justement à sortir.

C'était faux, mais elle n'avait nulle envie de le faire entrer dans l'appartement, ni même de discuter avec lui.

— Tiens. C'est pour toi.

La jeune femme ignora le magnifique bouquet de roses qu'il lui tendait et s'apprêta à refermer la porte sur lui. Devinant son geste, Romain glissa prestement un pied dans l'entrebâillement et prit un air penaud.

— Attends, Sarah. Je sais que tu m'en veux et je le comprends.

— Nous n'avons plus rien à nous dire, déclara la jeune femme avec fermeté.

Mais le jeune homme ne voulait pas la voir le jeter comme un malpropre même s'il avait conscience de ses torts envers elle.

— Sarah… excuse-moi. Je sais que je me suis conduit comme un idiot. Écoute, j'ai beaucoup réfléchi. J'ai commis une erreur, mais pendant notre séparation j'ai compris à quel point je tenais à toi. Alors, quand tu m'as téléphoné, je me suis dit que peut-être tout n'était pas fini entre nous.

Sarah le dévisagea un moment, se demandant s'il était sincère.

— Je tenais seulement à t'informer que j'avais perdu le bébé. Il me semblait que c'était normal, même si tu n'as jamais voulu de lui.

Elle tourna les talons, prit sa veste couleur camel suspendue au portemanteau ainsi que ses clés. Il la suivit à l'intérieur de l'appartement, ôta du vase le bouquet offert quinze jours plus tôt par Mina et Ambroise et dont les fleurs commençaient à se flétrir et le remplaça par ses propres roses.

— Voilà qui est mieux, fit Romain avec assurance. Je me rappelle que ce sont tes fleurs préférées.

— Je crains que tu ne te rappelles mal. Je préfère les œillets.

Le jeune homme haussa les épaules.

— En tous les cas, je sais ce que signifient des roses rouges offertes par un homme à une femme.

Sarah préféra ignorer l'allusion.

— Je t'ai dit que je devais sortir.

Ils se mesurèrent un moment du regard.

Sarah patientait devant la porte, le visage fermé. Il la rejoignit en deux enjambées.

— Écoute, Sarah, je suis désolé pour le bébé. Vraiment.

Romain effleura la joue de la jeune femme qui se raidit à ce contact. Elle avait peine à croire à la sincérité de ses regrets.

— Tu vois, la nature a fait elle-même le travail. Elle a dû se dire qu'un deuxième Romain, ce n'était pas possible.

L'homme laissa retomber sa main. Sarah ne se laisserait pas reconquérir si facilement, il le savait pertinemment. Déjà, la première fois, il avait dû se montrer patient pour gagner son cœur.

La jeune femme referma la porte à clé et dévala rapidement les escaliers, Romain sur ses talons. Elle espérait qu'il n'insisterait pas une fois dans la rue et que leurs chemins se sépareraient définitivement.

— Sarah, je regrette vraiment ce qui s'est passé. Et surtout de ne pas avoir été là quand…

Il n'acheva pas sa phrase, réduit au silence par le regard noir qu'elle lui jeta. Aujourd'hui encore, elle ressentait un grand vide dans sa vie et dans son corps. On ne lui avait donné aucune explication sur sa fausse couche. C'était des choses qui arrivaient, voilà tout.

Les trois premiers mois d'une grossesse demeuraient critiques même si la plupart du temps tout se passait bien. Bon nombre de médecins banalisaient cette triste expérience, ne mesurant pas toujours l'impact psychologique d'une telle épreuve pour une femme. Pour ces futures mamans, pourtant, c'était bien plus qu'un embryon qui était lové dans leurs entrailles. C'était déjà leur bébé.

Croiser des femmes enceintes serrait le cœur de Sarah. Elle se sentait chaque fois comme transpercée d'une flèche empoisonnée. Pourquoi cela lui était-il arrivé à elle ? Y avait-il une explication à cela ? Elle ne le saurait probablement jamais.

— C'est trop tard pour les regrets, Romain. En ce qui me concerne, notre histoire est terminée. J'ai tourné la page et je te conseille d'en faire autant.

Elle poursuivit encore quelques pas avant de lui faire face, car Romain la suivait toujours et elle souhaitait qu'il la laisse enfin tranquille. Mais il ne comptait visiblement pas laisser tomber si facilement. Il n'avait jamais aimé perdre. D'ailleurs, c'était toujours lui qui avait pris les devants, lors de ses ruptures sentimentales. Aucune fille ne l'avait jamais quitté. Y compris Sarah.

Leur face-à-face ne dura que quelques secondes avant qu'un homme ne s'interpose entre eux.

14

Les jours s'écoulaient doucement. Mars touchait à sa fin et laissait espérer l'arrivée proche des beaux jours. En tous les cas, quelque chose dans l'air le laissait supposer.

Ce matin-là, Maxime était sorti faire son jogging quotidien sous un soleil timide. La fraîcheur matinale acheva de le réveiller et il courut le long du bord de mer, croisant d'autres joggers, toujours plus nombreux le samedi, tout en admirant le paysage côtier qui défilait devant ses yeux.

Il s'étonnait encore de trouver du plaisir à courir. Ce qui avait été une contrainte deux mois plus tôt ne l'était plus et il était convaincu qu'il continuerait de courir une fois tous ses démons disparus. Il en ressentait à présent un besoin viscéral. Tout comme il savait déjà qu'il ne retrouverait pas ses plaisirs d'antan.

L'ancien Maxime appartenait au passé. Il se sentait un autre homme à présent, loin de celui qu'il avait été. Un homme qui ne voulait plus s'encombrer de superflu. Un homme qui voulait jouir de la vie et de ses petits bonheurs, tout simplement.

Il n'avait pas bu une seule goutte d'alcool depuis plus de huit semaines. Jamais il n'avait connu une telle abstinence et il ne pouvait que s'en réjouir. Même s'il avait conscience que le combat ne faisait que commencer. Le chemin serait long, il le savait. Mais il était sûr d'y parvenir.

Passé la plage de Villès, Maxime bifurqua sur le chemin des douaniers et poursuivit sa course. Au niveau de la base nautique, un petit groupe s'apprêtait à embarquer sur leur kayak, tandis que des promeneurs flânaient sur la plage avec leur chien. La journée s'annonçait belle. Tout le monde voulait en profiter.

L'homme prolongea son jogging jusqu'à la crique de Bonne Anse avant de rebrousser chemin.

Le visage plein de fraîcheur de Sarah dansa devant ses yeux et un sourire béat se dessina sur ses lèvres. Elle ne ressemblait en rien à toutes les femmes qu'il avait connues jusqu'à présent. Simple et naturelle, elle avait gardé la spontanéité de l'enfance tout en possédant une lucidité qui lui conférait parfois un air grave et sérieux qu'il aurait bien voulu voir s'effacer. Sarah aspirait à vivre sa vie sans rien demander à personne, se contentant de ce qu'on lui donnait.

Il était si facile de tomber amoureux d'elle qu'il se demanda pourquoi personne n'avait encore songé à l'épouser. Il repensa à son compagnon qui l'avait abandonnée quand elle s'était retrouvée enceinte. Pourquoi n'avait-il pas vu la perle qu'il avait entre les mains ?

Maxime arrivait près de son domicile lorsqu'il vit l'objet de ses pensées en compagnie d'un homme jeune, au physique plutôt agréable. Il ne s'interrogea nullement sur le coup au cœur qu'il ressentit à cet instant, mais ralentit son allure pour ne pas se montrer indiscret.

Avec une évidente satisfaction, il nota le visage fermé de la jeune femme. Elle ne semblait aucunement ravie de devoir supporter la présence de l'homme qui la suivait et Maxime en fut inexplicablement heureux.

La jeune femme s'arrêta soudain pour faire face à l'inconnu et Maxime saisit les bribes de conversation qu'elle avait avec son compagnon.

— C'est fini entre nous... Je ne veux plus jamais te revoir, c'est clair ?

Elle s'apprêtait à poursuivre son chemin, mais l'homme la retint par le bras.

— Sarah... Sarah, écoute-moi.

— Lâche-moi. Tu me fais mal.

L'homme laissa mollement retomber sa main, ne souhaitant pas envenimer les choses, mais Maxime se hâta tout de même de les rejoindre. Son regard balaya rapidement le visage des deux protagonistes.

— Bonjour, Sarah. Tout va bien ?

La jeune femme parut soulagée de le voir. Comment faisait-il pour être toujours présent quand elle avait besoin de lui ? Elle lui adressa un magnifique sourire qui déplut aussitôt à Romain.

— Bonjour. Oui, tout va bien. Romain allait justement partir.

Ainsi il s'agissait de son ancien petit ami. Le père du bébé qu'elle avait perdu. Ce type ne manquait pas d'aplomb de revenir dans la vie de Sarah après l'avoir lâchement abandonnée quand elle s'était retrouvée enceinte de lui.

Romain lança un regard noir à Maxime. Il n'avait pas l'intention de se laisser démonter si facilement.

— Qui c'est celui-là ? grogna-t-il.

— Cela ne te regarde pas, rétorqua Sarah d'un ton sec. Je n'ai aucun compte à te rendre. Je te rappelle, au cas où tu l'aurais oublié, qu'il n'y a plus rien entre nous.

— Ah, je vois, fit l'homme plein de dépit. Tu m'as déjà remplacé. Tu n'as pas perdu de temps, dis-moi. À moins que tu n'aies voulu lui faire croire que c'était lui le père de ton bâtard ?

— Tu es vraiment trop nul, lâcha Sarah dont le visage s'était enflammé devant une telle bassesse.

— Et toi, tu n'es qu'une…

Maxime ne le laissa pas achever sa phrase. Plaquant Romain contre le mur de l'immeuble, il tonna de sa voix grave :

— Je te conseille de la laisser tranquille dorénavant, ou tu auras affaire à moi, tu as compris ?

Le jeune homme hocha la tête à contrecœur. Il n'avait aucune envie de se battre. Il était plus à l'aise pour blesser avec des mots qu'avec des coups. Maxime le lâcha, le visage durci par la colère.

— De toute façon, je n'en ai plus rien à foutre d'elle. Je te la laisse bien volontiers. Tu verras, même au lit ce n'est pas une affaire ! Enfin, tu t'en es sûrement rendu compte si tu l'as déjà sautée !

La mâchoire de Maxime se serra davantage et il se retint à grand-peine de lui infliger une correction.

— Très bien, alors tire-toi.

Maxime regarda l'homme s'éloigner avant de reporter son attention sur la jeune femme, devenue pâle et vacillante.

— Vous allez bien ?

Le cœur battant, les mains tremblantes, Sarah acquiesça d'un signe de tête par habitude. Alors qu'en fait, elle se sentait mal. Cette confrontation l'avait désarmée. Comment Romain pouvait-il penser qu'elle pourrait un jour lui pardonner et vouloir reprendre leur vie comme avant ?

— Je ne sais pas si j'ai bien fait de l'appeler pour lui dire que j'avais perdu le bébé, mais je voulais qu'il sache que finalement il ne serait pas papa. Et lui, il revient la bouche en cœur, en prétextant que je suis la femme de sa vie.

Sarah secoua la tête avant de poursuivre.

— Il voulait que je lui pardonne. Je ne comprends vraiment pas pourquoi il est revenu.

— N'y pensez plus, Sarah. Je ne crois pas qu'il reviendra vous importuner, mais s'il le fait, n'hésitez pas à m'appeler, promis ?

— Et tel un chevalier, vous arriverez sur votre cheval blanc, se moqua gentiment Sarah qui voulait alléger la tension qu'elle avait senti grandir en elle.

— Je me passerai du cheval blanc, les cours d'équitation ne me tentent vraiment pas, sourit Maxime, heureux que la pression de la jeune femme retombe. Où allez-vous ?

Elle haussa les épaules en signe d'ignorance.

— Je ne sais pas. Quand Romain a sonné à ma porte, j'ai prétexté une sortie pour me débarrasser de lui.

— Je vais prendre une douche. On se rejoint au *Pyé koko* dans trois quarts d'heure, cela ira ? Que diriez-vous d'un tour sur la Côte Sauvage ensuite ? On pourrait pousser jusqu'à la pointe du Croisic. Il y a une excellente crêperie sur le port, si je me souviens bien.

L'idée était plaisante. Elle aimait la compagnie de Maxime et appréciait le petit port de pêche à la pointe de la Côte Sauvage.

— D'accord. À tout à l'heure. Et merci encore.

— Tout le plaisir était pour moi. J'avoue que je lui aurais volontiers envoyé mon poing dans la figure.

— Auriez-vous des tendances violentes, M. Kervalen ? sourit Sarah qui n'en pensait pas un mot.

— Non, généralement pas. Mais des types comme lui me portent sur le système.

— Je vous promets de les éviter à l'avenir. Bonne douche, M. Kervalen.

— Maxime… Appelez-moi Maxime.

— OK pour Maxime. À tout à l'heure, Maxime.

15

Mina remarqua aussitôt la nervosité de Sarah lorsque celle-ci franchit la porte de la brasserie et se demanda ce qui arrivait encore à la jeune femme. Elle qui avait mené une vie plutôt tranquille jusqu'à présent, semblait maintenant attirer sur elle une pluie d'épreuves. On parlait de loi des séries. C'était indéniablement ce qui était en train de se passer pour Sarah en ce moment.

— Que se passe-t-il ?

— Je viens d'avoir une altercation avec Romain.

L'Antillaise ouvrit de grands yeux. Jamais elle n'aurait pensé entendre de nouveau parler de cet individu.

— Romain ? Où cela ? Et qu'est-ce qu'il te voulait encore, ce petit merdeux ?

Sarah s'installa sur l'un des tabourets équipant le comptoir.

— Tu veux bien me servir un jus de fruits, s'il te plaît ?

Puis elle poursuivit d'une voix qui trahissait sa perplexité.

— Il est venu à l'appart. Il voulait qu'on se remette ensemble.

Mina secoua la tête avec incrédulité.

— Quel toupet ! Après tout ce qu'il t'a fait ! Tu l'as jeté dehors avec un bon coup de pied au derrière, j'espère ?

Sarah sourit à cette idée. L'envie ne lui avait pas manqué, mais le cran, oui.

— J'ai prétendu que je devais sortir. Mais il s'est montré têtu, tu sais comment il est. Il m'a suivie dans la rue et je pensais ne jamais pouvoir m'en libérer. Heureusement, nous avons croisé Maxime qui revenait de son jogging matinal. Il est parvenu à me débarrasser de Romain.

La jeune femme se remémora la tension qu'elle avait ressentie alors, craignant que l'affrontement ne dégénère en bagarre. Elle n'avait jamais rêvé que deux hommes se battent à cause d'elle comme dans les films.

Le visage de Mina changea d'expression à l'évocation de Maxime, mais Sarah n'y prêta pas attention, trop préoccupée par l'incident qui venait de se produire.

— Il doit me rejoindre ici. Je parle de Maxime, bien sûr. Nous allons faire un tour sur la Côte Sauvage. Je crois que cela me fera du bien. En tous les cas, cela me changera les idées.

Le visage de l'Antillaise se ferma davantage et Sarah, qui venait de lever les yeux sur elle, s'en aperçut.

— Qu'est-ce que tu as ? C'est à cause de Maxime, n'est-ce pas ? Tu ne l'aimes pas beaucoup lui non plus, on dirait. Reconnais pourtant qu'il m'a déjà rendu plusieurs fois service.

— Je me fais du souci pour toi, c'est tout. Tu es fragile et j'ai peur qu'il en profite.

— Qu'il en profite ? Mais qu'est-ce que tu vas imaginer, Mina ? Il n'y a rien entre lui et moi. Il se trouve seulement présent quand j'ai besoin de quelqu'un, c'est tout. Notre amitié me convient. Je ne cherche pas plus et lui non plus, du reste.

Mina ne parut guère convaincue par la certitude de la jeune femme. L'homme ne lui plaisait nullement et elle voulait à tout prix protéger Sarah.

— Tu as assez souffert comme cela ces derniers temps, répliqua-t-elle d'un ton qui se voulait autoritaire. Occupe-toi donc un peu de toi et laisse les hommes de côté pour le moment.

Surprise par la véhémence de son amie, la jeune femme posa sa frêle main sur le bras de Mina.

— Je t'assure que tu te fais des idées. Je ne suis pas amoureuse de lui. Pas plus qu'il ne l'est de moi. Nous avons juste sympathisé. Il n'y a rien de plus. L'amitié entre un homme et une femme, cela existe, tu sais.

— En ce qui concerne ses sentiments, sans doute. Toi, par contre, je…

Sarah ne la laissa pas achever sa phrase.

— Qu'est-ce que tu veux dire ?

— Rien, protesta l'Antillaise soudain mal à l'aise.

— Mina, si tu sais quelque chose, dis-le-moi.

Secrètement ravie de pouvoir mettre un terme à cette relation qu'elle trouvait absurde, la patronne du *Pyé koko* avoua :

— Tu veux vraiment tout savoir ? Ce n'est pas un hasard s'il s'intéresse à toi. Lorsqu'Ambroise est venu te voir à la clinique, il a surpris une conversation très intéressante entre ton beau Maxime et un de ses confrères. Sa femme a perdu un bébé il y a peu. Et je me suis un peu renseignée sur lui.

Sarah écarquilla les yeux, incrédule.

— Tu as fait quoi ?

Mina ignora l'interruption outragée de sa jeune amie. Elle se devait de la mettre en garde contre cet homme.

— La concierge de son immeuble m'a révélé qu'il était responsable de l'accident qui a coûté la vie du bébé. Elle ne connaît pas toute l'histoire, bien sûr. Mais sa belle-fille est infirmière à la clinique de La Loire. C'est là qu'il travaille — ou plutôt travaillait avant d'être mis en congé d'office — enfin bref, c'est suite à cela que ton Maxime et sa femme se sont apparemment séparés et qu'il a atterri dans le quartier. Alors, tu vois, je doute qu'il s'occupe de toi uniquement pour tes beaux yeux. C'est la culpabilité qui le pousse à agir. Un *mea-culpa*, en quelque sorte.

Sarah avait pâli, tour à tour d'indignation que son amie puisse mener derrière son dos une enquête sur l'anesthésiste, puis de déception sur la réalité de l'intérêt que Maxime lui portait. Elle ne se faisait guère d'illusions sur les sentiments que pouvait lui porter le médecin. Jamais elle n'avait émis l'hypothèse qu'il puisse tomber amoureux d'elle. Dans son milieu, il devait fréquenter un tas de femmes sûres d'elles et de leur beauté. Pour autant, elle avait cru sincère une amitié naissante. La réalité était tout autre. Maxime voyait en Sarah un moyen de se pardonner à lui-même une faute qu'il croyait, à tort ou à raison, avoir commise.

Blessée plus qu'elle ne voulait l'admettre, Sarah plongea dans un mutisme renfrogné.

— Je suis désolée, Sarah. Il était de mon devoir de te mettre en garde contre lui. Tout ce qu'il fait, ce n'est pas pour toi, mais uniquement pour lui. Je ne dis pas qu'il se moque de ce que tu éprouves depuis la perte du bébé, mais il agit avant tout de manière égoïste.

Sarah hocha la tête, mais elle n'était pas dupe. Mina n'avait jamais aimé Romain. Elle n'appréciait pas son amitié avec Maxime qui, pensait-elle, pouvait évoluer en un sentiment plus profond, du point de vue de la jeune fille du moins. Sarah savait que, pour Mina, aucun homme ne serait jamais digne d'elle. Telle une mère particulièrement protectrice, l'Antillaise avait l'habitude de parer Sarah d'une auréole qui amusait souvent la jeune femme.

Pour le moment pourtant, Sarah ne se sentait pas d'humeur réjouie. Son visage resta sombre à l'arrivée de Maxime, qui, bien qu'il ait quitté la jeune femme tendue par l'altercation, devina sans peine qu'il s'était passé autre chose pendant son absence.

Mina lui témoigna une froide politesse comme à l'accoutumée. Il n'arrivait pas à comprendre l'expression distante de l'Antillaise à son égard. Il se demandait ce qui, dans son attitude, irritait la patronne du *Pyé koko*, ayant constaté son air affable avec les autres clients de la brasserie. Elle semblait lui en vouloir personnellement. Mais de quoi, ça, il l'ignorait.

— On y va ? demanda Maxime pour échapper à la tension ambiante.

Sarah prit ses affaires et le suivit en silence jusqu'à la BMW série cinq couleur bleu nuit. Hormis lors de sa fausse couche, dont elle ne conservait qu'un vague souvenir vu l'état de peur et de tension dans lequel elle se trouvait alors, elle n'était jamais montée dans un véhicule aussi confortable que cette berline et se laissa aller avec délectation dans le siège passager. D'ordinaire elle se moquait des voitures. Elle-même conduisait peu. Elle ne possédait d'ailleurs aucun véhicule, non par souci d'économie, mais parce que cela ne lui semblait pas indispensable. Elle circulait à pied ou à vélo sans y trouver le moindre inconvénient, bien au contraire. Elle avait passé son permis de conduire quelques années plus tôt, par nécessité pour son travail plus que par envie, et n'avait pas pris le volant depuis qu'elle avait quitté son précédent emploi. Cela ne lui manquait pas. Elle préférait se laisser conduire.

Chaque tentative de Maxime pour entamer une conversation se soldait par des réponses laconiques et, avant de démarrer, il se tourna vers la jeune femme qui gardait un visage obstinément fermé. Il devinait le mur invisible qu'elle avait érigé entre eux sans en comprendre la raison.

— Que se passe-t-il ?

— Rien.

Maxime eut un sourire sceptique.

— Vraiment ? Dans ce cas, pourquoi ai-je l'impression que vous me faites la tête ?

— Cela n'a rien à voir avec vous, mentit Sarah qui faisait des efforts pour rester aimable, bien qu'elle fût sur le point d'exploser. Mina et moi avons eu une conversation déplaisante tout à l'heure, c'est tout.

Devait-elle lui dire ce qu'elle venait d'apprendre ? Elle n'était pas sûre de vouloir entendre la vérité. Se taire lui parut donc la meilleure des solutions.

L'homme sentait confusément que la discussion que les deux femmes avaient eue le concernait et il comptait bien s'en assurer dans le courant de la journée. Il n'aurait pas su expliquer pourquoi, mais l'opinion que Sarah avait de lui était importante à ses yeux.

Il démarra la voiture sans rien ajouter et, laissant la ville derrière eux, il prit la route bleue.

L'autoradio diffusait doucement une musique classique qu'elle avait déjà entendue, mais elle ne s'y connaissait pas suffisamment pour savoir qui en était le compositeur.

— Vous n'écoutez que ce genre de musique ? marmonna Sarah.

— Pourquoi, vous n'aimez pas ? s'enquit-il aussitôt.

Sarah dissimula le sourire qui lui venait aux lèvres malgré elle. Il paraissait comme un petit garçon soucieux de plaire à sa mère.

— Si. Je me posais juste la question.

Maxime sourit à son tour, heureux de cette amorce de détente.

— J'aime aussi le blues, le jazz. Et vous ? C'est quoi votre style de musique ?

— Je suis assez hétéroclite en la matière.

— Voulez-vous que je mette autre chose ?

Sarah fut touchée par sa prévenance. Romain ne cherchait jamais à savoir si la musique ou le programme de télévision l'intéressait. Il mettait invariablement ce que lui préférait. Elle se sentait souvent invisible avec lui.

C'était nouveau et plaisant pour elle de savoir que quelqu'un était désireux de lui être agréable.

— Non, ça ira, merci.

Sarah s'abîma à nouveau dans le silence en fermant les yeux. Maxime lui jetait de petits regards à la dérobée. La tension de la jeune femme semblait se relâcher peu à peu.

De fait, Sarah tentait d'échapper à la déception qui l'avait assaillie un peu plus tôt. Que lui importait que Maxime soit avec elle par intérêt, après tout ? Sa présence la réconfortait, c'était plus qu'elle ne pouvait espérer, elle qui avait dû si souvent faire face à la solitude.

Bercée par la musique et le confort de la voiture, elle s'assoupit et n'ouvrit les yeux que lorsqu'elle sentit la voiture s'immobiliser.

— Excusez-moi, dit-elle légèrement honteuse. Je crois que je me suis endormie.

— Ce n'est rien.

— Je dors très mal en ce moment, se crut-elle obligée de justifier.

— En avez-vous parlé à votre médecin ?

— Pour qu'il me prescrive des somnifères ? Très peu pour moi. Il me faut juste un peu de temps pour accepter la perte de mon bébé. J'y arriverai bien toute seule.

Il sourit tristement. Bien que son problème soit différent, il pensait lui aussi se sortir seul de son problème d'alcool. Leur confiance en eux était-elle admirable ou tout simplement le fruit de leur inconscience ? À cet instant, il n'aurait su le dire.

Sarah sortit de la voiture et contempla l'océan, fascinée par l'impression de liberté qu'elle ressentait chaque fois qu'elle plongeait son regard dans l'immensité de la mer.

La Côte Sauvage, belle et majestueuse, se remettait doucement de l'agression dont elle avait été victime près de sept ans et demi plus tôt. L'*Erika* avait fait des dégâts sur plusieurs centaines de kilomètres et il avait fallu d'interminables mois pour que les côtes atlantiques retrouvent une beauté quasi dénuée de galettes noires.

Longtemps après, il restait encore trace de ce terrible jour de la mi-décembre 1999. Le procès contre l'*Erika* était ouvert depuis un mois et demi, mais Sarah ne se faisait guère d'illusions. D'autres bateaux-poubelles circuleraient encore probablement, risquant de nouvelles marées noires, avant que les autorités ne prennent de fermes sanctions. Si jamais ils en prenaient un jour.

La jeune femme se remémora sa révolte lors du drame. Comment les gouvernements pouvaient-ils permettre que de tels bateaux prennent la mer ? Comment pouvaient-ils sacrifier une splendide nature au nom de l'économie et des intérêts de certains ?

Maxime et Sarah empruntèrent les petits chemins tracés par les milliers de pas au fil des années, s'approchant du bord de la falaise avec prudence. Un vent frais venu de l'océan leur fouettait le visage et la jeune femme se sentit soudain revigorée. Le ressac de la mer fracassant les rochers lui insuffla une force nouvelle. Elle suivit l'envol d'une mouette, les ailes battant l'air avant de planer au-dessus du rivage en poussant de petits cris, ce qui lui rappela les journées ensoleillées passées sur la plage lorsqu'elle était plus jeune.

— Je trouve ce paysage tellement magnifique. On se sent si petit face à cette vaste étendue.

Le regard de Maxime se posa sur Sarah. Elle donnait l'impression d'avoir envie de se noyer dans le spectacle qui s'offrait à ses yeux. Jamais il n'avait vu quelqu'un admirer un simple paysage avec autant d'avidité. Sarah ne semblait pas se lasser de contempler le panorama qu'elle avait devant elle.

Les yeux de l'homme se reportèrent sur la mer, tentant de voir avec le regard passionné de la jeune femme la vue qui leur faisait face, mais y renonça. Bien qu'il trouvât le site fort agréable, il n'éprouvait aucune exaltation particulière à l'admirer.

Les prunelles bleues fixèrent à nouveau le profil de la jeune femme. Un sourire tendre sur les lèvres, Maxime suivit la courbe parfaite du nez, les lèvres frémissantes, et descendit le long du cou gracile. Ses cheveux étaient, comme souvent, retenus par une barrette en bois formant une vague. Ce chignon, réalisé à la va-vite, laissait échapper quelques mèches brunes que le vent balayait sur son visage.

L'homme réprima l'envie de caresser d'un geste tendre le cou de la jeune femme, craignant de ne pouvoir résister au désir qu'il sentait naître pour elle. Une histoire d'amour était pour lui hors de propos pour le moment et il ne s'autoriserait pas à faire souffrir Sarah en ne lui offrant qu'une passade sans lendemain.

La jeune femme ressentait avec la même acuité leur promiscuité et n'en était pas moins troublée. Elle se tourna vers lui et occulta elle aussi l'attirance qu'elle éprouvait pour lui. Elle avait eu son compte d'épreuves ces temps derniers. Elle n'oubliait pas non plus pourquoi Maxime lui témoignait un tel intérêt.

— On y va ? proposa-t-elle. Je commence à avoir faim.

Ils avaient parcouru plusieurs kilomètres et mirent plus d'une heure à regagner la voiture.

La crêperie où Maxime la conduisit faisait face au petit port de pêche et ils aperçurent des bateaux revenant de mer, leurs cargaisons de poissons ou de crustacés. Décor de cartes postales.

La saison touristique ne commencerait pas avant quelques semaines et ils n'eurent aucun mal à trouver une table libre.

Sarah choisit une galette aux noix de Saint-Jacques sur une fondue de poireaux et Maxime opta pour une Nordique.

— Et avec ceci, messieurs-dames, du cidre ?

Maxime consulta Sarah du regard. Elle hocha la tête.

— Une bolée de cidre brut et de l'eau, s'il vous plaît.

Sarah attendit que le patron de la crêperie se fût éloigné avant de prendre la parole.

— J'ai remarqué que vous ne preniez jamais d'alcool.

— Effectivement, je ne bois pas.

Le ton n'invitait pas à la confidence et Sarah changea de sujet pour revenir à une conversation moins personnelle.

Elle entamait sa crêpe à la crème de citron lorsque la sonnerie du téléphone portable de Maxime retentit. L'homme décrocha en s'excusant avec un sourire, tandis que Sarah se raidissait imperceptiblement sur sa chaise.

— Charles ? Oui, ça va. Non, je ne suis pas seul. On en reparle plus tard, veux-tu ? Salut.

Maxime glissa le téléphone dans la poche de son blouson en s'excusant une nouvelle fois. Il sentit de nouveau la tension de Sarah sans en comprendre la raison. Elle ne tarda pas à exploser.

— C'est quelque chose qui m'insupporte !

— Quoi ? fit Maxime, visiblement surpris par l'irritation soudaine de Sarah.

— Vous déjeunez tranquillement avec quelqu'un à l'extérieur, pensant pouvoir profiter d'un moment agréable avec ladite personne, et ce gadget dont plus personne ne semble pouvoir se passer vient gâcher l'intimité de ces instants souvent trop rares.

— Je vous promets de l'éteindre chaque fois que nous serons ensemble. Ça vous va ? répliqua l'homme pour désamorcer un conflit qu'il sentait proche et dont il ne comprenait pas vraiment le sens.

Mais l'agacement de Sarah, alimenté par le dépit ressenti un peu plus tôt face aux aveux de Mina, se mua en colère sourde.

— Pourquoi vous intéressez-vous à une fille comme moi, Maxime ? Parce que votre femme ne vous a pas laissé vous occuper d'elle lorsqu'elle a perdu son bébé par votre faute ? Alors pour apaiser votre conscience, vous vous êtes dit que vous alliez prendre soin de moi ? Vous vouliez vous débarrasser de cette culpabilité qui vous colle à la peau, c'est ça ?

— Sarah, calmez-vous, intima Maxime, le visage devenu blême sous l'accusation.

Qui avait parlé de Laure et du bébé à la jeune femme ? La patronne du *Pyé koko*, sans aucun doute. C'était certainement la conversation qu'elles avaient échangée un peu plus tôt avant son arrivée. D'où le revirement de comportement de Sarah, quand il l'avait rejointe à la brasserie, comprenait-il enfin.

— Tout le monde nous regarde, ajouta-t-il légèrement agacé.

— Et alors, que voulez-vous que cela me fasse ? s'insurgea la jeune femme en se levant brusquement. Cela doit bien leur arriver à eux aussi de se mettre en colère ! Écoutez, Maxime, je n'ai pas envie d'être la base de votre psychothérapie personnelle et je pense qu'il serait préférable dorénavant de ne plus nous voir.

Sarah tourna les talons, consciente du regard des autres clients, heureusement peu nombreux à cette époque de l'année. Rouge de colère et de honte, elle releva néanmoins la tête avec fierté et quitta la crêperie. Ce genre d'éclat lui ressemblait si peu. Que lui arrivait-il donc ?

Maxime demanda l'addition en s'excusant auprès du patron de cet esclandre et sortit à son tour. Il chercha la jeune femme du regard et l'aperçut s'éloignant du côté du Mont Esprit, une butte aménagée en petit parc et qui offrait un point de vue agréable.

Sarah se rappelait y être venue plusieurs années auparavant à l'occasion d'une sortie de fin d'année scolaire à l'Aquarium du Croisic. Elle en gardait un très bon souvenir sans se rappeler pourquoi. Elle n'y était jamais revenue depuis, et malgré ses préoccupations constata que cela avait beaucoup changé.

Maxime hâta le pas pour la rejoindre.

— Sarah ! Vous pourriez m'expliquer ce qui se passe ? demanda-t-il en la retenant fermement par le bras.

Les yeux noirs brillants de colère, Sarah rétorqua :

— J'ai horreur qu'on se moque de moi !

— Qu'est-ce qui vous fait penser que c'est le cas ? s'enquit l'homme en haussant le ton malgré lui.

— Pourquoi ne pas m'avoir dit que votre femme avait, elle aussi, perdu un bébé ?

Maxime la dévisagea sans répondre, les mâchoires contractées.

— J'en ignore la raison, mais il est évident que vous vous sentez responsable de cette perte. Et je pense que c'est pour ça que vous avez voulu prendre soin de moi quand j'ai fait ma fausse couche. Si vous aviez au moins eu l'honnêteté de m'en parler, je me serais sentie moins trahie par votre attitude. Maintenant si vous voulez bien me lâcher, je vais me renseigner sur les horaires des trains.

— C'est stupide ! tenta Maxime sans la lâcher. Vous n'allez pas rentrer en train. Ceci n'a aucun sens. Je vais vous ramener chez vous.

— Il est hors de question que je subisse votre pitié plus longtemps, laissa tomber Sarah avant de tourner les talons.

— Sarah ! la rappela-t-il sans bouger pourtant. Cessez de faire l'enfant !

Maxime secoua la tête, la détermination de la jeune femme ne lui laissant guère le choix. Elle ne reviendrait pas sur sa décision de rentrer à Saint-Nazaire en train, c'était évident. Il s'éloigna du site lorsqu'elle fut hors de sa vue et regagna sa voiture garée sur le grand parking près de la criée.

Appuyé contre sa voiture, il s'attarda un moment à regarder les marins pêcheurs s'activer sur leurs bateaux. Il ne savait plus très bien où il en était. Devait-il, comme Sarah semblait le souhaiter, renoncer à tout contact avec elle ? Se servait-il vraiment de la jeune femme pour atténuer la culpabilité qui l'assaillait toujours ?

Il se remémora les instants passés auprès d'elle. Il devait reconnaître qu'il se sentait bien lorsqu'ils étaient ensemble. Il ne pensait plus que cela avait un rapport avec une faute dont il se sentait coupable. Pas plus qu'il ne pensait être amoureux d'elle. Même s'il ne niait pas l'attirance physique qu'il éprouvait à son égard, il aimait toujours Laure. Sa femme restait la seule avec laquelle il avait envie de partager sa vie.

De son côté, Sarah attendait sur le quai désert de la gare le prochain train pour Saint-Nazaire. Elle aurait eu le temps de se promener sur le port, mais redoutait d'y croiser Maxime, ignorant ce qu'il avait projeté de faire après son départ soudain, bien qu'il fût certainement rentré chez lui. Elle s'installa sur le banc et patienta, ses sombres pensées pour toute compagnie. Elle se sentait terriblement seule et, pour la première fois de sa vie, en éprouva une vive douleur. L'idée de ne plus revoir Maxime la laissait désemparée et elle comprit qu'elle était tombée amoureuse de lui bien qu'elle jurât, il y a peu, qu'il n'en était rien. Comment expliquer sinon l'état de manque qui l'envahissait déjà à la pensée de ne plus partager du temps avec lui ?

Cette révélation acheva de la déprimer. Elle se croyait à l'abri d'une telle chose depuis sa récente séparation et la perte de son bébé. Elle pesta contre son cœur de midinette. Il avait suffi qu'un homme, séduisant certes, lui témoigne un peu d'intérêt pour que son cœur s'emballe. Mina avait

finalement raison de s'inquiéter à son sujet. Quelle idiote !
Vraiment. Et il avait fallu que cela tombe sur un homme
dont le cœur n'était pas libre.

Sarah ressentit une violente jalousie envers la femme de
Maxime. Comment avait-elle pu laisser tomber son mari et
lui laisser le cœur en miettes ?

16

Maxime était à peine rentré à son domicile qu'un coup de sonnette retentit à la porte de son appartement. Il maugréa contre cette visite inopportune alors que son désir le plus cher à cet instant était de rester seul, mais il se décida néanmoins à ouvrir. Un petit bonhomme de quatre ans et demi lui sauta au cou joyeusement.

— Bonjour parrain !

Maxime ébouriffa tendrement les cheveux couleur miel du garçonnet.

— Salut, toi. Comment va mon T. Rex préféré ?

— Grrrr..., tenta de faire peur l'enfant en montrant ses petites dents blanches.

— Oh là, doucement. Je te rappelle que je suis le dompteur de dinosaures le plus coriace de la planète, fit Maxime en reposant l'enfant à terre.

— Mais parrain, corrigea le petit garçon, tu sais bien que les hommes n'existaient pas à l'époque des dinosaures.

— Tu en es sûr ? s'étonna faussement Maxime.

La petite tête blonde hocha vigoureusement la tête d'un signe affirmatif.

— Bah, alors on dirait que je suis une créature maléfique plus forte que le T. Rex.

Charles ne laissa pas le temps à l'enfant de répliquer. Il lui tendit un sac à dos à l'effigie de Franklin, la petite tortue verte, et commanda d'une voix autoritaire.

— Va jouer avec tes jeux, Bastien. Ton parrain et moi avons à discuter.

— Je peux lui montrer mes nouveaux dinosaures avant ? tenta néanmoins le petit garçon qui vouait une passion débordante à ces animaux préhistoriques.

— Tout à l'heure, mon bonhomme. Maxime et moi devons parler avant.

Le petit garçon soupira bruyamment, mais le regard de son père lui intima de ne pas insister. Maxime lui adressa un clin d'œil complice.

— Va jouer dans la chambre. Je te rejoins bientôt. Et tu me montreras toutes tes nouveautés.

Avec un nouveau soupir déçu, Bastien quitta la pièce.

— Je suis désolé. Barbara devait aller le chercher au Karaté baby, mais elle a eu un empêchement de dernière minute. Un patient qui a fait une tentative de suicide.

— Comment va-t-il ? s'enquit Maxime pour la forme.

— Les pompiers sont arrivés à temps. Il devrait s'en sortir.

Maxime hocha la tête en songeant aux émotions qui devaient assaillir Barbara. Depuis combien de temps suivait-elle cet homme ? S'en voulait-elle de n'avoir rien vu venir ?

Il s'installa sur le canapé en cuir crème où Charles le rejoignit. Son ami attaqua d'emblée le sujet qui le préoccupait.

— Que faisais-tu encore avec cette fille cet après-midi ?

Maxime préféra ignorer la question.

— Je t'offre quelque chose ? Tu m'excuseras, je n'ai pas d'alcool. Café soluble, thé ou jus de fruits ?

Charles ne se laissa pas intimider pour autant.

— Rien, merci. J'aimerais vraiment savoir ce qui t'intéresse chez elle ? Elle n'a vraiment rien de particulier.

C'est là où tu te trompes, voulut lui répondre son ami, *avec elle, je me sens vraiment bien. Différent aussi. Plus proche de moi-même. De celui que j'ai certainement toujours été au fond de moi sans le savoir.*

Mais il se contenta de hausser les épaules.

— Pourquoi la fréquentes-tu, alors ? insista Charles.

Maxime réfléchit un instant et avança l'hypothèse émise par Sarah elle-même, un peu plus tôt.

— M'occuper d'elle pendant sa fausse couche m'a semblé… disons, naturel. Peut-être que j'essayais de me déculpabiliser de ne pas avoir été assez présent auprès de Laure quand cela lui est arrivé.

Maxime eut un petit rire désabusé.

— Voilà que je fais de la psychologie de quartier maintenant !

— À ce propos, as-tu pris contact avec la collègue de Barbara ?

L'homme secoua la tête en signe de dénégation. Cela avait beau être à la mode de suivre une psychothérapie, il n'avait aucune envie de s'y soumettre.

— Et avec l'alcool, où en es-tu ? demanda Charles qui s'inquiétait pour Maxime.

— Ça va. Cela fait deux mois que je n'ai pas bu une seule goutte, doc. Je ne dis pas que c'est tous les jours facile, mais je suis sûr que je peux y arriver. Non, que j'y arriverai.

— Tu devrais quand même aller voir cette Grandin-Marsac, glissa Charles. Je ne la connais pas, mais Barbara dit qu'elle est vraiment très bien.

— Si vraiment j'en ai besoin, j'irai, lui assura Maxime. Ne t'inquiète pas, Charles, je vais bien. Mieux en tous les cas que je ne l'ai été depuis fort longtemps, même si je ne saurais expliquer pourquoi alors que ma vie part complètement à vau-l'eau.

— Parrain, je peux te montrer mes dinosaures maintenant ? demanda Bastien en apparaissant sur le pas de la porte.

Avant que Charles ne renvoie son fils jouer dans la chambre, Maxime hocha la tête, souhaitant mettre un terme à leur conversation. Il comprenait que Charles s'inquiétât à son sujet, mais préférait régler ses problèmes lui-même. Et surtout, il n'avait aucune envie de voir son ami dénigrer Sarah devant lui.

— Est-ce que je peux dormir dans ta nouvelle maison ? interrogea l'enfant en s'installant sur les genoux de Maxime avec son sac rempli de jouets.

— Ça te plairait de venir passer une nuit ici ?

Les yeux du petit garçon brillèrent d'excitation.

— Oh oui, alors !

L'enfant adorait son parrain qui le lui rendait bien.

— Si ton papa et ta maman sont d'accord, je le suis aussi.

Bastien regarda son père, le visage implorant.

— Je peux dormir ici cette nuit, papa ? Dis oui, s'il te plaît !

Charles donna son assentiment en songeant que la présence de l'enfant auprès de Maxime serait sans aucun doute bénéfique pour son ami. Il ne doutait pas qu'il aurait fait un père merveilleux et regrettait que Laure ait perdu leur bébé. Sans cela, tout n'aurait pas basculé dans la vie de son ami.

Il vit le sourire de son fils s'épanouir et espéra secrètement que Barbara ne se formaliserait pas de ne pas avoir été consultée avant. Elle appréciait Maxime et lui faisait confiance, mais elle s'inquiétait pour lui, elle aussi. Sans doute penserait-elle, elle aussi, que la présence de son filleul lui procurerait un peu de réconfort.

17

— Bonjour Bastien. Tu as bien dormi ?

Les yeux encore ensommeillés, Bastien hocha la tête.

— Très bien. Quand tu seras levé, lave-toi et habille-toi. Tu sauras te débrouiller tout seul ?

— Bien sûr, je suis grand maintenant. Mais tu sais, parrain, à la maison on prend un chocolat chaud avant de faire la toilette.

Maxime s'assit sur le bord du grand lit et sourit à l'enfant.

— Je n'avais pas prévu d'avoir un petit invité, expliqua-t-il. Et je n'ai ni lait ni chocolat en poudre. Tu ne prends jamais de café ni de thé le matin, n'est-ce pas ?

L'enfant secoua la tête vigoureusement en faisant une grimace significative à cette idée.

— C'est bien ce que je pensais ! approuva Maxime en tentant de conserver son sérieux. On va aller prendre le petit déjeuner à l'extérieur, ça te dit ?

— Chouette ! s'écria le petit garçon tout heureux à la perspective de cette sortie inhabituelle si tôt le matin.

Vêtu d'un t-shirt avec un dinosaure et d'un slip assorti, l'enfant sauta hors du lit et se dirigea vers la salle de bains. Maxime le regarda avec un sourire attendri. Il aurait aimé avoir un fils comme son filleul. Depuis la naissance de Bastien, son mal d'enfant s'était fait plus grand. Laure ne semblait pas vouloir le comprendre. Il avait eu du mal à la convaincre de concevoir un bébé. Et quand il y était enfin parvenu, ils avaient perdu l'enfant et c'était entièrement sa faute. Jamais il ne se le pardonnerait.

— Si tu as besoin de quelque chose, appelle-moi.

— D'accord, parrain. Dis, comment je vais faire pour me brosser les dents ? demanda-t-il soudain d'un ton ennuyé. Ma brosse à dents et mon dentifrice sont restés à la maison.

— On verra plus tard pour le brossage de dents. C'est inutile de le faire avant le petit déjeuner, tu ne crois pas ? On pourrait aller au magasin après et acheter le nécessaire. Comme ça, chaque fois que tu viendras dormir ici, tu auras ce dont tu as besoin.

Le petit garçon eut un large sourire à la perspective de renouveler l'expérience. Il trouvait cela très chouette de passer du temps avec son parrain.

— Est-ce qu'on pourra en choisir une avec un dinosaure dessus ?

— Je ne sais pas si cela existe, mais je te promets de te laisser choisir ta brosse à dents.

Tenant l'enfant par la main, Maxime poussa la porte du *Pyé koko*. Son regard parcourut la salle à la recherche de Sarah. Il désirait avoir une discussion avec elle au sujet de la veille. Il n'avait pas vraiment réfléchi à ce qu'il lui dirait, mais il ne voulait pas qu'elle reste fâchée contre lui. Il fut déçu de constater qu'elle était absente.

— Bonjour, lança-t-il à l'adresse de Mina.

L'Antillaise lui rendit son salut, avec ce qui lui sembla un sourire de satisfaction. Il n'ignorait pas qu'elle désapprouvait son amitié avec Sarah sans en connaître la raison et se réjouissait probablement que la jeune femme y ait mis un terme.

La patronne de la brasserie s'approcha de leur table.

— Qu'est-ce que ce sera ?

— Un chocolat et un croissant pour lui. Et pour moi ce sera comme d'habitude : un café noir sans sucre.

— Il est à vous, ce p'tit ?

— C'est mon filleul, répondit Maxime tout en se disant qu'il ne lui devait pourtant aucune explication.

— Alors, vous donnez aussi dans le baby-sitting ?

L'homme préféra ignorer le sarcasme et la regarda s'éloigner, la traitant mentalement de tous les noms.

— Dis, parrain, c'est quoi le bébésing... le bébésit...

— Le baby-sitting ? C'est quand on garde des enfants.

— Ah ! Pourquoi elle trouvait ça drôle, la dame ? C'est bien de garder des enfants.

Maxime sourit tout en acquiesçant d'un signe de tête.

Mina revint avec la commande.

— Merci, madame.

— Tu es bien élevé, toi au moins. Mais dis-moi, tu n'es pas en classe aujourd'hui ?

— Ben on est mercredi. Il n'y a jamais d'école le mercredi.

— Ah oui, tu as raison. J'avais oublié quel jour nous étions. Bon appétit, mon lapin.

— J'n'aime pas qu'elle m'appelle « mon lapin » ! grogna l'enfant quand elle se fut éloignée, ce qui arracha un sourire amusé à Maxime.

Bastien avala son chocolat et mangea les trois quarts du croissant sans que Sarah apparaisse à la brasserie.

— Je n'ai plus faim.

— Laisse, ce n'est pas grave.

Maxime s'attarda un moment encore, espérant croiser Sarah avant leur départ. Mais viendrait-elle travailler aujourd'hui, au moins ? Il commençait à en douter.

L'enfant jouait avec ses dinosaures en plastique, inventant des histoires de combat, devisant sans arrêt.

— On y va bientôt ? demanda soudain le petit garçon qui commençait à s'ennuyer à rester assis.

Maxime songea que c'était déjà bien qu'il ait patienté aussi longtemps. De toute façon, il devait se faire une raison. Il semblait évident que Sarah ne viendrait pas à la brasserie aujourd'hui. Était-ce à cause de lui ? Parce qu'elle ne voulait pas avoir à l'affronter ? Il faudrait bien pourtant qu'elle reprenne son service un jour ou l'autre. Même si Mina était une amie plus qu'une patronne, il fallait bien que Sarah gagne sa vie.

— Je m'absente quelques secondes, Bastien. Tu ne bouges pas d'ici, compris ?

— Oui, parrain.

Maxime lança un bref coup d'œil vers Mina qui accepta d'un hochement de tête de veiller sur l'enfant pendant qu'il se rendait aux toilettes. Lorsqu'il revint, son cœur fit un bond dans sa poitrine. Sarah était penchée sur Bastien, l'air dubitatif.

— Tu es sûr que ce dinosaure est inoffensif ? demanda-t-elle en désignant le diplodocus qu'il tenait dans la main.

— Ben oui, répliqua l'enfant avec évidence. Il est herbe… vore.

— Herbivore, tu veux dire. Je croyais que tous les dinosaures étaient des monstres dangereux.

— Les monstres, ça n'existe pas. C'est maman qui me l'a dit. Si tu veux, je peux te prêter mon livre sur les dinosaures. Comme ça, tu verras qu'ils n'étaient pas tous méchants.

Maxime s'approcha.

— Bonjour, Sarah.

Leurs regards se rencontrèrent un bref instant, mais Sarah détourna rapidement les yeux, mal à l'aise.

— Si vous le laissez parler de dinosaures, il ne vous lâchera plus. Il est intarissable sur le sujet.

— Cela ne me dérange pas, assura-t-elle. J'aime beaucoup les enfants.

— Est-ce que tu aimes les dinosaures aussi ?

Sarah adressa un sourire désolé à l'enfant.

— J'avoue que je ne m'y connais pas tellement.

— Quand je t'aurai prêté mon livre, tu sauras plein de choses après !

— Je compte sur toi alors.

Maxime saisit la main de l'enfant et se tourna vers la jeune femme avant de prendre congé.

— Sarah, est-ce qu'on pourrait se voir un peu plus tard. Je voudrais vous...

Elle secoua la tête à contrecœur, souhaitant s'en tenir à ce qu'elle avait décidé sur le quai de la gare du Croisic. Surtout maintenant qu'elle connaissait ses véritables sentiments pour lui.

— Je ne crois pas que ce soit une bonne idée. Restons-en là, voulez-vous ?

— Sarah...

— Excusez-moi, je dois prendre mon service. Au revoir, jeune homme, ajouta-t-elle à l'adresse du petit garçon.

— Je ne suis pas un jeune homme, rectifia-t-il avec sérieux. Je m'appelle Bastien.

— Au revoir, Bastien, répéta Sarah docilement avec un sourire amusé. À une prochaine fois, peut-être.

— Ben oui. Tu as oublié que je dois t'apporter mon livre sur les dinosaures ?

— C'est vrai, acquiesça Sarah en accentuant son sourire. À bientôt alors.

18

Sarah ne prêtait qu'une attention distraite au journal télévisé. Il est vrai que la campagne électorale ne l'intéressait que vaguement. Voir de hauts dirigeants se comporter comme des enfants dans une cour de récréation n'avait rien de bien exaltant. Comme beaucoup de Français, la jeune femme ignorait encore pour qui elle voterait et espérait que le débat finirait par s'élever au-dessus de querelles sans intérêt, bien qu'elle ne le crût pas réellement.

Devant son plateau télé, elle regardait donc l'écran sans le voir vraiment. Ses pensées revenaient sans cesse à Maxime. Elle revoyait la tristesse qui s'était peinte sur son visage, lorsqu'elle avait refusé toute discussion. Il paraissait sincèrement désolé de son attitude et semblait vouloir s'amender. Devait-elle l'écouter lui expliquer pourquoi il s'était conduit ainsi ou devait-elle persister à l'ignorer ?

Blessée dans son orgueil, elle avait préféré s'enfermer dans sa coquille sans lui laisser une chance de s'excuser. Elle devait pourtant s'avouer que la présence de Maxime, lors de sa fausse couche, lui avait permis de prendre du recul à un moment aussi difficile à vivre. Il avait été là, sans rien demander en échange, et si lui-même avait retiré une quelconque satisfaction en s'occupant d'elle, était-elle en droit de le lui reprocher ?

L'instant d'après, elle le maudissait pourtant de ne pas s'être montré honnête envers elle. Elle aurait alors pu comprendre l'intérêt qu'il lui portait et ne s'en serait sans doute pas formalisée. Apprendre la vérité de la bouche de Mina, en revanche, l'avait profondément blessée.

Après tout, elle lui avait fait confiance. Pourquoi n'en avait-il pas été de même pour lui ? Son amour-propre souffrait de ce manque de considération.

Pour être tout à fait honnête, elle reconnaissait qu'un pan de son histoire personnelle restait dans l'ombre. Elle n'en avait parlé qu'à Mina. Elle n'était même pas sûre qu'Ambroise soit au courant. Il ne le semblait pas, en tous les cas.

Le journal télévisé touchait à sa fin. Sans attendre la météo, Sarah éteignit le poste, débarrassa son plateau et entreprit de faire quelques tâches ménagères avant de prendre une douche. Elle se glissa ensuite sous les draps et se laissa happer par le suspense d'un nouveau roman policier, laissant de côté ses sujets de préoccupation.

19

Maxime n'avait ramené son filleul à ses parents qu'en fin d'après-midi. Après le petit déjeuner, ils étaient allés comme convenu au magasin acheter le nécessaire dont l'enfant avait besoin pour le brossage de dents. Ils n'avaient pas trouvé de brosse à dents à l'effigie d'un dinosaure et Bastien s'était contenté de celle avec Spiderman.

Ensuite, ils avaient joué sur la plage, pourchassant les mouettes qui s'envolaient sous les éclats de rire du petit garçon. Bastien avait ramassé un tas de coquillages, dont il avait rempli les poches de son pantalon en même temps qu'une impressionnante quantité de sable.

Après s'être restaurés dans un fastfood, Maxime avait emmené l'enfant au cinéma voir un dessin animé avant de se rendre au parc paysager. Ils avaient regardé les oies et les canards, puis s'étaient dirigés vers l'espace réservé aux enfants où ils s'étaient attardés un long moment. Bastien, qui avait toujours été un enfant très ouvert, s'était fait instantanément un nouveau copain. Maxime songea que c'était le genre de journée qu'il aurait passée avec ses enfants s'il en avait eu. Il se sentait profondément attristé de n'avoir jamais pu réaliser ce rêve.

Dès le retour du petit garçon, Barbara l'avait conduit dans la salle de bains pour prendre un bain. À présent, fourbu, Bastien se reposait devant la télévision tout en visionnant un DVD de Franklin.

— Tu restes dîner avec nous ? proposa Barbara.

Maxime accepta avec joie la proposition. Le silence de son appartement lui aurait semblé pesant après la journée chargée de rires et de jeux en compagnie de son filleul. Il songea à la solitude ressentie par les pères divorcés quand ils devaient ramener leurs enfants auprès de leur mère, après une journée de garde. Pourtant il envia leur sort. Au moins avaient-ils la chance d'être pères. Lui n'avait aucun enfant à choyer.

Après le dîner, il s'attarda peu de temps chez ses amis. Leur bonheur familial l'oppressa soudain et il préféra prendre congé.

Il roula un moment dans la nuit, sans aucune destination précise. Il ne voulait tout simplement pas rentrer chez lui.

Il s'en voulait d'avoir involontairement offensé Sarah. Il ne pouvait nier qu'au départ, son intérêt pour elle était en partie dicté par un besoin de racheter une faute dont il se sentait coupable. Laure ne lui avait laissé aucune place après la perte du bébé et il en était d'autant plus mortifié qu'il se sentait hautement responsable de la fausse couche de sa femme.

Maxime aimait toujours Laure et souffrait de son rejet. Sarah était apparue dans sa vie à un moment où il ressentait le besoin de se montrer utile à quelqu'un. N'importe quelle autre femme aurait pu endosser ce rôle. De même, si les circonstances avaient été autres, il n'aurait probablement jamais prêté attention à la jeune femme. De cela, il en avait conscience.

Il en était là de ses réflexions lorsqu'il eut une envie irrépressible de la voir. Ce désir, aussi soudain que violent, lui fit prendre conscience qu'il s'était probablement attaché à Sarah plus qu'il ne le croyait. Son sourire et sa douceur lui manquaient. La tentation de la rejoindre était grande. Une révélation s'imposa alors à son esprit. Ses sentiments envers la jeune femme s'étaient mués en un attachement plus profond. Ce n'était peut-être pas encore de l'amour, mais cela y ressemblait de près. Son mariage allait être dissous. Il serait à nouveau libre d'aimer une autre femme. Pourquoi pas Sarah ?

Maxime rentra chez lui, se demandant comment se faire pardonner. Sarah lui en voulait de ne pas s'être montré honnête envers elle. Elle avait été si souvent trahie par le passé qu'elle s'était forgé une solide carapace. Sa fragilité sous-jacente n'en était pas moins présente et il allait devoir reconquérir sa confiance lentement.

Par ailleurs, elle n'avait jamais témoigné plus que de l'amitié pour lui. Peut-être n'éprouvait-elle aucun autre sentiment à son égard ? Mais si c'était le cas, il le saurait tôt ou tard. De toute façon, il ne voulait pas laisser s'enfuir le bonheur qui s'entrouvrait à lui sans tenter sa chance.

20

Assis sur un banc, Maxime patientait seul. Le hall était quasiment désert, l'heure du déjeuner touchant tout juste à sa fin. Dans quelques minutes, il entrerait dans le bureau du juge pour le prononcé du divorce.

Il avait peine à comprendre que bientôt tout serait officiellement fini entre Laure et lui. Que resterait-il de toutes ces années de vie commune ? Ils avaient été heureux ensemble. Bien plus heureux que la plupart des gens mariés. Seule ombre à ce tableau presque idyllique : l'absence d'enfant. Laure avait mis du temps avant d'accepter l'idée d'être mère. Le bonheur apporté par ce bébé avait été de courte durée. Et il ne pouvait s'empêcher de songer que c'était entièrement de sa faute.

Des claquements de talons résonnèrent soudain. Maxime releva la tête. Dans un tailleur anthracite qui seyait parfaitement à son corps redevenu svelte malgré un début de grossesse récent, Laure avançait d'une démarche assurée, perchée sur les hauts talons qu'elle affectionnait. Ses cheveux blonds, qu'elle venait de couper au carré, étaient pour le moment tirés en arrière, retenus par un petit foulard de soie. Elle avait ombré ses paupières de nacre rose et adouci sa bouche d'un rouge à lèvres assorti. Les couleurs tendres tentaient d'illuminer un visage marqué par la fatigue et l'amertume.

D'un bond, Maxime fut debout. Il se pencha et effleura la joue de celle qui était sa femme pour quelques minutes encore. Ce fugitif contact les mit en émoi tous les deux et ils s'éloignèrent prestement l'un de l'autre, comme piqués au vif.

Ils avaient à peine échangé quelques banalités que leur avocat les rejoignit. Une porte s'ouvrit au même moment et ils pénétrèrent d'abord chacun leur tour, puis tous les trois dans un petit bureau où régnait un joyeux désordre.

Le couple s'étant mis d'accord sur les conditions de séparation, la tâche de l'avocat se révélait facile. Si ce n'est qu'il avait devant lui un couple d'amis et qu'il était persuadé en son for intérieur que tous deux commettaient une grave erreur en divorçant. Il avait tenté, comme bon nombre de leurs proches, de mettre fin à leur stupide entêtement. C'était peine perdue. Laure ne comptait pas revenir sur sa décision et Maxime s'était incliné sans protester. La perte du bébé avait creusé un fossé entre eux que rien ne semblait vouloir combler.

Le magistrat les congédia après avoir homologué la convention et nommé un notaire pour régler la liquidation judiciaire, avant de passer à l'affaire suivante. Pour lui, toutes les affaires se valaient ou presque. Aucune raison de s'attarder sur celle-ci en particulier, d'autant que les deux époux semblaient on ne peut plus d'accord pour divorcer. Il n'y avait pas eu de cris ni de larmes. Pas d'insultes ni de coup bas. Bref, un divorce comme il aurait aimé en prononcer plus souvent.

Laure, Maxime et leur avocat quittèrent le bureau du juge assez rapidement. La jeune femme s'éloigna hâtivement, préférant mettre de la distance entre Maxime et elle.

L'avocat lâcha un profond soupir.

— Quel gâchis ! Je t'ai connu plus battant que cela, Maxime !

Maxime resta silencieux, les yeux fixés sur la porte par laquelle la femme de sa vie venait de disparaître. Il se sentait vide et désemparé. Là, devant le bureau du juge, il comprit enfin que tout était vraiment fini entre eux. Une page de sa vie venait de se tourner. Il allait devoir réinventer son avenir. Et ce serait sans elle. Il n'était pas tout à fait sûr de pouvoir y parvenir.

Il songea à Sarah et se demanda s'il y avait une place pour une histoire d'amour entre eux dans ce futur proche.

— C'est mon alcoolisme qui a tout gâché ! lâcha-t-il d'une voix sourde.

Son avocat lui entoura l'épaule d'un geste paternaliste.

— Aujourd'hui, je ne te lâche pas, j'ai annulé tous mes rendez-vous pour rester avec toi.

— Tu crois vraiment que j'ai besoin d'une nounou ?

— D'un ami, plutôt. Et c'est ce que je suis avant d'être ton avocat, je te le rappelle.

Les deux hommes quittèrent le palais de justice sans un regard en arrière.

DEUXIÈME PARTIE

21

La rue, à cet endroit précis, était particulièrement sombre. Quelques jours plus tôt, plusieurs lampadaires avaient été saccagés. Geste malveillant dû à un jet de pierres commis par des gamins du quartier en mal d'occupation, sans doute.

La municipalité avait promis d'y remédier, mais le remplacement des ampoules n'entrait probablement pas dans ses priorités immédiates puisque cela était resté en l'état.

M. Meunier, l'agent immobilier qui demeurait au bout de la rue, avait assuré faire le nécessaire pour que tout soit rétabli sous peu. Il connaissait du monde à la mairie, avait-il prétendu.

Encore un petit prétentieux, songea Natacha, car il ne semblait pas avoir fait de miracles particuliers. Rien n'avait été réparé. Sans doute avait-il voulu se donner plus d'importance qu'il n'en avait réellement.

La jeune femme longea le trottoir d'un pas pressé, peu rassurée par la noirceur qui l'entourait. Il était tard et elle exécrait rentrer seule à une heure aussi tardive.

Elle en voulait à Pénélope d'avoir décliné son invitation, mais cette dernière avait prétexté le fait de se lever tôt le lendemain pour prendre le train qui devait la conduire à Paris. Elle devait rester toute la semaine dans la capitale pour un stage qui était censé lui ouvrir de nouvelles portes sur le plan professionnel.

Une semaine sans Pénélope. Cela allait sembler une éternité à Natacha. Depuis trois mois qu'elles se fréquentaient, ce serait leur première séparation. Mais ce serait aussi l'occasion pour les deux jeunes femmes d'éprouver la puissance de leurs sentiments réciproques.

Si Pénélope avait accepté son homosexualité depuis plusieurs années déjà, il en allait différemment pour Natacha. Elle avait bien déjà ressenti quelque attirance pour ses congénères, mais elle avait délibérément ignoré ce genre de sentiments. Elle ne pouvait pas être attirée par les femmes. Pas elle.

Elle ne voulait pas être montrée du doigt. Et puis elle voulait mener une vie normale. Avoir un mari et des enfants. Alors, elle s'était forcée. Elle avait fréquenté des garçons. Pourtant, ses rares expériences avec des hommes l'avaient laissée sur sa faim. Elle s'était persuadée alors qu'elle n'avait pas encore trouvé le bon. Elle se leurrait, bien évidemment. Sa rencontre avec Pénélope avait fait éclater la vérité à ses yeux. Elle aimait les femmes. Ou plus exactement, elle aimait cette fille à la crinière auburn et aux grands yeux verts. Le corps superbe, qu'elle arborait avec fierté, lui avait fait plus d'effet qu'aucun torse masculin, aussi sexy fût-il. Il allait falloir l'annoncer à ses parents. Comment le prendraient-ils ? Soupçonnaient-ils déjà quelque chose ? Allaient-ils la rejeter ?

Natacha en était là de ses réflexions lorsqu'elle sentit son pied buter contre un obstacle. Elle n'eut pas le temps de maudire l'imbécile qui avait laissé traîner quelque chose au beau milieu du trottoir qu'elle s'affalait sur ce qui avait tout l'air d'une forme humaine.

Au bord de la panique, elle poussa des petits cris égarés et, gesticulant bras et jambes de façon désordonnée, elle parvint à trouver refuge contre la clôture la plus près possible. Tétanisée, elle resta prostrée ainsi une éternité.

Elle devait appeler les secours : les pompiers. La police. Elle ne savait plus très bien. Mais elle devait faire quelque chose.

Ne laisse pas la frayeur te paralyser, s'exhorta-t-elle mentalement.

Mais c'était plus facile à dire qu'à faire. Son téléphone était dans son sac à main. Or ce dernier avait atterri sur les jambes du corps inanimé lors de sa chute, et elle se sentait incapable de se rapprocher du cadavre. Était-il mort au moins ? Elle l'ignorait. Elle devait se reprendre, s'admonesta-t-elle une nouvelle fois. Si l'homme avait encore un soupçon de vie, peut-être pourrait-elle le sauver en alertant les pompiers à temps.

Elle se mit à genoux malgré des tremblements convulsifs de ses membres et avança prudemment, la peur chevillée au corps. Elle n'avait jamais été confrontée à la mort jusqu'à présent. Même pas pour une veillée funèbre.

Elle eut un mouvement de recul lorsque sa main rencontra un liquide épais et visqueux. Le sang de la victime sans aucun doute. Elle ferma les yeux, retint le sanglot qui lui comprimait la gorge. Dans un dernier sursaut de courage, elle rouvrit les yeux, distingua son sac beige malgré la pénombre et étendit la main pour le saisir prestement.

Avec une rapidité surprenante vu son état de choc, elle retourna à son refuge sommaire près de la clôture. Fébrilement, elle essuya sur son jeans le sang de la victime, dans un mouvement de va-et-vient désespérant. Elle se débarrasserait de ce pantalon dès qu'elle serait chez elle. Sans doute finirait-il à la poubelle, car elle ne se voyait pas porter ce vêtement souillé par le sang du mort. Enfin, s'il était déjà mort.

Vite. Vite. Appeler les secours. Si l'homme était encore en vie, chaque seconde comptait. Elle ouvrit avec grande difficulté la fermeture Éclair de son sac à main, saisit son téléphone portable et composa le dix-huit, tout cela dans un hoquet de larmes.

Dès qu'elle eut les pompiers au bout du fil, elle expliqua d'une voix hachée le motif de son appel et répondit dans un état second aux questions que la voix féminine lui posait. Puis elle patienta, le corps secoué de tremblements.

Quand on attend les secours, les minutes semblent durer une éternité. Et c'est bien ce que Natacha ressentit à cet instant. Pourtant, moins de dix minutes s'écoulèrent avant l'arrivée sur place des pompiers, suivis de près par les premiers policiers.

Un infirmier prit aussitôt en charge la jeune femme en état de choc tandis que d'autres pompiers s'affairaient auprès de la victime, mais Natacha comprit très vite à leur façon d'agir qu'il n'y avait plus rien à faire pour l'homme. Il était déjà mort avant leur arrivée. Avant même qu'elle ne découvre son corps, probablement.

Un policier en uniforme vint l'interroger alors qu'elle était assise à l'arrière d'un véhicule de pompiers. Cela lui rappela les séries policières qu'elle regardait à la télévision. Elle avait même eu droit à la couverture de survie sur ses épaules, qu'elle appréciait à juste titre d'ailleurs. Elle avait froid et tremblait de tous ses membres. C'était probablement dû au contrecoup du choc, car la soirée était plutôt douce.

Natacha n'avait pas grand-chose à dire au policier. Elle n'avait rien vu. Rien entendu. L'homme était déjà là, affalé sur le trottoir, quand elle avait bifurqué dans la rue. Elle revenait d'une soirée et habitait sous les combles de l'avant-dernière maison, transformée une dizaine d'années plus tôt en quatre appartements distincts.

Le policier lui demanda si elle connaissait la victime. Les papiers retrouvés sur lui indiquaient qu'il s'appelait Francis Meunier. Un instant, elle se sentit désemparée. Elle ne l'avait pas reconnu. Il est vrai qu'elle avait évité de regarder le corps de l'homme. Et il faisait nuit. Et puis avec les lampadaires cassés...

Elle indiqua au policier qu'il était agent immobilier et qu'il habitait la maison qui jouxtait son appartement. Elle ne le connaissait pas vraiment. C'est tout juste s'ils s'échangeaient un bonjour quand ils se croisaient dans la rue. Il n'était guère aimable et elle préférait l'éviter. Elle ne pouvait pas lui en dire plus.

Le policier consigna sa déclaration dans un calepin, puis la quitta en lui demandant de passer signer sa déposition au commissariat dès le lendemain. Elle hocha la tête machinalement et se demanda si elle parviendrait à dormir ce soir avec tous ces événements, malgré le léger sédatif que lui avait administré le pompier.

Plus que jamais, Pénélope lui manquait. Elle aurait bien aimé l'avoir à ses côtés en ces instants. Elle ne voulait plus taire son amour pour cette fille qui avait autant bouleversé sa vie. Elle ne voulait plus cacher son homosexualité. La vie était trop courte. Demain, elle parlerait à ses parents.

22

Le commandant Kovinsky arrêta la voiture banalisée à proximité de la scène du crime et descendit de son véhicule, le lieutenant Moyon sur ses talons.

— Je te jure… Si sa mère n'avait pas été là pour me retenir, elle recevait la gifle de sa vie !

— Elle est jeune. Elle a envie de s'amuser un peu, c'est normal à son âge.

— S'amuser ? T'en as de bonnes, toi ! Elle passe son bac dans trois mois ! Qu'elle attende un peu pour faire la bringue tous les soirs ! Et puis, ce n'est pas là, le problème. Elle n'avait pas l'autorisation de sortir. Elle a fait le mur et sapé la confiance que nous placions en elle. Et ça, tu vois, je ne peux pas le laisser passer.

Kovinsky eut un sourire amusé.

— Ne me dis pas que cela ne t'est jamais arrivé, à toi, de faire le mur !

— Il n'est pas question de moi, s'entêta son collègue. Et puis, on verra quand ce sera Léna, tu ne diras pas la même chose.

— J'ai bien le temps d'y penser, objecta le commandant pour qui l'adolescence de sa fille semblait encore loin.

— Oui, eh bien cela vient plus vite qu'on ne le croit, tu peux me faire confiance. Nos filles jouent à la poupée et l'instant d'après, elles courent après les garçons. Et nous, on ne s'aperçoit de rien. Tiens, Guiheneuf est là-bas, ajouta Moyon en désignant l'homme en uniforme.

Les deux hommes se dirigèrent vers le premier policier dépêché sur place.

— Au moins, avec lui, on peut être certain que les lieux ont été bien sécurisés.

Kovinsky opina de la tête. Certains policiers n'assuraient pas la sécurité de la scène du crime, la contaminant eux-mêmes et, de ce fait, ils faussaient les premières indications que l'on pouvait tirer de la position du corps ou des preuves de la plus infime fibre textile.

Avec Julien Guiheneuf, au moins, pas de soucis à se faire. Sa conscience professionnelle faisait de lui un bon flic. Kovinsky l'avait d'ailleurs encouragé à passer le concours pour devenir lieutenant. Il avait même été jusqu'à proposer son aide, et promis d'appuyer sa demande pour que le jeune policier intègre son équipe. Robert Moyon prendrait bientôt sa retraite. Avoir en vue un remplaçant dont il connaissait les mérites n'était pas pour lui déplaire.

Le briefing de Guiheneuf témoignait de son envie de se distinguer auprès du commandant Kovinsky, dont il appréciait l'intégrité professionnelle. Il est vrai aussi que la reconnaissance du travail de leurs subordonnés n'était pas l'apanage de tous les gradés du commissariat.

— Bonsoir, commandant. Lieutenant. Il s'agit d'un meurtre à l'arme blanche. Pas de traces de l'arme du crime. Nous avons passé toute la rue au peigne fin, commandant, et ramassé tous les indices susceptibles d'éclairer l'enquête. Il n'y a aucun témoin. La fille qui a trouvé le corps rentrait chez elle, après une soirée avec des amis. Elle était seule. Elle habite un des appartements de cette maison là-bas. La victime, un dénommé Francis Meunier, demeure dans la dernière maison.

— Ils se connaissaient donc ?

— Comme ci comme ça. À peine un bonjour-bonsoir, semble-t-il. Elle ne semblait pas trop l'apprécier. Nous avons interrogé les autres voisins. Ils n'ont rien vu, rien entendu. Ils décrivent tous Meunier comme un voisin sans histoire, mais peu semblent l'estimer vraiment. Gomez est avec sa femme. La victime avait l'habitude de rentrer plus ou moins tard ; son épouse ne s'est donc pas inquiétée. Des parties de poker avec des copains de lycée, plusieurs soirs par semaine. On a pris les noms. On vérifie si une partie avait bien lieu ce soir. Et aussi, si notre homme avait des dettes.

— Il faudra surtout vérifier si quelqu'un devait de l'argent à la victime, qu'elle aurait réclamé. Si c'est lui qui devait de l'argent, le tuer n'est pas le meilleur moyen pour récupérer son blé.

Les joues de Guiheneuf s'empourprèrent sous ce rappel plus qu'évident.

— Et le couple ? Comment s'entendait-il ?

— Comme un couple marié depuis trente-neuf ans. Chacun mène sa petite vie de son côté. Pas d'histoire particulière à déplorer.

— Moyon, tu chercheras tout de même quel genre de couple ils formaient dans l'intimité. Tu interroges la femme, les enfants, les collègues, les voisins. Je veux tout savoir de leur vie privée. Les soirées poker peuvent cacher une liaison extra-conjugale. S'il s'apprêtait à quitter sa femme…

— Sauf mon respect, commandant, l'interrompit Guiheneuf pour rattraper sa bévue précédente, la femme de la victime est plutôt frêle. Meunier était solidement bâti, je doute qu'elle ait pu tenter quoi que ce soit contre son mari.

— Ne mésestimez jamais les forces d'une personne en colère, Guiheneuf. Et une femme trompée peut se montrer des plus machiavéliques.

Se tournant vers Moyon, Kovinsky ajouta :

— Allons voir ce que le doc a à nous dévoiler sur la victime.

— Ah au fait, commandant, le rappela le policier au moment de tourner les talons. Les lampadaires ont été vandalisés la semaine dernière. J'ai vérifié auprès des collègues, on n'a pas retrouvé le ou les coupables. L'agression a pu être préméditée. Mais le vol n'est, en tous les cas, pas l'origine du meurtre. Il avait toujours son portefeuille sur lui, l'argent gagné au poker encore dedans.

— Donc celui qui a commis le meurtre n'a même pas essayé de déguiser l'agression, souligna Moyon. À moins qu'il n'ait pas eu le temps de dérober l'argent, tout simplement.

Guiheneuf haussa les épaules.

— D'après le toubib, l'homme a été refroidi un bon moment avant la découverte du corps. La rue est peu passagère puisque sans issue. On lui en voulait peut-être personnellement.

— Merci Guiheneuf. Encore du bon boulot, félicita Kovinsky. On se revoit au commissariat plus tard.

Le jeune policier soupira intérieurement de contentement. Le commandant Kovinsky avait déjà oublié sa bourde.

Les deux policiers s'approchèrent du médecin légiste.

— Salut, Adrien.

— Paul. Robert. Alors, notre victime : un homme encore dans la force de l'âge. Cinquante-neuf ans. Il y a tout lieu de penser qu'il ne s'est pas défendu. Soit il connaissait son assaillant et ne s'est pas méfié, soit il a été pris par surprise. Le premier coup de couteau lui a probablement été fatal, ce qui n'a pas empêché son agresseur de s'acharner sur lui. J'ai compté pas moins de neuf coups profonds.

— Ce qui éloigne d'autant plus la thèse du meurtre pour vol, assura Moyon. L'envie de tuer était bel et bien là. Maintenant, est-ce que notre homme a été tué par hasard par un détraqué ou bien en voulait-on personnellement à la victime ?

— Ça c'est votre domaine, les gars. On n'a pas retrouvé l'arme du crime, mais je n'ai rien révélé de particulier de ce côté-là. Une lame aiguisée à tranchant simple. En tout cas, l'examen préliminaire que je viens d'effectuer indique, au vu de la rigidité cadavérique, qu'il a été tué entre 22 et 23 heures, seules les paupières et les mâchoires sont raides. Pas de *ligor mortis*... Désolé, se reprit le médecin légiste sous le froncement de sourcils des enquêteurs, aucun rosissement de la peau dû à l'arrêt de la circulation sanguine. Vu les taches de sang, le corps n'a pas été déplacé. Je vous en dirai plus après l'autopsie.

— Nous sommes donc bien sur la scène du crime. Merci Adrien.

— Vous aurez les premières conclusions de mon rapport demain. Bonsoir, messieurs. Agent ! appela l'homme de science.

Le policier, qui attendait l'aval du médecin légiste, s'approcha du cadavre et posa précautionneusement des sacs en plastique transparent sur la tête et les extrémités des membres de la victime. Il fixa ensuite le tout avec du ruban adhésif, avant d'envelopper la dépouille d'un drap blanc avec un de ses collègues et de le déposer à l'intérieur d'une housse mortuaire blanche, afin de l'emporter à la morgue pour l'expertise.

Le commandant Kovinsky se dirigea vers la maison de la victime pour interroger sa veuve, tandis que Moyon inspectait de ses propres yeux la scène de crime. La nuit allait être longue. L'un et l'autre le savaient.

23

Sarah échangeait quelques propos aimables avec un habitué du *Pyé koko* lorsque ses yeux se portèrent sur une photo du journal posé sur la table. Elle se figea soudain et parcourut rapidement le titre de l'article qui se dégageait en gros caractères.

« *Un agent immobilier retrouvé assassiné à deux pas de son domicile.* »

— Je peux ? demanda Sarah d'une voix blanche en désignant le journal.

Surpris par la pâleur soudaine de la serveuse, le client acquiesça d'un signe de tête. Les mains tremblantes de Sarah saisirent le journal que l'homme lui tendait et survola l'article en question.

« *Le corps de Francis Meunier, agent immobilier à Saint-Marc-sur-Mer, a été retrouvé cette nuit, peu après minuit, rue André Breton. L'homme, qui s'apprêtait à rentrer chez lui après une soirée de poker avec des amis, aurait reçu plusieurs coups de couteau mortels. La police n'écarte aucune hypothèse et lance un appel à témoin à toute personne ayant des informations susceptibles de faire avancer l'enquête.* »

— Vous le connaissiez ? s'enquit le client à la fois curieux et compatissant.

Sarah hocha la tête, encore sous le choc de la nouvelle.

— J'ai travaillé un temps dans son agence.

— Nous vivons vraiment dans un monde de fous, poursuivit l'homme. Tenez, la semaine dernière encore...

La jeune femme ne prêta qu'une oreille distraite aux propos du client, hochant la tête de temps en temps, feignant d'écouter son discours sur l'insécurité qui régnait de plus en plus en France.

Son cœur, qui s'était emballé à la vue de la photo, semblait peu à peu retrouver un rythme régulier. Son cerveau, où se bousculaient mille pensées brumeuses, s'apaisait tandis qu'une étrange sérénité l'enveloppait. Jamais elle n'aurait pensé que la mort de quelqu'un puisse avoir un tel impact sur elle. Elle se sentait comme libérée d'un fardeau. Un vague sentiment de culpabilité l'envahit cependant à cette pensée et elle s'excusa auprès du client qui supputait à présent les chances des candidats aux présidentielles, compte tenu de la teneur de leur programme au sujet de la sécurité intérieure.

La jeune femme s'approcha du comptoir où Mina encaissait des clients. Sarah attendit que le couple s'éloigne avant de se glisser à côté de sa patronne.

— As-tu lu le journal ce matin ? murmura-t-elle à son oreille.

— Non, pourquoi ?

Sarah ne répondit pas tout de suite, ce qui alerta Mina.

— Que se passe-t-il ?

— Meunier a été assassiné.

— Qu'est-ce que tu racontes ?

La jeune femme relata brièvement ce qu'elle venait de lire dans le journal.

— Bah, il n'a eu que ce qu'il méritait, ce merdeux, lâcha l'Antillaise. Ce n'est pas moi qui vais regretter un type pareil !

— Je me demande si ce meurtre va avoir des conséquences pour moi, fit Sarah, soucieuse tout d'un coup.

— Comment ça, des conséquences pour toi ? Tu n'y es pour rien. Cet homme a eu le châtiment qu'il méritait, c'est tout. C'est la justice de Dieu.

Sarah eut un sourire désabusé. Contrairement à Mina, elle était athée et pensait plutôt à une vengeance tout bêtement humaine. Elle n'avait peut-être pas été la seule victime de Francis Meunier. Peut-être que d'autres femmes s'en étaient moins bien sorties qu'elle.

— Je me demande si je ne devrais pas faire part à la police du genre d'homme qu'il était. Elle sollicite tous ceux qui détiennent des informations sur Meunier de les contacter pour faire avancer l'enquête. Peut-être que cela pourrait déboucher sur une piste.

— Ah, je te le déconseille ! assura Mina d'une voix sourde. Cela pourrait se retourner contre toi et ne ferait que t'attirer des ennuis. Rassure-toi, sa mort risque de délier les langues. La police ne tardera pas à savoir quel salaud il était.

— Justement. S'ils apprennent que…

— Personne n'est au courant, la coupa Mina. Sauf toi et moi, alors inutile de s'inquiéter à tort.

Sarah n'insista pas. Mina n'avait rien révélé de son histoire, comme elle s'y attendait. Elles n'étaient donc que deux à être au courant de ce qui s'était passé entre Francis Meunier et elle ce fameux soir de décembre. Comment la police pourrait-elle soupçonner quoi que ce soit en ce qui la concernait ? Son amie avait probablement raison, mieux valait se taire. Les flics pourraient considérer cela comme un mobile de vengeance. Et sa vie était déjà assez compliquée en ce moment sans qu'elle y rajoute une suspicion de la police.

24

— La scientifique a appelé, patron, annonça Camille à l'entrée du commandant Kovinsky dans leur bureau. Ils ont retrouvé une minuscule fibre sur le corps de Meunier qu'ils sont en train d'analyser. Ils nous rappellent dès qu'ils ont du nouveau.

— Merci Camille. Renaud, les soirées poker, ça donne quoi ?

— Elles avaient bien lieu deux à trois fois par semaine, patron. Ils se connaissent tous depuis le lycée. Aucune animosité n'apparaît entre eux et la victime. Des potes de longue date, qui aiment se retrouver entre eux pour parler du bon vieux temps et jouer aux cartes, rien de plus.

— Aucune aventure extra-conjugale ?

— Rien non plus de ce côté-là, affirma Robert Moyon. La victime n'avait aucune double vie. Pas de maîtresse cachée dans le placard. Un couple on ne peut plus banal, apparemment.

— Je vais à la morgue. Bipez-moi s'il y a du nouveau.

— Bien patron, répondirent presque en chœur les trois collègues.

Le commandant Kovinsky resserra sa veste sur lui. Le sous-sol de l'hôpital ne dépassait pas les trois degrés, température nécessaire pour ralentir, entre autres, le processus de putréfaction des cadavres.

— Ah Paul, j'allais justement t'appeler, interpella le médecin-légiste lorsque ce dernier entra dans la salle d'autopsie. Tes gars t'ont parlé de la fibre retrouvée sur le corps ? À part cela, aucun résidu organique sous les ongles.

Notre victime ne s'est pas défendue, comme je l'avais déjà supposé le soir du meurtre. Soit elle connaissait bien son agresseur et elle ne s'est pas méfiée, comme je le disais, soit celui-ci ne lui a pas laissé le temps de réagir, ce qui dénote une grande agilité de sa part. Et comme je l'ai annoncé aussi le soir du meurtre, c'est le premier coup de couteau qui a été mortel. Enfin, vu l'angle des coups, le meurtrier ne mesure pas plus d'un mètre soixante-cinq.

— Il peut donc très bien s'agir d'une femme...

— Si elle lui en voulait assez pour lui assener des coups d'une rare violence, je répondrais oui. Petite précision, qui ne t'aidera pas beaucoup j'en conviens puisque, d'après une enquête de 2005, seulement douze virgule sept pour cent des personnes en France sont gauchers, l'agresseur est droitier.

— OK, merci Adrien, fit Kovinsky peu désireux de prolonger sa visite ici.

L'odeur et la vue des viscères resteraient collées à lui malgré tout, il le savait. Même avec le temps, il ne s'y habituait pas.

25

Ce matin-là, Maxime n'était pas allé courir. En proie à ses démons intérieurs, il n'avait pas trouvé le courage de sortir du lit. Il avait décidé de mettre un peu de distance entre Sarah et lui. Il avait besoin de réfléchir à sa vie avant de s'engager avec quelqu'un.

D'ailleurs, ses problèmes d'alcool n'étaient pas terminés. Même s'il n'avait pas bu une seule goutte depuis l'accident, il devait souvent lutter contre lui-même pour ne pas se laisser tenter, ne serait-ce que par un verre.

Comme c'était le cas ce jour-là. Avait-il le droit d'imposer de nouveau ses faiblesses à une femme ? Il n'en était pas sûr.

Lorsque la sonnerie du téléphone retentit, il regarda le combiné sans esquisser le moindre geste. Qu'on lui foute la paix, à la fin !

Le bouton rouge du répondeur clignota et il tressaillit en reconnaissant la voix de Laure.

— Maxime, c'est moi. Je dois te parler. Peux-tu me retrouver à 13 heures à *La Salicorne* ?

Il y eut un silence. Maxime hésita une fraction de seconde. Il tendit le bras vers le téléphone. La voix de Laure poursuivit.

— C'est important… Rappelle-moi, s'il te plaît.

La main de Maxime se refermait sur le combiné quand la tonalité de fin de communication résonna dans la pièce. Il avait hésité une fraction de seconde de trop.

Il poussa un profond soupir et décida de prendre une douche avant de rappeler Laure. Cela lui permettrait de remettre de l'ordre dans ses pensées. Lorsqu'il se résigna enfin à téléphoner à son ex-femme, il tomba à son tour sur la messagerie de son portable et confirma qu'il serait présent au rendez-vous.

Sans même en prendre conscience, Maxime ralentit le pas en approchant du restaurant. Il huma les embruns qui venaient de la plage située de l'autre côté de la rue, tout en se demandant pourquoi Laure lui avait fixé rendez-vous. Surtout ici, dans leur restaurant préféré. Ils avaient eu peu de contacts depuis l'accident et pas du tout depuis la prononciation du divorce. Ainsi en avait-elle décidé. Qu'avait-elle donc de si important à lui dire aujourd'hui ?

— Bonjour, docteur Kervalen, fit le patron du restaurant en allant à sa rencontre. C'est un plaisir de vous revoir.

Le patron du restaurant l'appelait toujours par ce titre. Il savait que certains médecins y tenaient. Lui s'en moquait royalement.

— Merci, Georges. J'ai appris pour l'accident de votre femme. Comment se porte-t-elle ?

— Mieux, je vous remercie. Elle a quitté le service de convalescence il y a plus de quinze jours déjà.

— J'en suis ravi. Transmettez-lui toutes mes amitiés, voulez-vous ?

— Je n'y manquerai pas, docteur Kervalen. Je vous ai installés à votre table habituelle.

— Merci.

Maxime consulta sa montre. Il avait une dizaine de minutes d'avance. Une jeune serveuse apparut. Elle était nouvelle ici. Depuis combien de temps n'était-il pas venu dans ce restaurant ? Il n'en avait aucun souvenir.

— Voulez-vous prendre commande tout de suite, monsieur ?

Maxime n'aurait pas dit non à un verre d'alcool fort, tant sa tension était grande, mais il se raisonna. Il n'allait pas succomber maintenant après toutes ces semaines d'abstinence même si la tentation était grande.

— Un Perrier, s'il vous plaît.

De sa place, Maxime avait une vue directe sur la porte d'entrée. Il ne manqua donc pas l'arrivée de Laure, plus belle que jamais. Ses cheveux, d'un blond cendré, effleuraient ses épaules. Ses yeux bleus étaient maquillés comme à l'ordinaire, avec le plus grand soin. Elle attachait toujours une grande importance à sa personne, même dans la plus stricte intimité. Elle possédait une assurance et une grâce innées. Jamais Maxime n'avait connu de femme plus belle que la sienne. *Ex-femme*, rectifia-t-il pour lui-même. Ils étaient désormais divorcés.

Laure s'avança sous le regard admiratif des quelques hommes présents dans la salle du restaurant. Elle était le genre de femmes qui, quel que soit l'endroit où elles se trouvaient, ne passaient jamais inaperçues. Elle avait trop de classe pour cela. Même les femmes se surprenaient à l'admirer autant qu'à l'envier, il le savait pertinemment.

— Bonjour, Maxime.

L'homme s'était levé à son approche. Il déposa un baiser hésitant sur sa joue.

— Bonjour, Laure. Je te trouve radieuse.

— Merci, dit-elle en prenant place en face de lui. Tu as l'air d'aller bien, toi aussi.

Il aurait voulu la contredire. Lui dire qu'il regrettait tout ce qui s'était passé. Que la vie sans elle n'avait pas vraiment de sens pour lui. Il se tut, incapable de lui avouer quoi que ce soit. D'ailleurs, il n'était même plus sûr que ce soit la vérité. Ils échangèrent quelques banalités. La serveuse revint pour prendre la commande de Laure.

— Barbara m'a dit que tu ne consommais plus d'alcool, commença Laure en désignant la bouteille d'eau gazeuse quand la serveuse se fut éloignée. J'en suis contente pour toi.

— J'ignorais que tu la voyais toujours.

— Je l'ai contactée professionnellement, avoua Laure. J'avais besoin de suivre une psychothérapie.

— Tu suis une psychothérapie ? Toi ? Et avec Barbara ? s'étonna Maxime.

Charles était-il au courant ? Sans aucun doute. Pourtant, il ne lui avait rien dit. Maxime se demandait pourquoi.

— J'ai eu du mal à la convaincre. Elle prétextait que nous étions trop liées elle et moi. Que ce n'était pas déontologiquement correct. Elle a tenté de me persuader d'aller voir un de ses collègues, mais j'ai tellement insisté pour qu'elle me suive elle-même qu'elle a tout de même fini par accepter.

Maxime sourit. Il était toujours très difficile de refuser quelque chose à Laure. Il en avait lui-même fait maintes fois l'expérience.

— Maxime, je tenais à te rencontrer pour te dire que je ne t'en voulais plus. Je sais que tu culpabilises beaucoup au sujet de la perte du bébé, mais tu n'es pas le seul responsable dans cette histoire. Je savais que tu avais trop bu ce soir-là. Je n'aurais jamais dû te laisser prendre le volant.

Si Maxime avait espéré que Laure lui pardonne un jour, il n'aurait jamais pensé qu'elle rejetterait une partie de la faute sur elle-même. Même si, sur le fond, elle n'avait pas tort, il ne pouvait admettre qu'elle se fasse le moindre reproche.

— Laure, je…

Elle l'interrompit en posant sur celle de son ex-mari une main où brillait encore son alliance. Ainsi, tout comme lui, elle ne l'avait pas ôtée. Cela voulait-il dire qu'à ses yeux également, tout n'était pas fini entre eux ? Maxime en ressentit un coup au cœur. Leur amour avait encore un avenir possible, c'est du moins ce qu'il avait envie de croire en cet instant.

— S'il te plaît, ne m'interromps pas. C'est assez difficile comme cela. Écoute, je n'ai pas le droit de te faire porter toute la responsabilité de cet accident. Je suis aussi coupable que toi.

Maxime ne sut que répondre. Dans les yeux de Laure, il lisait toute la tristesse de ce qu'ils avaient tous deux perdu. Il eut plus que jamais la certitude que son ex-femme l'aimait toujours et se demanda à nouveau pendant une minute si un quelconque futur était encore envisageable entre eux. Il fut surpris de constater que ce fol espoir ne lui apportait finalement aucune euphorie. L'image de Sarah s'imposa aussitôt à lui. Il la rejeta avec mélancolie.

Laure et lui s'étaient connus au début de leurs études de médecine. Dès que Maxime l'avait aperçue sur les bancs de la faculté, il avait eu la certitude qu'un jour cette fille serait sa femme. Il l'avait épousée après l'obtention de leurs diplômes, espérant très vite fonder une famille. Se sentant trop jeune et voulant se consacrer en premier lieu à sa carrière, Laure avait sans cesse repoussé une éventuelle grossesse.

À l'aube de la quarantaine, elle s'y était enfin résolue et il lui avait fallu plus de deux ans avant de tomber enceinte. Maxime, qui attendait ce moment depuis de nombreuses années déjà, avait été fou de joie à l'annonce de cette nouvelle. Et puis, il y avait eu ce verre de trop. Ce verre qui lui avait coûté ce à quoi il rêvait depuis si longtemps. Comment pourrait-il un jour se le pardonner ?

Laure hocha la tête et la baissa un court instant. Ce qu'elle avait à dire n'était pas facile.

— Je peux bien te l'avouer maintenant : la grossesse a été une véritable épreuve pour moi. Peut-être est-ce pour cela que j'ai retardé inconsciemment le plus possible ce moment. Porter un enfant. Donner la vie. Ce n'était pas une fin en soi, pour moi. Je n'ai jamais été la future maman épanouie qui regardait avec joie et fierté son ventre s'arrondir au fil des mois. En fait, j'ai même trouvé cela affreux.

Maxime marqua un étonnement sincère.

— Pourquoi ne m'en as-tu jamais parlé ?

Laure le regarda dans les yeux, un sourire triste sur les lèvres.

— Tu crois que c'est le genre de chose que l'on avoue facilement ? Et puis tu étais si heureux à l'idée d'avoir ce bébé.

Elle lâcha un profond soupir.

— Si tu savais combien j'ai détesté être enceinte. Dès les premières nausées, j'ai détesté cela.

Tout à sa joie de devenir enfin papa, Maxime avait préféré nier l'évidence. Pourtant, à cet instant, un tas de détails lui revinrent en mémoire. Il avait mis sur le compte du bouleversement hormonal les sautes d'humeur, la pâleur et l'agressivité latente de Laure. Jamais il n'avait cherché à approfondir le sujet. Découvrir que Laure n'appréciait pas de sentir leur enfant grandir en elle était tout bonnement impossible à imaginer pour lui.

Il s'était pourtant confié à Charles un jour où l'attitude de Laure avait été particulièrement odieuse. Son ami lui avait alors assuré qu'en période gestationnelle, beaucoup de femmes se fragilisaient. Maxime s'était contenté de cette explication peu compromettante, ne souhaitant pas approfondir un sujet aussi délicat.

Leur repas terminé, Maxime régla l'addition et ils quittèrent le restaurant.

— Tu sais, je me suis sentie coupable moi aussi. Je me suis souvent demandé si je n'avais pas perdu le bébé parce qu'au fond de moi, je n'acceptais pas ce corps étranger en moi. Oui, je sais, je parle d'étranger alors que c'était mon enfant. Notre enfant. Ce sont des choses qui arrivent, tu sais. Personne n'en parle, parce que c'est un sujet tabou. Même à soi-même, ce n'est pas facile à se l'avouer, du reste. Ils appellent ça le *mummy blues*. Une sorte de *baby blues*, mais qui a lieu pendant la grossesse. Cela touche treize pour cent des femmes qui veulent pourtant l'enfant qu'elles portent. Cela ne fait pas d'elles de mauvaises mères pour autant. C'est juste la grossesse qu'elles ne supportent pas. Je me dis que l'adoption est peut-être ce qu'il me faut. Je n'en suis qu'au début de ma psychothérapie, mais déjà de nombreuses choses se sont révélées à moi.

Elle lui jeta un regard profond.

— Peut-être devrais-tu songer, toi aussi, à en suivre une, ne serait-ce que pour te pardonner à toi-même ?

Elle espérait aussi qu'une psychothérapie lui permettrait de voir les choses sous un angle nouveau.

Ils étaient arrivés à la voiture de Laure, un coupé noir de chez Renault, garée près du jardin des plantes.

— Je suis heureuse d'avoir pu te parler de tout cela. Je crois que je te devais enfin la vérité.

Laure passa sous silence qu'elle avait été fortement encouragée par Barbara qui continuait de se faire du souci pour Maxime.

Laure l'aimait toujours et espérait pouvoir le reconquérir, même si elle ne pouvait pas lui donner ce qu'il désirait depuis longtemps. Elle avait tout d'abord pensé lui laisser du temps pour découvrir lui-même que son ex-femme était plus importante qu'un enfant issu de leur amour et qu'adopter serait finalement une solution tout aussi envisageable pour eux, mais Barbara avait intentionnellement laissé entendre que Maxime voyait régulièrement une autre femme. Laure voulait s'assurer que rien de sérieux n'était à envisager de ce côté-là. Le séduire de nouveau serait alors un jeu d'enfant.

— À bientôt, j'espère, fit-elle en se glissant derrière le volant de sa voiture.

Maxime hocha la tête et elle lui décocha son plus beau sourire. En refermant la portière d'un coup sec, un sentiment de satisfaction la submergea. Elle était heureuse d'avoir fait la paix avec lui. Elle avait deviné le désir que son ex-mari éprouvait toujours pour elle. L'autre ne comptait sûrement pas à ses yeux. Sans doute n'était-elle qu'un pis-aller en attendant de retrouver l'amour de celle qu'il n'avait jamais cessé d'aimer. Elle en avait la certitude et se sentait prête à reconquérir Maxime.

26

— Est-ce que Laure et toi, vous comptez vous remettre ensemble ?

— Je n'en sais rien. C'est trop tôt pour ça. De toute manière, nous n'avons pas abordé ce sujet. Elle souhaitait juste me faire savoir qu'elle m'avait pardonné. Et me dire combien elle avait souffert pendant cette grossesse.

Charles et Maxime discutaient dans le salon. De l'étage parvenaient les éclats de rire de Bastien qui jouait dans son bain.

Plusieurs jours s'étaient écoulés depuis son déjeuner avec Laure. Maxime ne l'avait pas revue depuis.

— Ne me dis pas que c'est à cause de cette fille ? s'enquit Charles avec un certain dédain.

— Elle s'appelle Sarah, lui rappela Maxime qui ne supportait pas le mépris injustifié de son ami envers la jeune femme.

Elle non plus, il ne l'avait pas revue depuis plusieurs jours. Le manque qu'il avait d'elle se faisait grandissant et il se demandait souvent si la réciproque était vraie.

Le retour inopiné de Laure avait semé le trouble en lui. Il devait faire face à tant d'incertitudes depuis quelque temps que tout était confus dans sa tête. Aimait-il encore Laure ou ne restait-il que les vestiges d'un profond amour ? Les sentiments qu'il éprouvait pour Sarah n'étaient-ils qu'un feu de paille ou pouvait-il sérieusement envisager de conquérir le cœur récalcitrant de la jeune femme ?

Dans l'impossibilité de démêler l'écheveau de ses émotions, il avait décidé de laisser faire le temps. Tôt ou tard, pensait-il, un choix s'imposerait à son esprit. Il ne pouvait en être autrement.

— Je ne peux pas croire que tu t'intéresses sérieusement à elle ! s'exclama Charles qui ne parvenait pas à la nommer par son prénom.

— Comment peux-tu porter un jugement sur Sarah ! s'emporta Maxime. Tu ne la connais même pas.

— Maxime, sois sérieux ! Cette fille…

Au regard noir que lui lança l'homme, Charles rectifia aussitôt :

— Ta Sarah est peut-être très bien, mais ce n'est pas une femme pour toi.

Pour Charles, c'était une évidence, et il ne comprenait pas l'intérêt de son meilleur ami pour la jeune serveuse du *Pyé koko*.

— Laure et toi avez toujours formé le couple parfait. Celui que tout le monde enviait…

— Un couple qui se sépare, ironisa Maxime. Il y a mieux comme couple parfait, tu ne crois pas ?

— Tu as dit toi-même que tout n'était pas perdu entre vous. Disons que vous avez eu un accident de parcours. Cela arrive dans un couple. Ce n'est pas la peine de tout remettre en cause, inutilement.

Maxime se leva et prit sa veste.

— J'ai changé, Charles. Je n'ai pas envie de reprendre ma vie là où je l'ai laissée. Et je ne suis pas sûr qu'il en soit de même pour Laure.

Charles secoua la tête, impuissant face à l'obstination de son ami. Il espérait voir Maxime se ressaisir très vite. Les derniers bouleversements de sa vie l'avaient fragilisé. Pourtant, il était sûr que l'ancien Maxime Kervalen referait surface. Il espérait seulement qu'il ne serait pas trop tard pour ses deux amis.

Bastien accourut dans le salon, un livre dans les mains. Il se jeta dans les bras de son parrain.

— Tu t'en vas déjà ? demanda-t-il déçu.

— Oui. Mais je te promets de revenir bientôt.

— Tu m'emmèneras voir la dame de l'autre jour ? Tu sais, celle qu'on a vue quand on est allés prendre le petit déjeuner dans le restaurant, tu te rappelles, hein ? Quand j'ai dormi chez toi. Regarde, c'est le livre que je vais lui prêter.

— Promis, nous irons très bientôt la voir, assura Maxime en déposant un baiser sur la joue de l'enfant et en ignorant le regard désapprobateur de Charles.

Il reposa le petit garçon à terre et quitta ses amis en espérant pouvoir tenir la promesse qu'il venait de faire à l'enfant. Il brûlait du désir de revoir Sarah et de pouvoir lui parler.

27

Allongée dans son lit, Sarah dormait d'un sommeil agité. Un visage se pencha au-dessus d'elle. Elle devina la présence de l'homme, ignorant son identité, mais les efforts qu'elle fit pour ouvrir ses yeux restèrent vains. Ses paupières, lourdes de sommeil, refusaient d'obéir à sa volonté. Elle lutta pour y parvenir, sentant le souffle d'une haleine chaude caresser sa joue.

Sortant péniblement des méandres de ses rêves, elle éprouva une indicible peur se glisser en elle. Personne n'avait la clé de son appartement hormis Mina. Mais que viendrait faire Mina chez elle au beau milieu de la nuit ?

Quand elle parvint enfin à ouvrir les yeux, il lui sembla pousser un cri, mais celui-ci mourut dans sa gorge. Son cœur s'emballa tandis que le visage de Francis Meunier se rapprochait du sien, avec un sourire machiavélique.

Sarah se redressa sur son lit en sursaut. Le cœur cognant à grands coups dans sa poitrine, elle scruta l'obscurité. Tout était calme alentour. Elle venait de faire un mauvais rêve. Les battements désordonnés de son cœur résonnaient encore dans tout son corps et elle enfouit son visage dans ses mains dans un soupir de soulagement. Il lui semblait pourtant encore sentir sur sa joue le souffle court de l'homme. Ce cauchemar ne finirait-il jamais de la hanter ?

Un coup d'œil au réveil indiqua minuit dix. Elle s'allongea de nouveau dans son lit et tenta en vain de se rendormir. Le malaise provoqué par son mauvais rêve ne parvenait pas à s'estomper, l'empêchant de sombrer à nouveau dans un repos réparateur.

Francis Meunier. Elle avait espéré oublier jusqu'à son nom. Elle aurait voulu effacer de sa mémoire l'empreinte de ses mains moites sur son corps. Elle s'était sentie salie et avait eu beaucoup de mal à se remettre de ses caresses obscènes glissant sur sa peau, éprouvant du dégoût à sentir le souffle chaud de sa bouche sur son visage.

Elle avait pu lui échapper de justesse et n'osait imaginer ce qui aurait pu se passer si un bruit salvateur n'avait pas résonné dans l'immeuble désert, suspendant un geste et des propos sans équivoque de la part de son patron.

Sarah alluma la lampe de chevet et se redressa à nouveau. Elle ne parviendrait sans doute plus à se rendormir avant plusieurs heures. Les jambes repliées, elle posa le front sur ses genoux et laissa couler ses larmes au souvenir de ce jour maudit.

La jeune femme travaillait dans l'agence immobilière de Francis Meunier depuis plusieurs mois déjà, ayant en charge les locations. Jamais son patron ne lui avait fait d'avances particulières, elle se sentait pourtant mal à l'aise en sa présence, redoutant ses regards salaces sur elle.

Elle n'échangeait que très peu de mots avec la secrétaire et la comptable, ayant peu de contacts avec elles, ce qui ne prêtait guère aux confidences, surtout de ce genre. Quant au collègue chargé de la vente des biens immobiliers, son arrogante assurance ne l'incitait guère à lier des liens avec lui. Encore moins à lui confier l'aversion qu'elle ressentait envers leur patron. De plus, c'était un homme lui aussi, sans doute ne comprendrait-il pas ce qui la mettait mal à l'aise dans l'attitude de leur supérieur.

Ce samedi matin là était particulièrement calme. Comme toutes les agences, celle de Francis Meunier connaissait une baisse d'activité à partir de septembre pour ne reprendre qu'à l'arrivée des beaux jours. À plus forte raison, un 30 décembre où les rares clients potentiels préparaient le réveillon du Nouvel An, laissant de côté leurs recherches de logement pour se consacrer uniquement aux fêtes de fin d'année.

Profitant de l'accalmie de la matinée, son patron avait donc décidé de fermer l'agence le temps de lui faire visiter un appartement que le propriétaire comptait bientôt mettre en location.

La tension de Sarah grandit en constatant que le logement en question se situait dans un immeuble récemment construit. Le bâtiment, encore inachevé, n'abritait aucun résident. De plus, en cette période de fin d'année, les ouvriers étaient en congé. Les lieux étaient donc déserts.

Sarah suivit néanmoins son patron dans le dédale de la résidence, dont les finitions devaient s'achever prochainement, fuyant le malaise qui l'avait gagnée à leur arrivée dans les locaux. Francis Meunier n'était pas stupide, tentait-elle de se persuader, même si elle ne le laissait pas indifférent, il ne risquerait rien de répréhensible. Ce serait contre ses intérêts.

Elle ignora par la suite si son patron avait tout calculé ou s'il avait juste profité d'une aubaine qui s'était profilée, toujours est-il qu'elle s'était raidie en sentant le corps de l'agent immobilier frôlant le sien, alors qu'elle admirait l'estuaire de la Loire depuis la baie vitrée de la chambre.

— Magnifique vue, n'est-ce pas ?

Sarah se contracta, le souffle saccadé.

— Je vous sens tendue, Sarah. C'est moi qui vous fais peur ? demanda l'homme en posant une main sur son épaule.

La jeune femme déglutit avec peine et tenta de s'éloigner, mais il la retint par le bras.

— Voyons, Sarah, pourquoi fuyez-vous ?

— Lâchez-moi s'il vous plaît, demanda-t-elle d'une voix qu'elle ne jugea pas assez ferme.

Ignorant sa requête, le doigt de l'homme caressa la joue de son employée.

— Vous savez que vous êtes très jolie, Sarah ?

La jeune femme recula instinctivement jusqu'à ce qu'elle sente son dos heurter la baie vitrée. Meunier combla le fossé qu'elle tentait de mettre entre eux et bientôt Sarah ne put bouger davantage.

La main de l'homme glissa le long de sa jambe et elle frissonna autant de peur que de dégoût. Son cœur battait à tout rompre et son cerveau se brouillait. Il fallait pourtant garder toutes ses facultés pour trouver un moyen de fuir au plus vite. Les intentions de son patron étaient claires et elle n'avait nulle envie de s'y soumettre, mais pour le moment, elle ignorait comment lui échapper.

— Oui, vraiment très jolie. Depuis le jour où je t'ai engagée, poursuivit Meunier, j'ai su qu'un jour tu serais à moi… Laisse-toi faire.

Le souffle de l'homme s'était rapproché du visage de la jeune femme, ses mains se baladant sur son corps tendu. Sur ses cuisses, sur ses fesses.

Je dois l'arrêter. Mais comment ? Il est en plein délire, songea-t-elle en se demandant comment stopper sa mégalomanie.

— M. Meunier, supplia Sarah, laissez-moi, je vous en prie.

— Allons, ne fais pas ta mijaurée : tu ne le regretteras pas.

Il effleura son sexe tout en s'emparant de sa bouche au moment où un bruit sourd retentit quelque part dans l'immeuble. Meunier se figea.

Profitant de cet instant de surprise et d'inattention, Sarah se dégagea prestement et s'enfuit.

— Hé, attends ! la rappela son patron d'un ton où perçait un soupçon de vive contrariété.

Sarah n'avait aucune intention de ralentir pour se retrouver de nouveau aux prises avec Francis Meunier. Peut-être avait-il recouvré ses esprits et comptait-il lui présenter ses excuses pour ces gestes déplacés, mais rien n'était moins sûr. Elle quitta l'appartement en courant et dévala les escaliers qui n'étaient pas encore recouverts de moquette.

Aussi vite que le lui permettaient ses jambes flageolantes, elle s'éloigna dans le froid mordant de cette fin de décembre. Hors d'haleine, elle dut s'arrêter un instant pour reprendre son souffle. Jetant un œil agité en direction de la cage d'escalier, elle soupira de soulagement. Aucun bruit ne parvenait du hall. Son patron ne l'avait donc pas suivie.

Instinctivement, elle releva la tête vers l'appartement qui aurait pu être le témoin silencieux de son agression sexuelle. De la fenêtre de la cuisine, Francis Meunier la regardait, l'air mauvais. C'est bien ce qu'elle craignait. Il ne regrettait rien de ce qu'il avait tenté de lui faire subir.

Ce fut leur dernier échange de regards. Tremblante, elle se jura de ne plus remettre les pieds à l'agence et rédigea le soir même sa lettre de démission, laissant ses quelques effets personnels de peur de se retrouver face à ce pervers qui avait failli mettre sa vie en l'air.

Sarah se leva et enfila sa robe de chambre. Elle alla jusqu'à la cuisine pour se servir un grand verre d'eau.

Les cauchemars qu'elle avait faits à la suite de ce jour maudit s'étaient peu à peu estompés, mais l'assassinat de Francis Meunier venait raviver des souvenirs qu'elle tentait en vain d'oublier. La thèse du crime crapuleux lui semblait peu probable au souvenir du viol qu'elle avait failli subir. Pour elle, il ne faisait guère de doute que quelqu'un avait voulu se venger de lui. Le comportement de son ancien patron avec elle n'avait certainement pas été un cas isolé. D'un naturel assez intuitif, elle avait toujours ressenti un grand malaise en sa compagnie et son intuition la trompait rarement.

Mina avait dissuadé Sarah d'aller raconter à la police le comportement plus que déplacé que Meunier avait eu avec elle quelques semaines plus tôt. Pourtant, la jeune femme n'était pas convaincue que se taire arrangerait ses affaires si les enquêteurs apprenaient ce qui s'était passé. Elle hésitait encore à apporter son témoignage.

Mal à l'aise par l'empreinte laissée par son mauvais rêve et par les doutes qui l'assaillaient, Sarah ne put se résoudre à retourner se coucher. La solitude et le silence de l'appartement lui pesèrent soudain. Elle aurait aimé poser sa tête contre une épaule rassurante qui aurait apaisé ses tourments.

Le visage de Maxime s'imposa à elle. Elle ne l'avait pas revu depuis leur sortie au Croisic. Il avait en effet changé ses habitudes et ne venait plus prendre ses repas à la brasserie. Elle ne savait pas si elle devait s'en réjouir ou non. Ne plus le voir lui permettrait peut-être de l'oublier plus facilement, mais il lui manquait terriblement. Il envahissait ses pensées à chaque instant de sa vie. Parfois même jusqu'à l'obsession. Et c'était un sentiment nouveau pour elle. Pourrait-elle réellement l'effacer un jour de sa mémoire ?

Fixant avec indécision le téléphone, elle ne put s'empêcher de l'imaginer se moquant éperdument de ses états d'âme si elle l'appelait et s'avoua qu'elle aurait mauvaise grâce à le lui reprocher. Après leur dispute, elle n'avait entrepris aucune démarche auprès de lui pour s'excuser de sa conduite, sûre de son bon droit. Mais il était fort probable que lui-même voyait les choses différemment.

La chaleur qui l'enveloppa à l'évocation de l'homme la conforta dans son désir de l'appeler malgré tout. Elle se raccrocha au bien-être qu'elle ressentait chaque fois qu'elle était avec lui pour trouver le courage de composer son numéro de téléphone qu'elle avait laissé en évidence près du combiné.

Elle savait qu'elle ne le réveillerait pas. Il ne s'endormait jamais avant 2 ou 3 heures du matin, il le lui avait dit. Elle entendit la première tonalité s'étendre dans le silence, son cœur battant à grands coups dans sa poitrine.

Et s'il n'était pas seul ? songea soudain Sarah.

Elle rejeta cette idée, sentant la morsure vive de la jalousie à cette seule évocation. Une deuxième sonnerie retentit et le déclic de l'appareil qu'on décroche se fit entendre.

— Allô ?

Le timbre chaud de sa voix déferla sur elle et elle fut incapable de prononcer un seul mot.

— Allô ? insista l'homme. Écoutez, si c'est une plaisanterie…

— C'est moi, Sarah, répondit rapidement la jeune femme d'une voix mal assurée.

— Sarah ? Tout va bien ? s'inquiéta aussitôt l'homme à l'autre bout du fil.

Non. La mort de mon ancien patron vient peupler de cauchemars mes nuits déjà bien agitées. Et puis, vous me manquez terriblement, aurait-elle voulu lui dire.

— Oui. Excusez-moi de vous déranger si tard.

— Ce n'est rien, objecta Maxime avec une sincérité non feinte. Je suis heureux que vous m'appeliez, Sarah.

Sarah esquissa un sourire timide.

— Je suis désolée. Je suis vraiment désolée pour tout ce que je vous ai dit.

— Non, c'est moi. Vous aviez raison. Vous m'aviez confié vos secrets et j'aurais dû en faire autant. Je dois dire que je ne suis pas très doué pour ça.

Il y eut un silence gêné de part et d'autre. Sarah se sentit dans l'impossibilité de lui dire qu'elle avait besoin de le sentir à ses côtés.

— Je vais vous laisser, il est tard, lâcha-t-elle à la place.

— Attendez, Sarah. Est-ce qu'on peut se voir ?

— Je ne travaille pas demain. On se retrouve quelque part ?

Maxime n'hésita qu'un court instant.

— Je voulais dire : est-ce qu'on peut se voir *maintenant* ?

Les battements de cœur de Sarah redoublèrent. Elle avait envie d'être auprès de lui et voilà qu'il le proposait de lui-même. C'était inespéré.

Maxime attendait la réponse, légèrement anxieux. Après tous ces jours sans elle, il avait un besoin impérieux de la revoir. Et cela ne pouvait pas attendre. Surtout depuis qu'il avait entendu le son de sa voix.

— D'accord, répliqua-t-elle dans un souffle sans avouer que c'était ce qu'elle-même désirait de tout son cœur. Je vous attends.

Moins d'un quart d'heure plus tard, Maxime sonnait à la porte de la jeune femme. Lorsqu'elle fut devant lui, il dut se faire violence pour ne pas la prendre dans ses bras et l'embrasser. Elle s'effaça pour le laisser entrer, un sourire intimidé aux lèvres.

Ils prirent place sur le clic-clac loin l'un de l'autre. Pour se donner une contenance, Sarah lui proposa quelque chose à boire, mais il refusa. Elle n'insista pas bien qu'elle ait aimé vaquer à quelques occupations pour refouler une nervosité grandissante.

Lui-même, si sûr de lui d'ordinaire, semblait en proie à une certaine fébrilité. Était-ce de la revoir ou avait-il quelque chose de si difficile à avouer ? Elle attendit, anxieuse, qu'il prenne la parole le premier.

— J'ai toujours pensé que Laure serait la femme avec laquelle j'aurais des enfants, commença Maxime les yeux perdus dans le vide. Que c'est avec elle que je finirais ma vie.

Sarah ne put empêcher un pincement de jalousie lui serrer le cœur à la mention de la femme qu'il avait aimée. Qu'il aimait encore probablement.

— Après l'obtention de nos diplômes, nous nous sommes aussitôt mariés. J'aurais aimé un enfant tout de suite, mais Laure... Je comprends seulement aujourd'hui qu'elle retardait chaque fois la possibilité d'une grossesse. Tous les prétextes étaient bons. C'était le seul sujet de nos querelles, mais je préférais me persuader qu'un jour ou l'autre un enfant viendrait souder notre union.

La jeune femme écoutait, n'osant pas faire le moindre geste de peur que Maxime ne cessât de se livrer. Elle avait conscience de la difficulté pour lui de se confier ainsi à elle.

— Quand elle est enfin tombée enceinte, j'étais le plus heureux des hommes. Le rêve que je caressais depuis des années allait enfin se concrétiser. Je pensais naturellement qu'elle partageait mon bonheur. Après tout, nous l'avions décidé à deux, ce bébé. Mais je me leurrais !

Maxime se tut, retardant le moment d'avouer ce qui allait suivre.

— Ce soir-là, lorsque nous sommes rentrés de cette soirée, j'avais trop bu. Je n'ai pas vu l'autre voiture arriver. J'ai beau me repasser le film de ce soir-là, je ne l'ai pas vue. Le choc côté passager a été plutôt violent. Laure, heureusement, s'en est sortie indemne. Malheureusement, elle a perdu le bébé. Elle était enceinte de quatre mois.

L'homme osa un regard vers la jeune femme avant de se confesser.

— Sarah, j'ai un problème avec l'alcool. Je ne sais pas encore si j'arriverai à m'en sortir.

Il saisit la main de Sarah et la garda dans la sienne.

— Je ne bois plus depuis l'accident. Cela fait un peu plus de dix semaines d'abstinence, mais cela ne veut pas dire que je sois guéri pour autant. Le chemin peut être long et il est parsemé d'embûches. Je ne me sens pas le droit d'imposer cela à une femme. Pas après ce qui s'est passé. Vous comprenez ?

Sarah hocha la tête en silence. Elle comprenait le cheminement de ses pensées. Pour autant, elle n'était pas sûre de vouloir renoncer à la possibilité de vivre quelque chose avec lui.

Il porta sa main à ses lèvres avant de poursuivre.

— Lorsque nous sommes arrivés à l'hôpital, les médecins nous ont annoncé qu'il n'y avait rien à faire pour sauver le bébé. Mon rêve s'est achevé là. Et j'en suis entièrement responsable.

Des larmes brillaient dans les yeux bleus de Maxime. Le cœur de Sarah se serra, réveillant sa propre douleur après la perte du bébé. Elle écrasa de son pouce une larme qui menaçait de couler sur la joue de l'homme.

Elle comprenait à présent son silence. Comment reconnaître devant elle son état d'alcoolique responsable de la perte de son bébé ? Peu de personnes étaient capables de dévoiler d'emblée un portrait aussi négatif d'elles-mêmes.

Fuyant le contact brûlant de la jeune femme, Maxime se leva et arpenta la petite pièce où s'entassaient dans un coin une centaine de livres qui attendaient que de nouvelles étagères soient montées.

— Voilà, cette fois vous savez tout. Je suis loin d'être le chevalier au grand cœur que vous vous étiez probablement imaginé.

Sarah se leva à son tour et le rejoignit.

— Je n'ai pas besoin d'un héros. Juste d'une épaule sur laquelle me reposer de temps en temps.

— Je veux que vous compreniez bien que je n'ai pas grand-chose à offrir à une femme en ce moment. Je ne suis qu'un pauvre type paumé qui dérive au gré du vent.

Sarah eut un sourire entendu.

— Nous sommes quittes, alors. Je ne vous ai rien apporté d'autre que mes problèmes pour le moment. Et je crains qu'un autre tas d'ennuis ne se profile en perspective.

Devant son regard étonné, elle relata son départ forcé de l'agence immobilière, précisant que l'homme retrouvé assassiné au début de la semaine n'était autre que l'homme qui avait tenté d'abuser d'elle quelque temps plus tôt.

— Vous voyez, rien n'est simple également dans ma vie en ce moment et j'ignore où tout cela va nous mener. Peut-être que nous devrions juste prendre ce que la vie nous donne sans se poser de questions ?

28

Deux hommes pénétrèrent dans la brasserie. Le premier, proche de la cinquantaine, était de stature moyenne. Ses minuscules yeux, d'un bleu très clair, étaient cerclés de lunettes de vue métallisées et il mâchait un chewing-gum dégageant une forte odeur de menthol.

Son compère, plus jeune d'une quinzaine d'années, avait une bonne tête de plus que lui. Le cheveu ras et des yeux marron scrutateurs, il s'avança vers Mina d'un pas assuré.

La patronne du *Pyé koko* sentit les ennuis pointer en même temps que les deux nouveaux arrivants avant même qu'ils ne se présentent.

— Bonjour. Nous voudrions voir Mlle Belmont. Sarah Belmont. On nous a dit qu'elle travaillait ici.

— C'est moi, répondit une voix douce dans leur dos.

Les deux hommes se retournèrent dans un même élan.

— Que puis-je pour vous, messieurs ? demanda-t-elle pressentant qu'ils étaient de la police.

— Commandant Kovinsky, se présenta en effet le plus jeune des deux en sortant sa carte de police. Et voici le lieutenant Moyon. Nous souhaiterions vous parler dans le cadre d'une enquête, Mlle Belmont.

Sarah et Mina échangèrent un rapide coup d'œil qui n'échappa pas aux deux policiers. Cet interrogatoire allait peut-être se révéler plus intéressant que ce qu'ils pensaient, songèrent-ils tous deux intérieurement. La jeune femme les précéda en les priant de la suivre et ils gagnèrent le fond de la brasserie afin de profiter d'un calme plutôt relatif. Elle espérait en avoir terminé avec eux avant le rush de midi.

— Le nom de Francis Meunier vous dit certainement quelque chose, Mlle Belmont ?

Cela n'avait aucun sens de le nier. D'ailleurs, s'ils étaient là, c'est qu'ils savaient déjà qu'il s'agissait de son ancien patron.

— En effet, j'ai travaillé quelque temps dans son agence immobilière, répondit-elle en restant sur ses gardes.

— Savez-vous qu'il a été retrouvé assassiné en bas de chez lui ?

— Je l'ai lu dans le journal, oui.

— Nous interrogeons toutes les personnes ayant été en contact avec lui ces derniers mois. Ce qui est votre cas. Pensez-vous que quelqu'un lui en voulait ? Je veux dire, au point de commettre un crime, bien sûr !

Sarah se raidit imperceptiblement. La question la mettait évidemment mal à l'aise. Cet homme avait tenté d'abuser d'elle. Oh, bien sûr, elle n'aurait jamais tenté quoi que ce soit contre lui et encore moins de le tuer. Même le dénoncer auprès des forces de l'ordre, elle n'avait pas pu s'y résoudre, même si Mina lui avait enjoint de le faire dès qu'elle avait été mise au courant de la situation. Mais Sarah n'avait aucune preuve de ce qui s'était passé. Aucun témoin. La plainte aurait été aussitôt classée sans suite. Alors, à quoi bon ?

— Je ne comprends pas la question, éluda la jeune femme.

— C'est très simple, pourtant. Je vous demande si, d'après vous, quelqu'un aurait des raisons d'intenter à la vie de votre ancien patron.

— Comment voulez-vous que je le sache ? riposta Sarah d'un ton sec.

Elle avait conscience d'avoir été trop véhémente. Il fallait qu'elle se calme. Elle reprit donc d'une voix qu'elle espérait plus posée.

— Je n'étais pas une intime de M. Meunier. Il n'était que mon patron. Je n'ai d'ailleurs pas travaillé très longtemps dans son agence et je ne l'ai pas revu depuis que j'ai quitté mon emploi. Cela fait plusieurs mois déjà.

Le commandant Kovinsky, qui menait l'interrogatoire, saisit l'opportunité qu'elle lui tendait involontairement, car il devinait sans peine les non-dits de la jeune femme.

— À ce propos, pourquoi avez-vous démissionné ? Car c'est bien vous qui êtes partie, n'est-ce pas ?

Sarah hocha la tête en signe d'assentiment, l'air soudain intéressé par quelque chose à l'extérieur. Le policier tourna la tête machinalement dans la même direction. Il ne vit rien de particulier et reporta son attention sur la jeune femme.

— Eh bien, nous vous écoutons, Mlle Belmont. Pourquoi avez-vous quitté votre emploi à l'agence ?

Sarah, qui s'était sentie rassurée de voir Maxime quitter son immeuble et traverser la route pour venir au *Pyé koko*, répondit d'une voix plus sûre.

— Je ne vois pas bien en quoi cela concerne votre enquête, mais j'ai quitté l'agence pour incompatibilité d'humeur avec mon patron.

— Incompatibilité d'humeur, hein ? répéta le commandant Kovinsky, peu convaincu.

Sarah vit Maxime s'approcher de Mina. Il était visiblement intrigué de voir Sarah en compagnie des deux hommes, à l'autre bout de la salle. L'Antillaise glissa quelques mots au nouveau venu pour l'informer de ce qui se passait, tout en jetant un regard réprobateur en direction des deux policiers. Les yeux de Sarah rencontrèrent ceux de Maxime, dopant un peu plus sa confiance.

Le commandant Kovinsky, à qui rien ne semblait échapper, se retourna de nouveau pour voir ce qui suscitait l'intérêt de la jeune serveuse et vit approcher d'une allure nonchalante un homme d'une quarantaine d'années, vêtu d'un jeans et d'une chemise d'un rouge sombre.

— Bonjour, Sarah, salua-t-il. Messieurs. Je ne vous dérange pas ?

— Ces messieurs sont de la police. Ils enquêtent sur le meurtre de mon ancien patron. Une enquête de routine.

Les deux policiers jaugèrent le nouvel arrivant. Le regard franc, l'aisance naturelle et la prestance innée de Maxime ne laissaient aucun doute sur son milieu d'origine. Ils en vinrent tout naturellement à se demander quel lien unissait l'homme et la jeune femme issue, visiblement, d'un milieu plus modeste.

Tout en poursuivant son interrogatoire, le commandant Kovinsky examina Sarah Belmont. Sans être d'une flagrante beauté, elle possédait un charme certain. Son sourire illuminait un visage mat aux traits fins et réguliers. Ses yeux, d'un noir profond, ourlés de longs cils recourbés, reflétaient une grande douceur. Il était indéniable qu'elle pouvait plaire. Pourtant sa liaison avec cet homme, s'ils en avaient une, pouvait surprendre. La jeune serveuse n'était sans doute pas le genre de femme que l'inconnu côtoyait ordinairement. Sans doute cherchait-il à folâtrer aux dépens de la jeune femme. Le policier ressentit une aversion immédiate pour le nouveau venu, songeant instinctivement que Sarah Belmont devait mériter mieux que ce bellâtre.

— Il s'agit bien d'une enquête de routine, confirma-t-il. Nous interrogeons toutes les personnes qui ont été en lien avec Francis Meunier. Est-ce que vous-même le connaissiez ?

D'une voix assurée, Maxime répondit par la négative. Le commandant Kovinsky se détourna aussitôt de lui pour questionner de nouveau Sarah.

— Revenons donc à vous, Mlle Belmont. Pourriez-vous être plus précise sur cette incompatibilité d'humeur que vous évoquiez avant que nous soyons interrompus ?

Sarah préféra s'en tenir à la décision de ne rien révéler de l'agression dont elle avait été victime. Heureusement pour elle, peu de temps avant celle-ci, un sujet de discorde avait éclaté entre son patron et elle.

Francis Meunier avait en effet refusé une location à des personnes sous le prétexte qu'elles étaient d'origine maghrébine. Choquée par cette discrimination, Sarah n'avait pu s'empêcher de critiquer l'attitude raciste de son patron, au risque de perdre son emploi. Le directeur de l'agence l'avait alors vertement remise à sa place et sommée de garder pour elle ses réflexions. Sarah s'était inclinée à contrecœur tout en maudissant son impuissance. Elle avait néanmoins besoin de ce travail, tenant à garder son indépendance financière vis-à-vis de Rómain.

— Vous rappelez-vous le nom de ces personnes ? s'enquit le policier.

Sarah secoua la tête. De toute façon, même si cela avait été le cas, elle se serait tue, refusant d'impliquer ces personnes, convaincue de leur innocence. On ne tue pas pour si peu, tout de même !

— Je ne m'en souviens plus, ils ne sont jamais revenus à l'agence. De toute manière, je doute que cela ait un rapport avec ce meurtre.

— Laissez la police émettre de telles hypothèses, voulez-vous ? Nous ne vivons pas dans le monde des Bisounours et nous ne devons écarter aucune piste. Êtes-vous sûre de ne pas vous rappeler quelque chose à leur sujet ? Peut-être avez-vous discuté de choses personnelles qui pourraient nous aider à remonter jusqu'à eux ?

— Non, assura Sarah. J'ignore tout de ces gens. J'ai seulement enregistré leur demande de recherche, mais M. Meunier a jeté à la poubelle leur dossier dès qu'il en a eu connaissance.

— Le moindre détail peut avoir son importance. Leur domicile à ce moment-là par exemple. Vous ont-ils dit où ils habitaient ? Le quartier, au moins ? insista le commandant Kovinsky.

— Elle vient de vous dire qu'elle ne se souvenait de rien, intervint Maxime avec une certaine autorité.

Le policier se tourna vers lui, irrité par cette nouvelle interruption.

— Nous enquêtons sur un meurtre, monsieur… ?

— Kervalen. Docteur Maxime Kervalen.

— Nous ignorons encore le mobile du crime, *docteur* Kervalen. Aussi, je le répète : aucune piste n'est à écarter. Si Mlle Belmont sait quelque chose, il est de son intérêt tout autant que de son devoir de nous le révéler.

Les deux hommes se mesurèrent du regard un instant. Mina en profita pour rejoindre le groupe d'un pas décidé.

— Excusez-moi messieurs, mais les clients ne vont plus tarder à arriver pour le déjeuner. Serait-il possible d'écourter cet entretien ? Je ne voudrais pas que votre présence nuise à la réputation du *Pyé koko* qui n'a jamais rien eu à se reprocher. Par ailleurs, Sarah doit reprendre son service et apparemment elle ne vous est d'aucune aide particulière.

— Très bien, s'inclina le policier de mauvaise grâce. Nous reprendrons plus tard cet entretien. Mlle Belmont, je vous prierais de passer au commissariat le plus rapidement possible. J'ai encore quelques questions à vous poser concernant votre ancien patron. Nous serons plus tranquilles pour discuter là-bas.

Maxime et le commandant Kovinsky se défièrent à nouveau du regard pendant quelques secondes.

— Bonne journée, messieurs-dames.

Après le départ des deux policiers, Sarah se laissa tomber sur une chaise, accablée par la tournure des événements. Elle avait secrètement espéré ne pas être mêlée à ce meurtre.

Or les enquêteurs n'avaient pas tardé à la contacter pour les besoins de l'enquête. L'affaire ne se présentait pas bien, mais que savaient-ils au juste à son sujet ?

— Peut-être ai-je eu tort de ne rien dire, soupira-t-elle. S'ils savaient quel genre d'homme était ce... salaud, peut-être qu'ils auraient une piste vers laquelle se tourner.

— Pour devenir une de leurs principales suspectes ? s'indigna Mina en croisant les bras sur sa large poitrine. Il vaut mieux pour toi qu'ils l'ignorent. S'ils ne trouvent aucune autre piste, tu peux être sûre qu'ils risquent de s'acharner sur toi.

— Mais je n'ai rien fait, plaida inutilement Sarah. Ils ne trouveront jamais de preuves contre moi. On ne jette pas les gens en prison comme ça !

— Sarah, redescends sur terre ! Bien sûr que tu n'as rien fait, mais crois-tu que cela les arrêtera ? Ce commissaire Ko-je-ne-sais-quoi a tout à fait raison quand il dit que nous ne vivons pas au pays des bisounours. À commencer par les flics eux-mêmes : ils ont leurs quotas d'arrestations à atteindre. Et avec les médias sur le dos, ils ne s'embarrasseront pas de ce genre de détails. Quand ils ont besoin d'un coupable, ils le trouvent n'importe où. Peu importe que la personne le soit ou non et peu importe les preuves, qui de toute façon peuvent se fabriquer.

À l'instar de beaucoup de personnes, Mina n'avait jamais porté la police dans son cœur. Les démêlés de l'un de ses neveux avec les représentants de l'ordre, quelques années auparavant, n'avaient pas contribué à améliorer l'opinion de l'Antillaise envers eux, Martial ayant été accusé à tort d'avoir volé dans la caisse du magasin où il travaillait à l'époque comme apprenti. Il avait été si facile alors d'accuser le seul noir du personnel. Le délit de faciès avait encore eu cours, cette fois-là.

Maxime s'agenouilla auprès de Sarah et prit sa main tremblante dans la sienne.

— Sarah, je suis d'accord avec Mina : ne leur dites rien pour le moment et attendez de voir comment évoluent les choses. Je vais contacter mon avocat. C'est un ami de longue date et nous déciderons avec lui de la conduite à tenir. Promis ?

Sarah se perdit dans le regard bleu qui la scrutait. L'inquiétude qu'elle y lut était sincère et elle hocha la tête en signe d'assentiment, rassurée de savoir qu'elle avait quelqu'un sur qui se reposer.

Elle se sentait lasse de lutter contre des ennuis qui s'enchaînaient depuis quelques mois. Quand et comment cela allait-il finir ?

Après son service, Sarah se rendit au commissariat de la ville. Elle se présenta à l'accueil où on lui demanda de patienter un moment avant de lui faire savoir que le commandant Kovinsky et le lieutenant Moyon s'étaient tous deux absentés. On la pria de revenir le lendemain.

La jeune femme en fut secrètement soulagée. D'ici là, elle aurait probablement eu le temps de rencontrer l'avocat dont lui avait parlé Maxime et pourrait suivre ses judicieux conseils. Elle savait qu'elle ne pourrait pas cacher la vérité très longtemps au commandant Kovinsky. Il n'aurait aucun mal à lui soutirer des éléments et, s'il sentait qu'elle dissimulait quelque chose, elle deviendrait une suspecte plus que probable.

29

Maxime l'avait invitée à dîner dans le restaurant *La Salicorne*. Depuis leur précédente entrevue, à cet endroit même, ils ne s'étaient pas recontactés.

Quand Laure avait reçu son message, elle était sûre de ce qu'il allait lui dire. Leur divorce avait été une erreur. Elle était la femme de sa vie et le demeurerait toujours. Pourquoi, dans ce cas, s'obstiner à vivre l'un sans l'autre ? Peut-être même serait-il prêt à renoncer à l'enfant qu'il avait toujours désiré. Surtout en sachant désormais ce qu'elle avait enduré pendant sa grossesse. Sans doute accepterait-il d'adopter avec elle le rejeton d'un autre. Elle le savait capable d'aimer n'importe quel bambin, même s'il n'était pas de son sang. Son époux avait toujours été un homme de valeur.

Laure aimait encore Maxime, c'était indéniable. Elle l'avait aimé dès qu'il s'était approché d'elle sur les bancs de la faculté de médecine. Elle avait connu d'autres garçons avant lui, mais rien de bien sérieux. C'était des passades sans lendemain. Lui avait été « son toujours ». Elle avait tout de suite rêvé de vivre avec lui.

Et aujourd'hui, elle avait plus que jamais envie de revivre à ses côtés. Elle était sincère quand elle lui avait assuré lui avoir pardonné. Mais ce n'était pas la perte du bébé qu'elle lui avait pardonnée, c'était son désir d'enfant responsable de leur rupture. Sa thérapie, qui n'en était qu'à ses balbutiements, lui avait appris des tas de choses qu'elle ignorait sur elle-même. À commencer par les difficultés rencontrées lors de sa grossesse. Elle avait détesté tous ces mois où elle avait porté leur enfant. Les nausées qui ne la quittaient pas du matin au soir. Son manque d'énergie. La tension de ses seins devenus trop lourds. Et surtout, sa taille qui s'alourdissait de mois en mois. Elle trouvait laid d'afficher son ventre distendu et ne comprenait pas qu'on puisse concevoir qu'une femme enceinte soit belle. Elle éprouvait une indicible tristesse que rien ne semblait vouloir effacer.

Même les pirouettes du bébé, qu'elle avait senties peu de temps avant l'accident, n'avaient pas réussi à l'émouvoir et elle ressentait une grande culpabilité à éprouver ce mal-être quotidien. À aucun moment de sa grossesse elle n'aurait su dire si elle aimait cet enfant qui grandissait en elle. Tout ce dont elle était certaine, c'est qu'elle détestait être enceinte.

Tous ces sentiments l'avaient bien évidemment surprise. D'abord parce que ce bébé, elle l'avait souhaité. À l'approche de la quarantaine, elle avait senti le désir d'enfant la gagner. Ce qu'elle ne savait pas alors, c'est que ce désir s'était confondu avec celui de Maxime.

Avait-elle eu peur qu'il s'éloigne d'elle ? Leur couple, à ce moment précis, traversait une crise. Maxime l'aimait, elle n'en doutait pas, mais souffrait qu'elle lui refuse de lui donner un enfant. Le bonheur affiché par Charles et Barbara après la naissance de Bastien avait eu pour conséquence de raviver la frustration de son mari. Sans doute avait-elle pensé alors lui offrir l'occasion d'être enfin père ?

Laure se rappelait combien Barbara avait été épanouie lorsqu'elle attendait son fils. Son visage illuminé trahissait sans honte son bonheur d'être enceinte. Laure avait eu du mal à accepter de ne pas éprouver la même joie lorsqu'elle s'était retrouvée dans la même situation.

Elle n'avait pas su à qui confier son mal-être. Elle ne se sentait pas le droit de gâcher la joie de Maxime, qu'elle n'avait pas vu si heureux depuis des mois. Elle lui en voulait de ne pouvoir lui faire part de ses doutes et de son dégoût. Quant à ses amies et ses collègues, ils n'avaient de cesse de la féliciter, chacune allant de ses souvenirs pour lui conter le bonheur d'être maman.

Laure s'était sentie seule. Désespérément seule. Elle regrettait sa taille élancée. Son assurance d'antan. Son insouciance perdue.

Elle tentait d'afficher un bonheur qu'elle était loin d'éprouver et qui s'étiolait de jour en jour. Elle avait pourtant réussi à tromper beaucoup de monde, médecins compris, sur ses difficultés à devenir la mère de l'enfant qu'elle portait.

Lorsqu'elle s'était retrouvée sur le lit d'hôpital, libérée de son fardeau, elle s'était sentie étrangement sereine. Libre. Elle avait bien pleuré le bébé perdu. Mais elle avait surtout pleuré sur elle-même. Elle n'avait pas aimé sentir cet enfant grandir en elle. Il était parti. C'était tout.

Maxime avait cru légitimement qu'elle lui en voulait à cause de cet accident dont il était responsable et qui avait causé la perte de ce bébé tant attendu. Elle n'avait trouvé ni le courage ni l'envie de démentir.

Pouvait-elle avouer sereinement qu'au fond d'elle-même elle était heureuse que son cauchemar prenne fin ? Incontestablement non. Pas plus qu'elle ne pouvait confesser qu'elle lui reprochait d'avoir provoqué ce désir inconscient de grossesse, la mettant dans cette situation aussi pénible à vivre. Son mari n'aurait pas pu le comprendre. Durant tous ces mois de grossesse, il n'avait jamais cherché à voir la réalité en face.

Maxime arriva enfin, légèrement essoufflé.

— Excuse-moi, dit-il en l'embrassant sur la joue. J'ai eu du mal à trouver une place. As-tu déjà commandé ?

— Je t'attendais.

Ils dînèrent, heureux de se retrouver pour la deuxième fois après des semaines de tourmente. Ils parlèrent de choses et d'autres, ni l'un ni l'autre n'osant aborder les sujets plus personnels qui leur tenaient à cœur.

Laure avait repris son travail. Elle continuait de voir Barbara. Moins souvent Charles. Ses parents allaient revenir d'un voyage au Canada où ils avaient passé de merveilleuses vacances.

Maxime écoutait sa compagne parler, hochant la tête, retardant le moment où il lui annoncerait qu'il avait rencontré une autre femme. Sarah avait pris une place de plus en plus importante dans sa vie. Au point de ne pouvoir envisager de vivre sans elle. Il en était à présent conscient.

Il se devait pourtant de dire la vérité à Laure. Il ne voulait pas qu'elle se fasse des illusions sur de possibles retrouvailles entre eux. Il l'aimait toujours, certes, mais cet amour se muait chaque jour un peu plus en une tendresse amicale. Il ne voulait pas que la culpabilité qu'il éprouvait encore vis-à-vis d'elle prenne le pas sur ses sentiments profonds. Il avait déjà assez souffert comme cela. Il avait payé un lourd tribut. Sa vie n'avait plus aucun sens depuis quelque temps. Et puis, il y avait eu Sarah.

Avec la jeune femme, il se sentait revivre. Bien sûr, il n'y avait rien d'autre qu'une ébauche d'histoire entre Sarah et lui, qui pouvait se terminer du jour au lendemain. De ça aussi, il avait conscience.

Ce n'est pas par amour qu'il avait été attiré par elle, mais celui-ci s'insinuait cependant dans les failles de son cœur meurtri. Il y avait quelque chose d'émouvant chez cette femme. Cette fragilité sous-jacente que cachait une force de caractère certaine. Douce, désintéressée, elle avait une grande soif d'aimer et d'être aimée en retour. Maxime se sentait l'envie de la protéger et de déposer à ses pieds l'amour qu'il sentait grandir pour elle.

Laure accusa le coup avec calme. Si elle se sentit blessée dans son cœur et dans son orgueil, elle n'en laissa rien paraître. Comme toujours, elle sut rester maîtresse d'elle-même. Ses sentiments pour Maxime n'avaient pas changé. Elle l'aimait comme au premier jour, sur les bancs de la faculté, lorsqu'il s'était approché d'elle avec son sourire enjôleur et sa voix douce et grave à la fois.

Des picotements de jalousie parcoururent l'échine raidie de son dos. Maxime était amoureux d'une autre femme. Elle n'aurait jamais imaginé que cela puisse arriver un jour.

Elle se rendit compte que ce divorce avait été un mauvais calcul de sa part. Jamais elle n'aurait dû laisser cette histoire aller si loin. Elle l'aimait encore. Et elle avait été certaine qu'il en était de même pour lui. Mais était-ce réellement fini entre eux ? Charles ne cessait de répéter que Maxime n'était plus le même depuis l'accident, mais il gardait espoir que ce n'était que provisoire.

Cette fille lui avait tourné la tête. Rien ne prouvait que ce fût sérieux entre eux. Drapée dans sa dignité, Laure se jura d'en avoir le cœur net.

Bien que Laure maîtrisât ses émotions comme à l'ordinaire et qu'elle lui souhaitât beaucoup de bonheur, Maxime n'était pas dupe. Il savait que son ex-femme éprouvait encore des sentiments pour lui et il regretta d'être à nouveau celui qui la faisait souffrir. Il n'était cependant pas le genre d'homme à entretenir deux relations amoureuses à la fois, même s'il comprenait mieux à présent qu'on puisse aimer deux personnes en même temps.

Il la raccompagna jusqu'à sa voiture garée sur le front de mer.

Elle démarra le véhicule sans plus attendre. Laissa couler une larme au premier feu rouge, accablée par tout ce gâchis.

La ville, à cette heure pourtant loin du crépuscule, semblait déjà endormie. Quelques rares personnes s'attardaient, promenant leur chien avant la longue nuit, ou rentrant de sortie. Laure aurait eu envie de marcher un moment, mais les rues quasi désertes n'invitaient pas à errer, seule dans la nuit. Elle rentra chez elle, l'amertume au fond du cœur. Elle ne parvenait pas à croire que tout était définitivement terminé entre Maxime et elle.

30

Maxime n'avait tourné les talons qu'une fois les deux points rouges des feux arrière hors de sa vue. Malheureux d'être à l'origine de tant de souffrance, il traversa la route qui le séparait du front de mer et s'assit sur le muret de pierre. Il suivit un long moment le va-et-vient des vagues qui s'échouaient sur le sable fin, avant d'observer une chauve-souris tournoyer autour du monument américain qui se profilait dans le noir.

Un SDF s'approcha de lui, lui demanda une cigarette. Maxime ne fumait plus depuis des années. L'homme ne se formalisa pas de ce refus et quémanda une petite pièce. Maxime farfouilla dans la poche de sa veste, n'y trouva qu'un billet de dix euros, qu'il tendit malgré tout à l'homme. Ce dernier repartit, tout heureux qu'on lui octroie une telle fortune d'un seul coup et marmonna quelques mots incompréhensibles à l'adresse de son bienfaiteur inattendu.

Maxime n'ignorait pas l'usage qui serait certainement fait de cet argent et s'en moquait. Après tout, si une bouteille d'alcool était désormais le seul bonheur vital de cet homme, pourquoi s'en priverait-il ?

Maxime bascula ses jambes par-dessus le petit mur de pierre et retourna à sa voiture. Malgré l'heure tardive, il décida de se rendre à l'appartement de Sarah.

La jeune femme lui ouvrit après avoir jeté un œil à l'œilleton. Elle avait sursauté quand avait retenti le coup de sonnette, les sens continuellement en alerte depuis que Francis Meunier avait voulu abuser d'elle et, après un bref regard sur le cadran lumineux de son réveille-matin, elle avait posé le roman dans lequel elle était plongée, se demandant qui venait lui rendre visite sans prévenir à une heure si tardive.

— Bonsoir. Je ne vous dérange pas ?

Au sourire radieux qui l'accueillit, il devait bien se douter que non, il ne la dérangeait pas.

Jamais, aurait-elle d'ailleurs voulu répondre à l'homme qui se tenait au seuil de sa porte, mais elle n'osa pas et s'effaça légèrement pour le laisser pénétrer à l'intérieur.

— Non, pas du tout. Entrez. Je suis désolée de vous recevoir dans cette tenue, fit Sarah en resserrant la ceinture de son peignoir de velours en rougissant. Je ne m'attendais pas à avoir de la visite.

— Vous êtes sûre que cela ne vous gêne pas ? Il est tard, insista Maxime soudain mal à l'aise. Peut-être étiez-vous sur le point d'aller vous coucher ?

— Disons que vous tombez très mal. J'étais sur le point de savoir qui était l'assassin de John Calder et pourquoi on l'avait tué, avoua la jeune femme dans un sourire tout en faisant référence à sa lecture.

— Oh, dans ce cas, je devrais peut-être revenir demain. L'enquête sera probablement terminée.

— À dire vrai, je crois que j'ai déjà ma petite idée sur le meurtrier. Je ne sais pas si je ferais un bon détective dans la vraie vie, mais que ce soit à la télé ou dans les romans, je devine souvent le coupable bien avant la fin. Avez-vous faim ? Il me reste de la tarte saumon-poireau et une salade verte.

— Non merci, j'ai déjà dîné. En parlant d'enquête, êtes-vous allée au commissariat après votre travail ? demanda-t-il en s'installant à côté d'elle sur le canapé.

— Oui, mais le commandant Kovinsky et le lieutenant Moyon étaient absents. On m'a priée de revenir demain.

— Très bien. J'ai pris contact avec maître Meyer, mon ami avocat. Il nous attend demain en milieu de matinée. Il n'est pas spécialisé en droit pénal, mais pour le moment vous n'êtes entendue que comme témoin, donc il accepte de vous voir personnellement. Il vous recommandera à un confrère si besoin. Vous pourrez vous arranger avec Mina pour être libre ?

— Oui bien sûr, sans problème. Je vous offre quelque chose à boire ?

— Un verre d'eau me suffira, merci.

Leurs regards se rencontrèrent et Sarah s'empourpra de nouveau. Troublée, elle alla chercher des verres dans la cuisine afin de se donner une contenance puis se réinstalla sur le canapé, maintenant à regret une certaine distance entre eux.

— Que pense votre avocat de cette affaire ? Enfin je veux dire, pense-t-il qu'il y ait un risque que je sois incriminée dans cette histoire ?

— C'est encore trop tôt pour le dire. Il ne connaît pas grand-chose à l'affaire. Sarah, je sais que cela ne sera pas facile, mais il faudra lui répéter tout ce que vous m'avez déjà confié. Essayez de vous souvenir de tout ce qui s'est passé, à la fois ce jour-là, mais aussi durant toute la période où vous avez travaillé pour cette ordure. Chaque détail a son importance, vous comprenez ?

La jeune femme hocha la tête.

— Quand est-ce que tout cela va finir ? laissa-t-elle tomber en songeant à tous les problèmes auxquels elle avait dû faire face ces derniers mois.

Maxime se pencha vers elle et écarta tendrement une mèche qui, comme souvent, lui tombait devant les yeux.

— Ne vous inquiétez pas, Sarah. Je suis sûr que, bientôt, tout cela ne sera plus qu'un mauvais souvenir.

Elle releva les yeux sur lui et croisa son regard brûlant. Un frisson lui parcourut le dos et elle baissa les paupières, offrant ses lèvres à l'ardeur de son baiser, répondant avec fougue au désir qui les enveloppait tous deux.

31

Les bras de Maxime reposaient, possessifs, sur sa taille dénudée. Leurs jambes restées entrelacées après leurs ébats de la nuit n'avaient pu se résigner à perdre le contact de la chaleur respective de leur peau. Leurs deux corps apaisés pour un temps s'étaient abandonnés quelques heures plus tôt dans une douce torpeur, n'attendant qu'un infime frôlement pour faire renaître leur désir mutuel.

Sarah ouvrit des yeux encore embrumés de sommeil avec un sentiment de plénitude qu'elle n'avait pas éprouvé depuis longtemps.

Le jour s'infiltrait par les interstices des volets insuffisamment clos, se posant sur un tableau représentant un petit groupe de femmes africaines, dans des tons rouge orangé. Elle avait acheté cette peinture quelques jours auparavant pour combler le vide que Romain avait laissé à l'appartement, neuf semaines plus tôt. Elle avait craqué pour ses couleurs chaudes et son dessin à peine esquissé par l'artiste, et n'avait pu résister à l'envie de l'acquérir, bien que d'autres achats eussent dû avoir la priorité. Elle succombait rarement à ce genre de folie et ne pouvait s'empêcher de culpabiliser, tout en se traitant d'idiote. De toute façon, c'était fait. Inutile de s'appesantir sur le sujet.

Sarah devina à la clarté de la chambre que le soleil était déjà levé. Le mois d'avril s'annonçait plutôt ensoleillé, ce qui après ces longs mois de pluie relevait du pur bonheur.

La jeune femme souleva avec une infinie précaution le bras de Maxime, qui resserra inconsciemment son étreinte, comme si, même plongé dans le sommeil, il ne voulait pas la laisser s'échapper. Elle se tourna lentement vers lui. La respiration régulière de l'homme témoignait qu'il dormait encore. Elle le dévisagea un long moment, un sourire planant sur ses lèvres qui avaient gardé le goût de ses baisers passionnés.

Une envie irrésistible de le toucher la tenaillait. Leur peau à peau lui manquait déjà. Elle s'efforça de nier le désir qu'il suscitait en elle et tenta une nouvelle fois de se dégager de son étreinte. Il ouvrit alors les yeux.

— Bonjour, murmura-t-elle.

Les yeux de Maxime papillonnèrent un court moment, hésitant entre veille et sommeil. Le souvenir de leur première nuit d'amour acheva de le réveiller quand les douces lèvres de Sarah se posèrent sur les siennes, ranimant la flamme de sa passion. Il était hors de question qu'il la laisse déjà s'échapper. Mais l'oiseau ne semblait guère avoir envie de s'envoler, bien au contraire.

L'odeur du café, mêlée à celle du pain grillé, chatouilla les narines de Maxime quand il quitta la salle de bains. Ses cheveux humides bouclaient légèrement dans son cou et une barbe de deux ou trois jours ombrait ses joues.

Il rejoignit Sarah qui l'attendait devant le petit déjeuner qu'elle avait préparé avec soin. La jeune femme respira avec volupté les effluves du savon quand il se pencha pour l'embrasser, regrettant du même coup de ne pas être elle-même à son avantage avec ses odeurs de la nuit.

Pas encore assez sûre d'elle-même ni des sentiments qu'elle pouvait inspirer à Maxime, elle aurait souhaité se montrer sous un meilleur jour, ignorant que l'intimité de ce premier matin passé ensemble créait pour lui le climat complice qui leur manquait jusqu'alors. Maxime se sentait parfaitement serein, sentiment qui ne l'habitait plus depuis trop longtemps déjà.

Ils terminèrent leur petit déjeuner, discutant librement de choses et d'autres, savourant le plaisir d'être ensemble. Leurs yeux se cherchaient sans cesse, comme pour graver dans leurs souvenirs ces instants précieux volés à la vie. Ils avaient tous deux beaucoup souffert et n'aspiraient plus qu'à respirer le parfum du bonheur à l'aube de cette nouvelle vie qui s'offrait à eux.

Maxime accompagna Sarah jusqu'à la brasserie et l'embrassa longuement avant de la voir disparaître à l'intérieur, avec un léger regret malgré la promesse de la revoir rapidement. Sa présence lui manquait déjà.

Il rentra pourtant chez lui, le cœur léger, pour enfiler sa tenue de jogging. Il y reviendrait ensuite pour prendre une douche et se raser avant de la rejoindre au *Pyé koko*.

L'avenir, que laissait présager la nuit qu'ils venaient de passer ensemble, réveillait une insouciance depuis trop longtemps disparue. Malgré les problèmes auxquels ils devraient encore faire face, il se sentait heureux comme il ne l'avait pas été depuis une éternité, lui semblait-il.

Mina, fidèlement installée derrière le comptoir du *Pyé koko*, le suivit des yeux avant de reporter son attention sur Sarah, qui poussait la porte.

— Ne dis rien, surtout, lâcha la jeune femme en imaginant les pensées courroucées qui devaient agiter le cerveau de son amie.

Sarah ne souhaitait pas que Mina gâche un bonheur tout neuf. Le rayon de soleil apporté par Maxime lui était aussi vital que l'air qu'elle respirait. Les sentiments de Mina envers Maxime avaient certes évolué, eux aussi, quand elle avait compris qu'il était tout disposé à aider Sarah dans ses démêlés avec la justice, mais il était évident que l'Antillaise ne se réjouissait pas de la tournure que prenait leur relation. Avec son attitude franche et directe, Mina n'aurait pas manqué de mettre Sarah de nouveau en garde contre lui, et contre leur histoire qu'elle jugeait impossible.

Enveloppée dans les nimbes d'un amour naissant, Sarah ne se sentait pas disposée à écouter ce genre de remarques, réfutant elle-même l'idée que leur liaison ne mènerait nulle part. Pour le moment, elle se sentait heureuse et cela lui suffisait. Tant pis si elle se fourvoyait dans cette histoire.

32

Maître Meyer les fit entrer dans un bureau aussi spacieux que bien ordonné. Les boiseries vernies contrastaient avec le crépi blanc des murs, tandis que l'épaisse moquette bleue, qui étouffait le bruit de leurs pas, semblait vouloir accentuer l'allure maritime que laissait deviner la décoration de la pièce. Sarah admira le magnifique tableau représentant le *Belem* accroché à l'un des pans du mur. Le célèbre trois-mâts déployait toute sa majesté dans cette œuvre d'un peintre qui demeurerait probablement à jamais inconnu.

Sarah et Maxime prirent place dans de larges fauteuils en cuir marron clair et, tandis que les deux hommes devisaient de choses et d'autres avant d'aborder la question qui les intéressait, la jeune femme songea au plaisir qu'elle aurait ressenti à fouler le sol de ses pieds nus.

Elle aimait sentir le contact direct des revêtements sous ses pieds. La fraîcheur du carrelage, la douceur de la moquette et surtout la caresse lisse du parquet. L'été, elle aimait percevoir la chaleur brûlante de l'asphalte, le chatouillement de l'herbe fraîchement coupée, mais son suprême bonheur était la sensation de ses pieds qui s'enfonçaient dans le sable fin et chaud.

Laissant de côté ses divagations hors de propos, Sarah profita de ce que les deux hommes poursuivaient leur conversation pour étudier discrètement l'avocat.

Ses petits yeux perçants hésitaient entre le bleu et le gris et chaque fois qu'il souriait, deux fossettes se dessinaient de part et d'autre de sa bouche, lui donnant un air juvénile qui contrastait avec le reste de sa personne. Ses cheveux, d'un blanc immaculé, venaient d'être récemment coupés, jugea-t-elle. De haute stature, il devait sans peine en imposer dans le prétoire, revêtu de sa robe noire.

Sarah se demandait souvent pourquoi certaines choses avaient du mal à évoluer, la tenue de ceux qui rendaient la justice lui paraissant être d'un autre temps. Peut-être la prestance de leurs robes ne faisait-elle qu'accentuer la gravité de leur responsabilité. Accuser ou défendre un citoyen ne dégagerait probablement plus la même aura dans un simple costume trois-pièces. Quoique, à la réflexion, les avocats américains plaidaient bien en tenue civile. Peut-être la justice s'accrochait-elle seulement aux traditions ancestrales.

La jeune femme en était là de ses réflexions lorsque l'avocat sembla s'intéresser enfin à elle. Elle dut relater, pour la troisième fois depuis l'agression, ce qui s'était passé ce jour-là avec Francis Meunier, n'omettant aucun des détails dont elle se souvenait malgré ce qui lui en coûtait de revivre en pensée un épisode de sa vie qu'elle avait tenté, tant bien que mal, d'effacer de sa mémoire.

— Ne vous inquiétez pas trop, Mlle Belmont. Je ne crois pas que cette affaire ira très loin. Je veux dire, en ce qui vous concerne. Je ne pense pas que votre cas soit isolé.

— Que voulez-vous dire, maître ? interrogea Sarah, surprise.

— Il est presque certain que votre ancien patron a déjà eu ce genre d'attitude envers d'autres femmes. Il y a déjà eu des affaires similaires. Ce ne serait pas la première fois qu'un homme tente de profiter de son pouvoir pour obtenir des faveurs, consenties ou non. Et il est fort à parier que certaines n'ont pas eu votre chance. Il est possible qu'une de ses victimes, ou un proche auprès de qui elle se serait confiée, ait voulu se venger de Meunier.

La jeune femme hocha la tête. Elle avait déjà effectivement entendu de telles histoires.

— N'avez-vous jamais rien soupçonné sur ses rapports
avec la gent féminine ?

Sarah réfléchit un instant. Elle avait détesté se sentir
déshabillée du regard lors de l'entretien d'embauche. Elle
n'avait pas aimé les yeux trop insistants qui pesaient parfois
sur elle. Mais de là à imaginer qu'elle avait devant elle un
pervers prêt à violer toutes les femmes qui se refusaient à
lui, il y avait un pas qu'elle n'avait jamais franchi.

Même après l'agression, elle n'avait pas émis l'idée d'une
telle dépravation de son patron. Il est vrai qu'elle n'avait
pas voulu s'attarder sur le sujet, rejetant au fond de l'oubli
la tentative de viol dont elle avait été victime. Elle préférait
penser que cela n'avait été qu'un malencontreux concours
de circonstances.

— Je ne l'appréciais pas, c'est sûr, mais non, je n'ai rien
remarqué de particulier.

— Quel était son comportement avec les clientes seules ?

Sarah secoua la tête. Elle n'avait jamais rien remarqué
de suspect de ce côté-là. Peut-être s'était-il montré à l'occasion un peu vulgaire avec certaines acquéreuses, mais rien
qui pût faire penser qu'il était prêt à tirer avantage de sa
situation.

— Et avec les autres femmes de l'agence, comment
était-il ?

La jeune femme tenta de se remémorer le comportement
de Francis Meunier vis-à-vis de ses deux autres collègues féminines. Jamais elle n'avait remarqué la moindre
équivoque entre son ancien patron et Cathy Duprès ou
Annie Levallois, qui occupaient respectivement les postes
de secrétaire et de comptable.

La première, une petite brune aux cheveux bouclés, devait approcher de la quarantaine. Depuis son récent divorce, elle multipliait les aventures sans se soucier de trouver le grand amour. S'il y avait eu la moindre relation entre elle et son patron, il était fort probable qu'elle eût été consentante.

Quant à la comptable, difficile d'imaginer Meunier, ou qui que ce soit d'autre d'ailleurs, attiré par une personne aussi insignifiante qu'elle. Sarah s'était souvent demandé pourquoi Annie Levallois, dont elle avait du mal à déterminer l'âge, ne tentait pas de se mettre davantage en valeur, pour compenser le visage ingrat dont la nature l'avait affublée, mais elle ne la connaissait pas assez pour se permettre de tels conseils.

— Je ne pense pas que Francis Meunier ait eu des gestes déplacés envers mes anciennes collègues de l'agence, crut-elle pouvoir affirmer.

— Bien, nous verrons cela plus tard. J'aimerais pour l'instant que vous gardiez sous silence l'agression dont vous avez été victime. Nous devrions en apprendre davantage sur ce Meunier d'ici peu. Dès que Maxime m'a contacté, j'ai chargé un de mes assistants de faire discrètement des recherches sur lui.

— Et si la police apprend ce qui s'est passé ? avança Sarah.

— Dans ce cas, bien entendu, ne niez rien. Cela risquerait de vous nuire. Tenez-moi au courant de votre entretien avec Kovinsky. Ah, au fait, méfiez-vous de lui, c'est un coriace. Il n'abandonne jamais une affaire, d'après mes confrères du pénal.

Sarah hocha la tête, le regard perdu. Si l'avocat avait voulu lui faire peur, c'était réussi.

— Merci maître. Au revoir.

— À bientôt, Mlle Belmont. Maxime.

Les deux hommes échangèrent une poignée de main amicale.

Dehors, le soleil brillait dans un ciel sans nuages. Maxime et Sarah longèrent la rue du Général de Gaulle dans un silence oppressant.

La jeune femme ne savait que penser de l'avocat. Maxime semblait avoir beaucoup d'estime pour lui. Mais elle avait jugé son attitude vis-à-vis d'elle-même plutôt condescendante. Sans doute pensait-il qu'elle n'était qu'une passade dans la vie de Maxime.

Peut-être n'était-elle que cela après tout, se dit-elle en se remémorant combien elle s'était sentie déplacée dans le bureau de l'avocat. Les milieux dont ils étaient tous deux issus lui avaient paru alors à des milliers d'années-lumière. Elle n'y attachait guère d'importance, mais qu'en était-il de Maxime ? N'allait-il pas un jour se réveiller en se demandant ce qu'il faisait avec une femme comme elle ? Médecins de père en fils depuis plusieurs générations, certains jouissaient d'une réputation qui dépassait les frontières de la région. Lui-même, avait-elle pu constater, possédait une bonne renommée dans le monde médical. Par ailleurs, ses amis ne se gêneraient certainement pas pour lui faire remarquer que Sarah et lui n'avaient rien en commun.

Elle sentit les doigts de Maxime entrecroiser les siens et resserra inconsciemment sa main sur la sienne.

— Hé doucement, dit-il d'un ton amusé. Je ne vais pas m'enfuir.

Elle releva des yeux inquiets sur son visage rieur et répondit par un sourire triste.

— Ne t'inquiète pas. Je suis sûr que tout va s'arranger, affirma-t-il en se méprenant sur ses angoisses.

Sarah s'immobilisa instantanément. Elle ne put s'empêcher de lui faire part de ses craintes, le cœur lourd d'émotion. Il eut alors ce sourire qui lui chavirait le cœur chaque fois qu'il l'esquissait.

— Si je t'avais connue autrefois, peut-être, avoua Maxime. Je dis bien, peut-être, aurais-tu été une aventure sans lendemain. Mais aujourd'hui, je ne suis plus du tout le même. J'ai beaucoup changé, Sarah, et mes priorités n'ont plus rien à voir avec celles que j'avais par le passé.

— Pour tes amis et les gens de ton milieu, je ne...

Il caressa d'un geste tendre sa joue hâlée par le soleil d'avril.

— Je me fous « des gens de mon milieu », comme tu dis, et également de ce que pensent mes amis. Je t'aime, Sarah. Je ne me suis pas senti aussi heureux depuis une éternité. Et mes amis ne pourront rien changer aux sentiments que j'éprouve pour toi.

Elle sentit un picotement familier lui parcourir le dos. Avait-il réellement prononcé ces mots qu'elle ne pensait jamais entendre dans sa bouche ?

— Qu'est-ce que tu as dit ? demanda-t-elle presque dans un murmure.

— Je ne me suis pas senti aussi heureux depuis une éternité.

— Non. Avant.

Les yeux de Maxime pétillèrent de malice tandis qu'il répétait docilement :

— Je t'aime, Sarah. Je t'ai-me.

Son cœur bondit dans sa poitrine tandis qu'une vague de désir s'emparait d'elle. Elle se rapprocha instinctivement de la chaleur de son corps. Leurs lèvres s'unirent, dans un même besoin de fusion.

— J'ai très envie de toi, chuchota-t-il en s'arrachant avec douleur à leur étreinte. Rentrons, tu veux ?

Sarah cligna des yeux en signe d'assentiment. Elle ignorait si leur histoire durerait, mais elle préféra occulter la question. Elle devait apprendre à mieux apprécier chaque instant de bonheur, les petits comme les grands, sans se soucier du lendemain.

33

Sarah gravit pour la deuxième fois en deux jours les marches du commissariat. Elle se présenta à l'accueil et fut reçue par le même agent qui, comme la veille, la fit patienter dans le hall. Elle s'installa sur le banc et regarda le va-et-vient autour d'elle. Policiers en uniforme, civils, hommes ou femmes. Il régnait, en cette fin d'après-midi d'avril, une certaine effervescence au sein du commissariat. Était-ce toujours ainsi ? Elle l'ignorait. C'était la première fois — enfin, la deuxième si l'on tenait compte de la veille — qu'elle mettait les pieds dans cet établissement. Elle espérait aussi que ce serait la dernière.

N'aurait-elle pas dû dire depuis le début tout ce qu'elle savait sur la personnalité de Francis Meunier ? Était-il trop tard pour le faire maintenant ?

En un geste qui témoignait de sa nervosité grandissante, la jeune femme consulta une nouvelle fois le cadran bleu de sa montre et se demanda si on la faisait attendre sciemment ou non. Elle était là depuis une vingtaine de minutes déjà et s'impatientait que personne ne se souciât d'elle. Voulaient-ils que l'angoisse monte en elle au point qu'elle perde ses moyens une fois qu'ils l'interrogeraient ? Ou escomptaient-ils que, sous la pression de la crainte, sa langue se délie plus rapidement ? Personne n'aime avoir à faire avec la police. Encore moins lorsqu'un meurtre a été commis.

Sarah s'apprêtait à se renseigner à l'accueil lorsqu'elle reconnut le lieutenant Moyon qui descendait l'escalier d'un pas nonchalant. Il s'approcha d'elle. Il mâchait, comme à la brasserie, un chewing-gum à la menthe et Sarah supputa machinalement que cette habitude avait certainement été prise lorsqu'il avait cessé de fumer.

— Bonjour Mlle Belmont. J'espère que l'attente ne vous a pas semblé trop longue.

Si Sarah s'attendait à ce qu'une explication suive cette plate excuse, elle en fut pour ses frais.

— Suivez-moi, je vous prie. Le commandant Kovinsky vous attend dans son bureau.

La jeune femme le suivit au deuxième étage. Ils longèrent un long couloir sombre aux murs ternis par le temps, passant devant des portes entrouvertes d'où s'échappaient des conversations plus ou moins houleuses, des rires ou le bruit de doigts tapotant sans conviction sur des claviers.

Le lieutenant Moyon s'arrêta enfin devant une porte et s'effaça pour la laisser entrer. Trois bureaux en métal, couleur gris souris, occupaient la petite pièce, tous encombrés d'un certain nombre de dossiers en cours.

Sarah salua timidement l'homme et la femme installés derrière deux des trois bureaux, qui levèrent la tête à son entrée. Elle supposa, à juste titre, que le troisième appartenait au lieutenant Moyon. Elle eut juste le temps de remarquer la tasse fumante à l'effigie de Bart Simpson qui attendait le retour de l'officier de police quand la voix du commandant Kovinsky se fit entendre, de l'autre côté du mur. Elle tourna la tête instinctivement dans cette direction et rejoignit le lieutenant Moyon qui s'approchait de la porte communicante.

Après un bref coup frappé pour signaler leur présence, ils entrèrent sans attendre de réponse dans le bureau du commandant, qui parut d'emblée plus spacieux à Sarah, bien qu'il fût en réalité de la même superficie que celui qu'il jouxtait. L'ameublement sans doute.

Le combiné du téléphone collé à l'oreille, Kovinsky salua la jeune femme d'un signe de tête.

— Oui, je m'en doutais un peu. Merci pour l'info, l'entendit-elle conclure en restant gauchement debout devant le bureau.

— Bonjour, Mlle Belmont, fit le policier en se levant. Excusez-moi pour le retard, des choses importantes à régler. Asseyez-vous, je vous en prie.

Sarah s'installa sur l'une des deux chaises en plastique noir. Elle discernait la présence du lieutenant Moyon dans son dos et se sentit mal à l'aise d'être le point de mire de ces deux hommes, qui ne manqueraient pas d'épier le moindre de ses gestes, elle en était certaine.

— Alors, Mlle Belmont. Vous rappelez-vous à présent le nom de ces personnes à qui Meunier refusait de louer un logement pour discrimination raciale ?

La question était directe et le sous-entendu à peine voilé. Sarah, qui était novice en la matière, se demanda si tous les entretiens contenaient une part de scepticisme évident, ou si les deux policiers connaissaient déjà la vérité sur ce qui s'était passé entre son ancien patron et elle ce fameux jour.

— Non, je suis désolée. Je ne m'en souviens pas.

La jeune femme restait persuadée que ces gens n'avaient rien à voir avec le meurtre de son ancien patron — on ne tue pas pour si peu, n'est-ce pas ? — et refusait de leur attirer des ennuis pour se couvrir elle-même.

— Allons, un petit effort, mademoiselle…

L'avocat de Maxime l'avait mise en garde contre Kovinsky. « C'est un fouineur qui s'avoue rarement vaincu », avait-il dit. Et elle savait qu'elle mentait mal. Très mal, même. Elle tenta donc de se dégager de ce mauvais pas par une pirouette.

— Commandant, savez-vous combien de personnes par jour franchissent la porte d'une agence immobilière ? Comment voulez-vous que je retienne le nom de toutes ces personnes ?

Le policier eut un sourire narquois.

— Avouez que, parmi toutes ces personnes, peu sont refoulées par un agent immobilier soi-disant dénué de scrupules, je me trompe ? Par conséquent, il n'y aurait rien d'étonnant à retenir ne serait-ce qu'un nom parmi un certain nombre de clients. Mais soit, admettons que vous ne vous rappeliez plus le patronyme de ces personnes. J'ai d'autres questions à vous poser, Mlle Belmont.

Sarah se raidit imperceptiblement. Elle trouvait que le commandant Kovinsky abandonnait trop vite cette piste de discrimination, ce qui allait à l'encontre de ce que lui avait dit l'avocat. Elle se demanda un instant s'il ne jouait pas avec elle en essayant de la déstabiliser. Le but fut atteint sans mal par la question suivante.

— Connaissez-vous la résidence « Les Alizés » ?

La tension de la jeune femme monta d'un cran. Maître Meyer avait raison de craindre la perspicacité du commandant Kovinsky. Visiblement, il avait déjà découvert quelque chose à ce sujet.

— Oui, murmura-t-elle sentant le regard des deux hommes la transpercer de part et d'autre.

— Excusez-moi, je ne vous ai pas très bien compris.

— Oui, répéta Sarah d'une voix à peine plus audible.

Elle déglutit péniblement. Elle devait impérativement se reprendre si elle ne voulait pas qu'on l'accuse de quoi que ce soit. Elle se demanda une nouvelle fois pourquoi elle n'avait pas dit la vérité dès qu'ils l'avaient interrogée. Elle ne serait pas aujourd'hui en si grande difficulté. Et elle comprit que si elle parlait maintenant, cela pourrait vraiment se retourner contre elle.

— Alors que le bâtiment se terminait à peine, l'acquéreur d'un des appartements a pris contact avec l'agence dans laquelle vous travailliez en vue de le mettre en location, n'est-ce pas ?

— En effet. C'est M. Meunier qui s'occupait de ce genre de transactions. Mon rôle se limitait à faire visiter les logements et à rédiger les baux de location lorsqu'une affaire était conclue.

La voix de Sarah était plus sûre maintenant qu'elle s'en tenait aux généralités de son travail.

— Êtes-vous allée visiter cet appartement ?

Baissant les yeux, Sarah tritura nerveusement la bague en oxyde de zirconium qu'elle portait à son annulaire droit.

— Mlle Belmont, avez-vous été dans cet appartement afin de le visiter ? insista le commandant de police d'un ton irrité.

La jeune femme releva la tête vers le policier et le fixa froidement. Elle aurait voulu lui demander pourquoi il lui posait cette question puisque visiblement il en connaissait déjà la réponse. Mais elle se tut, se contentant d'essayer de lire dans le regard du commandant le moindre soupçon à son égard. Le visage de Kovinsky, cependant, ne reflétait rien : ni suspicion ni compassion pour le tourment qu'il lui faisait subir. Selon un plan, sans aucun doute méticuleusement préparé, il enchaînait les questions pour lesquelles il attendait des réponses précises.

— Oui, je suis allée le voir.

— Étiez-vous seule ?

— Non, M. Meunier m'accompagnait. C'était une pratique courante. Chacun des conseillers devait connaître les logements portés à sa spécialité. Lui-même chapeautait l'ensemble, bien qu'il s'occupât davantage des ventes avec M. Lebrun. Il n'intervenait dans les locations qu'en cas d'absence de ma part.

Le commandant Kovinsky arpenta la pièce, récapitulant brièvement les faits qui venaient d'être énoncés. Son coéquipier le laissait mener l'interrogatoire sans intervenir, mais Sarah sentait sa présence dans son dos. Elle trouvait agaçant le léger tapotement de son crayon contre la paume de sa main et priait mentalement pour que cesse ce tic continuel qui lui tapait sur les nerfs. Peut-être était-ce une ruse pour exaspérer les témoins et leur faire perdre tous leurs moyens ? Comme dans les séries télévisées où les policiers montaient le chauffage pour faire craquer les suspects.

— Donc, vous visitez avec M. Meunier un appartement proposé en location, disons, dans les deux ou trois mois à venir, c'est bien cela ? Et que s'est-il passé ce jour-là ?

— Je vous demande pardon ? éluda Sarah.

Savaient-ils que Meunier avait tenté d'abuser d'elle ? Mais comment auraient-ils pu être au courant ? C'était impossible. Non, le commandant Kovinsky avait certainement une autre raison de la questionner sur ce qui s'était passé ce jour-là.

— Mlle Belmont, j'ai interrogé vos collègues de l'agence. Personne ne vous a vue rentrer après cette visite. Vous êtes partie en compagnie de M. Meunier un peu avant 17 heures. L'agence ferme à 19 heures. Il ne vous a pas fallu deux heures pour vous rendre jusqu'aux « Alizés » et faire le tour d'un appartement, même avec une telle superficie. Qu'avez-vous fait ensuite ?

— J'avais un rendez-vous, mentit Sarah prise au dépourvu. Je n'avais aucune visite de prévue pour le reste de la soirée et j'ai demandé à M. Meunier l'autorisation de rentrer plus tôt. Il a accepté.

Après tout, se dit Sarah, personne ne serait là pour démentir ce pieux mensonge.

— Un rendez-vous ? répéta Kovinsky avec un scepticisme à peine voilé. Puis-je savoir quel rendez-vous ?

Sarah se sentit piégée et se maudit intérieurement d'avoir évoqué une telle excuse. Il serait facile pour les policiers de vérifier qu'elle n'avait aucun rendez-vous fixé ce jour-là.

— En fait… Disons que j'ai menti à mon employeur. J'avais une amie qui n'était pas bien du tout et je voulais m'assurer qu'elle n'avait besoin de rien.

La jeune femme improvisait au fur et à mesure de ses réponses, se rendant compte de ce que ses propos pouvaient avoir d'incohérent. Elle se demandait si le commandant Kovinsky connaissait une partie de la vérité, ou s'il cherchait simplement à éclaircir les points sombres et litigieux qu'il devinait dans cette affaire.

— Vous m'étonnez, Mlle Belmont. Je n'aurais jamais imaginé que vous étiez du genre à manquer d'un tel professionnalisme.

— Il y a moins de travail à l'agence à cette époque de l'année et je me suis dit que cela ne dérangerait pas que je m'absente exceptionnellement plus tôt. Si j'avais dit à mon employeur la véritable raison de ma requête, il aurait refusé, naturellement.

— Avouez qu'il n'aurait pas été dans son tort. Si chaque employé part de son travail à sa guise, ce serait un peu l'anarchie, vous ne croyez pas ? Bref, comment se nomme cette amie que vous aviez tellement hâte de rejoindre ?

Une seule personne accepterait de mentir pour elle. Sarah s'excusa mentalement auprès de Mina de la mêler à ses petits mensonges.

— Mina Beunet.

— Il s'agit de votre actuelle patronne, n'est-ce pas ? Mais c'est avant tout une très ancienne camarade de votre mère, qui vous a vue grandir et qui est très proche de vous. Je suppose qu'elle ne manquera pas de confirmer vos propos.

Ainsi ils s'étaient renseignés sur elle et sur ses proches. Qu'est-ce que cela voulait dire ? Qu'elle était une suspecte à leurs yeux ?

Sarah comprit aussi que le policier n'était pas dupe de ses mensonges. Elle préféra tout de même jouer les innocentes.

— Je ne vais pas inventer une autre personne pour faire taire votre suspicion ! fit Sarah d'un ton qu'elle voulut sarcastique.

Rencontré dans d'autres circonstances, Sarah aurait sans aucun doute sympathisé avec Kovinsky. Sans être véritablement un bel homme, il possédait beaucoup de charme. Ses manières directes incitaient à lui accorder confiance — même si, au vu des circonstances, elle avait du mal à s'y décider — et malgré une évidente assurance, il ne semblait pas avoir une estime démesurée de lui-même. Sarah avait horreur des fats et des prétentieux qui se croyaient intéressants et qui cherchaient à en mettre plein la vue à tout le monde.

— Non, bien sûr, sourit le policier. Je me permettais seulement de vous faire remarquer que votre amie ne pouvait que corroborer vos affirmations.

Sarah baissa les yeux, mal à l'aise.

— Donc, vous finissez votre travail plus tôt que prévu avec l'accord de votre patron et rejoignez votre amie. Que s'est-il passé ensuite ?

— Je ne comprends pas votre question.

— Je voudrais seulement savoir, Mlle Belmont, pourquoi vous avez démissionné suite à cela. Car c'est bien ce qui s'est passé, non ?

— Je vous ai déjà dit pourquoi j'avais quitté mon emploi : M. Meunier et moi étions en désaccord sur certains procédés en usage à l'agence.

Sarah se demanda si le commandant Kovinsky cherchait à l'impressionner en se penchant vers elle, les deux bras en appui sur le bureau. Elle fixa son attention dans le jeu intérieur de ses muscles, révélés par les manches retroussées jusqu'aux coudes de sa chemise grise. Se concentrer. Il fallait se concentrer.

— C'est ce que vous nous avez déjà dit, en effet. Mais dans ce cas, pourquoi visiter un nouvel appartement ? Si vous comptiez déjà démissionner, je ne vois pas l'intérêt d'une telle démarche.

Sarah sentit poindre de derrière sa nuque une douleur familière. La chaleur qui régnait dans le bureau où le soleil quasi estival de cette mi-avril entrait à flots, couplée à la tension de ces derniers jours, ne tarderait pas à réveiller un mal de tête souvent latent. Elle devait néanmoins garder l'esprit clair si elle tenait à rester cohérente dans ses affirmations et contrer toutes les attaques du commandant Kovinsky.

— Nous avons ré-abordé le sujet ce soir-là. Je lui ai dit que je n'approuvais pas ce genre de comportement, que je ne pouvais en aucun cas cautionner. M. Meunier m'a fait comprendre que c'était lui le patron et qu'il dirigeait l'agence comme bon lui semblait. Il m'a dit aussi que, même s'il regretterait que je quitte mon poste, j'étais libre de partir si cela ne me convenait pas.

Les mots venaient avec une facilité qui déconcertait la jeune femme. Peu habituée au mensonge, elle ne se serait jamais crue d'une telle audace, surtout devant des policiers enquêtant sur un meurtre.

— J'y ai réfléchi toute la soirée, poursuivit-elle. J'ai pensé qu'il valait mieux pour moi de quitter cet emploi plutôt que de ne plus oser me regarder en face dans la glace.

— J'admire cette loyauté envers vous-même, Mlle Belmont, persifla le policier. Surtout à une époque où le travail se fait si rare.

— À l'époque, je vivais en couple. Je pouvais encore me le permettre.

— Ah oui, c'est vrai.

Kovinsky fit semblant de consulter sa fiche, mais Sarah était sûre qu'il connaissait déjà le nom de son ancien compagnon.

— Votre fiancé d'alors était un certain Romain Laban. Pourquoi avez-vous rompu avec lui ?

Sarah lui décocha un regard noir.

— Ceci concerne ma vie privée. Cela n'a rien à voir avec votre enquête.

Le commandant eut un sourire amusé. Il devinait les non-dits de la jeune femme et admirait secrètement le cran dont elle faisait preuve pour répondre à ses questions, tout en tenant en respect la peur qui, visiblement, la submergeait.

— Vous avez raison. Simple curiosité de ma part. Je me demandais seulement si vous aviez voulu changer de vie du jour au lendemain, en balayant tout sur votre passage.

Elle lui lança un regard peu amène.

— Eh bien, nous en resterons là pour aujourd'hui, Mlle Belmont. Je vous remercie d'être passée au commissariat.

— C'est tout ? s'étonna Sarah.

— Pour le moment, oui, confirma l'homme en la regardant droit dans les yeux.

— Vous pensez donc encore m'interroger, commandant ?

— Ce n'est pas exclu, si l'enquête l'exige. Notre compagnie vous ennuierait-elle, Mlle Belmont ?

Sarah ne releva pas le sarcasme sous-jacent.

— Je voudrais seulement en finir avec cette histoire. D'autant que je ne vois pas très bien quelle aide je peux vous apporter. Je ne connaissais mon patron que dans le cadre du travail.

— Vous ne soupçonnez pas ce que l'on peut apprendre parfois de propos qui semblent en apparence anodins, Mlle Belmont.

La jeune femme le défia du regard un court instant. Il savait qu'elle ne lui disait pas toute la vérité, elle en était convaincue. Et ce qu'il pouvait être agaçant de lui donner du « Mlle Belmont » à chaque instant.

— Au revoir, commandant.

Elle se tourna vers l'autre enquêteur qui n'avait pas bougé depuis le début de l'entretien. Ce qui lui semblait dater d'une éternité.

— Lieutenant, dit-elle avec un signe de tête.

— Robert, raccompagne Mlle Belmont, s'il te plaît, sollicita Kovinsky avec une courtoisie non feinte.

— Merci, mais je retrouverai sans peine le chemin, objecta la jeune femme qui ne tenait pas à subir plus longtemps la présence du policier dans son dos.

— Comme vous voudrez. Au revoir, Mlle Belmont.

Kovinsky la regarda partir avec regret. Il aurait aimé poursuivre l'entretien ou, pour être plus exact, il aurait trouvé agréable de continuer de converser avec elle sur un mode plus badin.

Cette jolie fille avait beaucoup de détermination et il en éprouvait de l'admiration. Il devait reconnaître aussi qu'elle ne le laissait pas indifférent. Il s'admonesta alors. Sans doute la solitude commençait-elle à lui peser.

Son regard s'arrêta sur le cadre posé sur son bureau. Léna et Axel, assis sur des rochers avec la mer en toile de fond, souriaient devant l'objectif. Il se rappelait ce jour, en juillet dernier, sur la Côte Sauvage quelques mois seulement après s'être séparé de la mère de ses enfants. Il n'avait eu que deux aventures depuis. Sa première liaison n'avait pas duré, car il était encore amoureux de son ex-femme et ne se sentait pas prêt à s'engager dans une nouvelle vie à deux. La seconde était vouée à l'échec depuis le début, sa maîtresse étant une femme mariée qui trompait son ennui dans les bras d'amants de passage. Ils avaient rompu d'un commun accord deux mois plus tôt.

Peut-être est-il temps, songea-t-il, *de me trouver une nouvelle compagne.*

Son travail avait toujours tenu une grande place dans sa vie, envahissant la sphère privée, ce qui avait provoqué en partie l'échec de son mariage. Il ne pouvait cependant nier les besoins que seule une femme pouvait lui procurer, et pas seulement physiquement.

— Qu'est-ce que tu en penses ?

— Elle nous cache des choses, c'est certain. Maintenant, reste à savoir si cela est en rapport avec le meurtre.

Sarah quitta le commissariat et retrouva avec soulagement le soleil qui brillait toujours. Un léger vent, venu de l'océan, l'enveloppa d'une douce fraîcheur tandis qu'elle se félicitait de s'en être sortie à si bon compte. Tant que la police ignorerait la vérité, les soupçons ne se porteraient pas sur elle. Elle ignorait comment elle ferait face à une telle épreuve.

La jeune femme descendit les marches d'un pas qui se voulait léger. Sa tête semblait prise dans un étau et elle devait économiser chaque geste afin de ne pas réveiller les élancements douloureux de sa nuque raidie par la tension.

Sans son mal de tête lancinant, Sarah aurait probablement erré dans les rues du centre-ville, profitant de la douceur estivale de cette journée d'avril pour faire du lèche-vitrines. Au lieu de quoi, elle se rendit au *Pyé koko*. De toute façon, elle devait tenir Mina au courant de son implication fictive dans un alibi qui ne servirait probablement pas. Sarah ne devait cependant écarter aucun risque au cas où la police interrogerait l'Antillaise sur ce fameux jour où elles étaient censées être ensemble.

D'un trait, Sarah avala une gélule de Doliprane avec un grand verre d'eau, espérant que le paracétamol agirait rapidement. Elle supportait d'ordinaire assez bien ses maux de tête sans avoir recours à une médication quelconque, mais la douleur qu'elle ressentait à ce moment-là lui parut si pénible qu'elle souhaita la voir disparaître le plus tôt possible.

Repoussant son verre vide, la jeune femme tourna la tête vers l'immeuble situé en face.

— Je ne l'ai pas vu aujourd'hui, fit Mina en suivant le regard de la jeune femme.

— Il avait des choses à régler, assura Sarah.

— Tu crois vraiment que cela peut être sérieux entre vous ?

Sarah haussa les épaules avec détachement.

— Je ne sais pas. Mais je n'ai pas envie de me poser ce genre de questions en ce moment. On est bien ensemble et c'est tout ce qui compte pour moi actuellement.

Mina lui sourit d'un air complice.

— De toute façon, il ne peut pas être pire que l'autre petit merdeux.

— Mina, arrête d'appeler Romain ainsi, pria Sarah avec un sourire affecté.

L'Antillaise se leva péniblement, incommodée par la chaleur. Un client s'était approché de la caisse pour régler sa note. Avant de le rejoindre, elle glissa à l'adresse de son amie :

— Je trouve que cela lui va parfaitement, pourtant. Quant à ton Maxime, je crois que je commence à l'apprécier.

Sarah sourit à son tour et regarda de nouveau le bâtiment où il habitait. Elle se trouvait ridicule de ressentir, telle une adolescente à ses premiers amours, le bonheur de contempler l'endroit où vivait l'homme qui faisait battre son cœur. Elle secoua la tête, geste qu'elle regretta aussitôt alors qu'un élancement se répercutait dans une boîte crânienne déjà douloureuse. D'autant que son regard, tel un aimant, fut de nouveau attiré vers l'immeuble où habitait Maxime.

Une vraie midinette, maugréa-t-elle intérieurement.

Mais la présence de Maxime lui manquait et elle avait hâte de le retrouver.

34

La femme se tenait à l'écart, loin de la porte d'entrée du *Pyé koko*. De sa place, elle observait le va-et-vient de la jeune serveuse avec un vif intérêt. La brasserie, à cette heure de la journée, était peuplée de clients en tout genre. Pourtant elle dénotait quelque peu avec son tailleur couleur ciel, d'une élégance raffinée. Ses cheveux étaient retenus en arrière à l'aide d'une barrette, surmontée d'un nœud en soie assorti, tandis qu'une résille maintenait son chignon bas d'où aucune mèche rebelle ne pouvait s'échapper.

Le travail ne manquait pas, mais la jeune serveuse semblait accomplir toutes ses tâches sans émettre un seul signe de lassitude et sans se départir d'un sourire affable qu'on sentait sincère.

La cliente, qui sirotait son thé vert depuis une bonne demi-heure maintenant, la jugea d'un œil critique. L'employée du *Pyé koko* possédait un charme certain. C'était sans aucun doute ce que devait penser le jeune homme qui déjeunait avec deux de ses collègues, importunant avec insistance la serveuse qui dut le remettre gentiment, mais fermement à sa place.

Sarah s'approcha de la table de la cliente, encore sous le coup de l'agacement.

— Désirez-vous autre chose, madame ?

— Je prendrai volontiers un autre thé, merci. Cela ne doit pas être tous les jours facile, ajouta-t-elle en désignant du regard l'importun.

— Oh, cela n'arrive pas souvent, répondit Sarah avec un sourire. La plupart des personnes qui viennent ici sont des habitués et savent se tenir correctement.

La femme hocha la tête en signe de compréhension tandis que la serveuse débarrassait la table. Sarah dut repasser devant l'homme qui l'avait importunée quelques instants plus tôt et se raidit imperceptiblement.

Cela n'arrivait guère souvent, en effet, qu'un client la drague ouvertement et elle regrettait que cela survienne justement le jour où Maxime s'était absenté. Son ami Charles l'avait invité à déjeuner avec insistance dans un autre restaurant. Sans doute voulait-il mettre Maxime en garde contre elle, la prenant pour une aventurière cupide et intéressée et cela serait plus aisé sans la proximité de la jeune femme.

Sarah revint avec le thé de la cliente, s'interrogeant sur sa présence ici. D'une beauté peu commune, cette femme dégageait une prestance incroyable. Il était plus aisé de l'imaginer dans un restaurant étoilé que dans une simple brasserie de quartier, avis que partageait Mina qui n'avait pas manqué de remarquer la présence insolite de cette cliente peu ordinaire.

— Qu'est-ce qu'elle vient faire ici, celle-là ? avait grommelé un peu plus tôt l'Antillaise, plus pour elle-même que pour Sarah.

Son amie avait alors haussé les épaules en signe d'ignorance.

— Peut-être avait-elle rendez-vous dans le quartier. Comme c'est l'heure du déjeuner, elle s'est arrêtée dans le premier endroit croisé.

Mina secoua la tête, dubitative.

— À mon avis, elle n'est pas du genre à déjeuner dans le premier endroit venu ! Et je trouve qu'elle a l'air de beaucoup s'intéresser à toi ! Tout cela ne me dit rien qui vaille.

— Qu'est-ce que tu vas encore imaginer ? Allez, sers-moi son thé au lieu de dire des bêtises, avait-elle répliqué.

— Tu ne m'enlèveras pas de la tête que ce n'est pas par hasard si elle est ici, affirma Mina. Et l'autre, là, avec ses yeux de merlan frit, qui n'arrête pas de tourner autour de toi. Veux-tu que je m'occupe du service ?

Sarah avait souri, amusée par l'attitude surprotectrice de sa patronne.

— Ça ira. Je m'en sors très bien avec lui, avait-elle contesté en prenant le plateau.

La serveuse déposa la tasse sur la table et s'apprêtait à retourner sur ses pas lorsque la cliente la retint par une question.

— Il y a longtemps que vous travaillez ici ?

Sarah ne répondit pas tout de suite. Mina avait-elle raison de soupçonner un obscur motif à la présence de cette distinguée cliente ?

— Quelques semaines seulement, répliqua-t-elle prudemment.

— Et vous vous plaisez ici ? Vous comptez y rester longtemps ?

Le visage de Sarah se ferma. C'était infime, mais la cliente se rendit compte que la serveuse était à présent sur ses gardes. Visiblement, la jeune femme n'aimait pas être interrogée sur sa vie privée et elle se demanda pourquoi. Qu'avait-elle donc à cacher pour se raidir ainsi ?

— Oui je m'y plais, mais c'est du provisoire, la renseigna néanmoins Sarah.

Que lui voulait cette femme ? Avait-elle un quelconque lien avec son ancien patron ? Était-ce sa femme ? À moins que ce ne fût sa fille.

Ayant travaillé très peu de temps à l'agence, Sarah n'avait jamais eu l'occasion de les rencontrer, ni l'une ni l'autre. Oui, mais dans ce cas, que faisait-elle là ? Le commandant

Kovinsky avait-il mentionné son nom devant la famille de Francis Meunier ? La tenait-on responsable, d'une façon ou d'une autre, du meurtre de son ancien patron ? Incapable de répondre aux questions qui se bousculaient dans sa tête, Sarah se demanda si elle ne devait pas avouer la vérité à la police. Une fois débarrassée de ce secret qui lui pesait, elle se sentirait libérée d'un poids énorme.

— Excusez-moi. J'ai du travail.

Cela ressemblait bel et bien à une fuite, mais Sarah ne supportait plus le regard perçant qui lui parut soudain plus hostile. La femme hocha la tête en signe de compréhension et la regarda s'éloigner.

Déjà à cran par cet échange, Sarah dut à nouveau faire face aux avances de l'importun qui ne semblait pas s'avouer vaincu.

— Alors ma jolie, tu me le donnes ton numéro de téléphone ? Je te promets que tu ne le regretteras pas.

Ces dernières paroles résonnèrent tel un écho dévastateur aux oreilles de Sarah. Elle parvint à dégager d'un geste vif la main qui avait saisi son avant-bras, et décocha un regard glacial au jeune homme avant de poursuivre son chemin. Les deux collègues de l'importun gloussèrent en se moquant ouvertement du malheureux éconduit.

— Je ne veux pas de cela chez moi, tonna la voix de Mina de derrière le comptoir. Je vous prierai, messieurs, de respecter mon employée.

Les trois hommes baissèrent la tête, honteux de se faire reprendre tels des gamins ayant commis quelque bêtise.

— Laisse tomber, Mina, souffla Sarah en se glissant à ses côtés. Cela n'a pas d'importance.

— Tu es toute pâle, pourtant, lui fit remarquer l'Antillaise, l'air soucieux.

Sarah jeta un bref coup d'œil en direction de la cliente. Mina suivit son regard.

— Tu avais probablement raison à son sujet. Elle m'a posé des questions sur ma présence ici. Je me demande qui elle est.

— Quel genre de questions ?

— D'un genre tout à fait anodin, mais cela m'inquiète quand même un peu. Je ne comprends pas ce qu'elle cherche. Je deviens peut-être complètement parano à cause de cette histoire avec Meunier.

Mina observa Sarah d'un œil inquiet.

— Heureusement, ton preux chevalier arrive. Je croyais qu'il devait déjeuner avec un ami ?

Sarah haussa les épaules en regardant Maxime franchir la porte de la brasserie.

— Je le croyais aussi, dit-elle en allant à sa rencontre.

35

Maxime gara sa BMW devant le *Pyé koko* et coupa le contact. Ce contrordre l'avait d'autant plus irrité qu'il avait accepté à contrecœur de retrouver Charles dans un restaurant de Batz-sur-Mer. Il ignorait pourquoi son ami avait refusé catégoriquement de déjeuner à la brasserie — enfin, il avait bien sa petite idée là-dessus — et il avait maudit intérieurement Charles lorsque ce dernier l'avait appelé sur son téléphone portable pour se décommander au dernier moment alors que Maxime roulait déjà en direction de la Côte Sauvage.

L'homme sortit de sa voiture et la contourna tout en fouillant du regard l'intérieur de la brasserie dans l'espoir certain d'apercevoir Sarah. La jeune femme semblait retenue à une table où trois hommes déjeunaient. Malgré le reflet de la devanture, Maxime nota son visage tendu, dénué de son si joli sourire. Il hâta le pas, décidé à la sortir d'un éventuel mauvais pas si besoin était, mais tandis qu'il gagnait la porte, elle s'était déjà rapprochée du comptoir. Elle vint aussitôt à sa rencontre quand il pénétra dans la brasserie.

— Tout va bien ? s'enquit-il avec sollicitude en effleurant tendrement de son doigt la joue de la jeune femme.

Toute trace de tension avait disparu du visage de la serveuse, laissant place à un véritable soulagement du seul fait de la présence de Maxime.

— Oui, un simple enquiquineur qui ne me lâche pas. Mais tu es là et tout devrait rentrer dans l'ordre à présent. Et toi, ton rendez-vous avec ton ami, il a été écourté, on dirait ?

— Charles a eu un empêchement de dernière minute. Sa mère est tombée chez elle et sa voisine l'a appelé parce qu'Hortense ne pouvait plus bouger. Il s'est…

Maxime se figea brusquement. Dans un coin reculé de la brasserie, Laure le regardait, visiblement contrariée de le trouver ici.

— Excuse-moi un instant, dit-il, à la fois troublé et agacé par cette présence inattendue.

Mais l'était-elle vraiment ? N'y avait-il pas plutôt un lien entre le fait que Charles l'invite loin d'ici et la venue de Laure au *Pyé koko* ?

— Qu'est-ce qu'il y a ? interrogea Sarah surprise de ce revirement soudain.

Elle suivit Maxime des yeux, le voyant avec stupéfaction se diriger d'un pas décidé vers la femme qui l'avait interrogée un peu plus tôt. Elle entendit son importun se faire narguer par ses deux acolytes. Un type comme lui n'avait aucune chance de supplanter le soupirant de la belle serveuse.

Mais déjà Maxime avait rejoint la cliente qui semblait prête à affronter le courroux de l'homme avec un calme détaché.

— Laure ? Que fais-tu ici ?

— Et toi ? Je croyais que tu devais déjeuner avec Charles ?

L'incrédulité de Maxime s'effaça lorsqu'il comprit qu'il y avait réellement un lien entre ce soi-disant rendez-vous important avec son ami et la présence de Laure ici. Ce n'était ni plus ni moins qu'un complot entre son ex-femme et Charles pour l'éloigner de la brasserie.

— Un malheureux contretemps pour vous, apparemment. Ce n'est pas de chance que sa mère se casse le col du fémur justement aujourd'hui, n'est-ce pas ? Qu'est-ce que vous manigancez derrière mon dos, tous les deux ?

Laure le fixa avec défi.

— Rien. Je voulais seulement connaître celle qui t'a permis de m'oublier si facilement. Elle est plutôt ordinaire, mais je reconnais qu'elle doit avoir du charme aux yeux de certains. En tout cas, elle plaît beaucoup à ce bellâtre là-bas…

— Elle a beaucoup plus que du charme, assura Maxime dans l'intention évidente de blesser son ex-femme.

Il n'appréciait pas que Laure s'immisce dans sa vie, dont elle ne faisait plus vraiment partie. Quant à son ami Charles, il règlerait aussi ses comptes avec lui.

— Je suis sûre qu'elle a de grands atouts cachés, lâcha perfidement Laure en rassemblant ses affaires. Elle a tout de même réussi à te détourner de moi assez facilement, je dois bien lui reconnaître ça.

— Tu oublies que c'est toi qui as voulu qu'on se sépare après la perte de notre enfant.

— Et crois bien que je sois la première à le regretter. Mais ne te brûle pas les ailes, mon chéri. Il est fort à parier qu'avec cette fille, il ne s'agisse que d'un feu de paille.

Maxime regarda son ex-femme s'éloigner vers le comptoir d'un air hautain. Laure s'arrêta à hauteur de Sarah une demi-seconde, et les deux rivales s'affrontèrent des yeux avec une animosité réciproque. Un sourire suffisant se dessina sur les lèvres de Laure. Sarah soutint sans broncher le dédain de la cliente qui quitta la brasserie après avoir réglé sa note, sous le regard glacial de Mina.

Maxime rejoignit Sarah.

— Ton ex-femme est vraiment magnifique, commenta Sarah en se dirigeant vers la table laissée libre.

— Sarah, je ne sais pas ce qu'elle voulait, mais…

— À mon avis, elle voulait juste me prouver qu'il y a un monde entre toi et moi.

— Sarah, nous en avons déjà discuté…

La jeune serveuse se tourna vers lui pour lui faire face.

— Regarde la réalité en face, Maxime. Je n'ai rien en commun avec... avec cette femme !

— Oui et alors ? Crois-tu que je recherche un clone de Laure ?

Sarah secoua la tête, dépassée par les événements. Elle ne s'attendait pas à cette confrontation avec l'ex-femme de Maxime. Elle se l'était imaginée belle et sûre d'elle-même. Elle était en deçà de la vérité. Comment Maxime pouvait-il imaginer se contenter d'une femme comme elle, après avoir vécu plusieurs années auprès de Laure ? C'était impensable. Elle n'était pas faite pour lui, comme il n'était pas fait pour elle. Leur histoire n'avait aucun sens. Autant qu'elle prenne fin avant que Sarah ne s'attache trop à lui. Elle devait se protéger si elle ne voulait pas souffrir. Même si elle savait que c'était un peu tard pour cela.

La salle se vidait peu à peu, au grand soulagement de la jeune serveuse. Elle détestait se donner en spectacle. À plus forte raison devant des clients habitués à venir à la brasserie.

— On en reparlera plus tard, si tu veux bien. Je suis ici pour travailler.

Elle repassa à côté de la table des trois ouvriers qui n'avaient pas manqué un seul mot de l'altercation.

— Si vous avez besoin de consolation, fit l'homme éconduit un peu plus tôt, je suis votre homme.

Visiblement, il ne s'avouait pas vaincu, celui-là. Il n'avait en effet guère apprécié d'être la risée de ses deux collègues quelques instants auparavant et tentait de tirer profit de ce qui venait de se passer.

Sarah lui lança un regard glacial qu'il aurait ignoré sans la présence de Maxime qui, abattu, avait pris place à la table que son ex-femme venait de quitter.

Entre deux encaissements, Mina n'avait, elle non plus, rien perdu de l'échange entre les trois protagonistes. Elle dévisagea Sarah qui s'approchait du comptoir.

— Ne me dis pas que tu m'avais prévenue, grinça la jeune femme entre ses dents, peu disposée à recevoir un quelconque commentaire sur ce qui venait de se passer.

L'Antillaise ne fit aucune tentative, se contentant de jeter un œil sur Maxime. La tristesse voilait ses yeux bleus. Il avait l'air vraiment malheureux.

Maxime se demandait pourquoi son entourage refusait de le laisser mener sa vie à sa guise. De quel droit se mêlait-on de sa vie privée ? Quand bien même devait-il se fourvoyer dans cette histoire d'amour, en quoi cela les concernait-il ?

Il pouvait comprendre que Laure soit blessée d'avoir été rejetée, mais elle n'était pas étrangère à tout cela. Si elle n'avait pas décidé cette séparation entre eux, ils seraient encore ensemble à rassembler les morceaux brisés de leur couple. Jamais il n'aurait regardé une autre femme en reconstruisant son union avec Laure.

Il fut à deux doigts de commander un whisky tant la tentation de noyer son chagrin était forte. Il se ravisa en songeant que c'était auprès de Sarah qu'il préférerait trouver du réconfort et commanda le plat du jour, le visage sombre. Au moins sa dépendance à l'alcool n'était-elle plus la plus forte.

36

Le commandant Kovinsky remercia le conseiller immobilier spécialisé dans les ventes des biens de l'agence Meunier et sortit attendre son collègue sous le soleil d'avril. La troisième semaine de ce mois printanier allait s'achever et, s'il tenait toutes ses promesses, l'été serait ensoleillé. Il était évidemment bien trop tôt pour spéculer sur ce genre de prévisions, mais l'hiver pluvieux avait paru si long à la plupart des Nazairiens qu'ils préféraient croire que le soleil et la douceur s'installaient pour de bon.

Le lieutenant Moyon rejoignit son supérieur quelques instants plus tard.

— Je croyais que tu avais arrêté ? fit remarquer le Briéron en désignant la cigarette coincée entre les lèvres de son collègue.

Kovinsky tira une dernière bouffée avant de jeter son mégot à terre.

— Je le pensais aussi, confessa-t-il la voix chargée de regret.

La veille au soir, il avait traîné sa solitude dans une boîte de nuit de la région et constaté avec amertume qu'il se faisait trop vieux pour ce genre d'endroits. La trentaine à peine passée, il s'était senti particulièrement décalé parmi la jeunesse ligérienne, qui ne pensait qu'à s'amuser au son d'une musique décadente. L'alcool coulait à flots, l'herbe circulait subrepticement, faisant perdre toute inhibition à une horde de jeunes adultes qui refusaient inconsciemment de grandir.

Une étudiante de vingt-trois ans avait ouvertement flirté avec lui tandis qu'il sirotait un cocktail à base de vodka — dont il avait oublié le nom — accoudé au bar de la boîte de nuit. En d'autres temps, il aurait sans aucun doute repoussé les avances de la belle rousse au teint diaphane, mais il y avait trop longtemps qu'il avait tenu le corps d'une femme dans ses bras et il céda sans lutte à l'invitation langoureuse d'une anatomie qui s'épanouissait tout juste.

Le réveil avait été brumeux. Les vapeurs de l'alcool s'estompaient doucement tandis qu'il avalait sa troisième tasse de café fort du matin. Mais il avait surtout fallu une douche froide pour le remettre parfaitement d'aplomb. Une fois habillé d'un pantalon en toile noir et d'une chemise anthracite, il avait regagné la chambre pieds nus, à la recherche de ses chaussettes. Il les avait trouvées sous le lit et, sans un regard au corps de sa maîtresse d'une nuit enroulée dans les draps de coton couleur prune, il lui avait gentiment demandé de laisser la clé à la concierge après son départ.

Gênée peut-être de se retrouver dans ce lit inconnu, avec un homme qui ne l'était pas moins, la fille s'était assise sur son séant, le drap pudiquement remonté sur ses seins nus. En silence, elle l'avait regardé enfiler ses chaussettes, puis ses tennis, avant d'oser lui demander d'une voix timide s'ils se reverraient.

Alors seulement, il l'avait regardée d'un air désolé.

— C'était très bien, cette nuit, avait-il dit pour ne pas la blesser, mais il vaut mieux en rester là nous deux. J'ai passé l'âge de vivre ce genre de trucs, tu comprends ?

Elle avait hoché la tête en mordant ses lèvres tremblantes. Non, elle ne comprenait pas vraiment. Elle en avait assez d'être prise et rejetée ainsi. Aucun homme ne semblait tenir assez à elle pour tenter plus qu'une aventure sans lendemain. En jetant son dévolu sur un homme plus âgé, elle avait espéré changer la donne. Manifestement, elle s'était trompée.

Kovinsky s'était alors penché vers elle pour déposer un chaste baiser sur sa bouche gourmande, regrettant intérieurement ce qui s'était passé entre eux. Visiblement, elle avait espéré plus qu'il ne voulait lui offrir.

— Tu as appris quelque chose d'intéressant ? demanda-t-il à son coéquipier, chassant de sa mémoire le souvenir de cette nuit sans importance.

— Pas grand-chose, non. Meunier n'était ni plus ni moins apprécié qu'un autre patron. Rien de particulier à signaler du côté de la comptable. Elle est là pour faire son boulot. Rien de plus. Le copinage entre collègues, ça ne l'intéresse pas. D'ailleurs, si tu veux mon avis, c'est le copinage tout court qu'elle rejette.

Paul Kovinsky lui jeta un regard qui en disait long sur son indifférence.

— Parle-moi plutôt des rapports entre Meunier et Sarah Belmont.

— La comptable n'a rien remarqué de spécial. Elle décrit Sarah Belmont comme une personne sympathique et agréable. Sans histoire. Mais comme je te le disais, Annie Levallois n'a jamais cherché à tisser des liens avec ses collègues de l'agence. Elle pense tout de même que Meunier semblait avoir un léger faible pour Sarah Belmont, mais d'après la comptable, il n'y a jamais rien eu entre eux d'équivoque.

— M#lle# Belmont a omis de nous préciser l'intérêt personnel que lui portait son patron. Je pense que nous devrions à nouveau l'interroger.

L'idée de revoir la jeune femme ne déplaisait pas au commandant, ce que comprit d'emblée le lieutenant Moyon.

Les deux hommes travaillaient ensemble depuis plus de cinq ans maintenant et s'étaient mutuellement appréciés dès leur premier contact.

Kovinsky était arrivé dans la région pour se rapprocher de sa belle-famille et tenter de sauver son couple, sa femme lui reprochant sa trop grande implication dans sa vie professionnelle au détriment de leur vie familiale. Si le policier avait espéré qu'il suffirait à la jeune femme de retrouver sa famille pour lui faire oublier ses absences répétées à la maison, il déchanta rapidement. Le couple qu'ils formaient depuis neuf ans avait fini par se séparer l'année précédente.

Robert Moyon avait, quant à lui, toujours habité la région. Originaire de Saint-Joachim, il gardait de solides attaches avec sa Brière natale, qu'il défendait avec une ardeur qui n'avait d'égal qu'un entêtement légendaire chez lui, comme chez « ses compatriotes ».

Il était entré dans la police par pur hasard, ayant réussi le concours qu'il avait passé sans y croire vraiment. À aucun moment de sa carrière il n'avait senti grandir de vocation, bien qu'il s'acquittât de son travail avec une conscience non feinte. Et s'il détestait le regard que l'on posait sur lui chaque fois qu'il avouait travailler pour la police, il n'avait envisagé à aucun moment de sa vie de faire autre chose.

Marié depuis près de trente ans à la même femme, il ne s'était pas investi dans son travail avec la même passion que son supérieur. C'était peut-être là que résidait le succès de son mariage. Toujours est-il que sa femme et lui fêteraient dans moins de trois ans leur anniversaire de perle. Deux filles étaient venues concrétiser leur union. La dernière s'apprêtait à passer son baccalauréat et à poursuivre ses études littéraires à Nantes à la rentrée prochaine, alors que l'aînée avait déjà quitté la maison familiale depuis quatre ans et vivait à présent du côté de La Rochelle avec son petit ami. Elle avait choisi, comme lui, la fonction publique, mais en tant que professeure de mathématiques qu'elle enseignait à Châtelaillon-Plage.

— Et toi, de ton côté, qu'est-ce que ça donne avec Lebrun ? s'informa le lieutenant Moyon.

— En ce qui concerne Sarah Belmont : une fille sérieuse. Plutôt efficace. Le conseiller en ventes confirme que Meunier avait tendance à pratiquer une discrimination raciale, mais apparemment lui s'en foutait royalement. Par contre, Sarah s'en était ouverte à lui peu de temps avant qu'elle démissionne, lors d'une banale discussion entre collègues. Il lui avait conseillé de laisser tomber, mais d'après lui, elle était particulièrement révoltée contre ce genre de comportements et il pense possible que cela ait provoqué son départ, sans pour autant en être totalement convaincu. Il ne m'a rien appris de plus sur elle, car elle était très discrète sur sa vie privée. Sa remplaçante est en visite. J'ai demandé à ce qu'elle nous rappelle dès son retour.

— Elle n'aura probablement pas grand-chose à nous apprendre.

Les deux policiers étaient parvenus à leur voiture, garée sur une bande jaune au mépris du Code de la route. Un passant leur jeta un regard peu amène qu'ils ignorèrent avec le dédain de ceux qui se croient tout permis.

— Elle a peut-être eu le temps de se faire sa propre idée sur Meunier. Ce type me paraît plutôt antipathique.

L'inspecteur Moyon eut un sourire entendu.

— Cela ne te ressemble pas de te laisser influencer par les beaux yeux d'une suspecte.

— Qu'est-ce que tu vas imaginer ? se défendit Kovinsky sans grande conviction.

— T'en pinces pour Sarah Belmont, cela se voit comme le nez au milieu de la figure.

Les deux policiers se glissèrent dans la voiture. Le commandant ne pouvait nier l'attrait qu'exerçait sur lui la jeune serveuse du *Pyé koko*. Il demeurait cependant suffisamment professionnel pour ne pas laisser ses sentiments personnels empiéter sur son enquête.

De toute façon, quoi qu'il ressentît pour elle, elle n'était pas libre et il savait pertinemment reconnaître une voie qui se révélait être sans issue.

— Ne t'inquiète pas pour ça... et d'ailleurs cela ne te regarde nullement.

— Si cela ne nuit pas à l'enquête, je suis on ne peut plus d'accord.

— Alors le sujet est clos.

Kovinsky démarra la voiture.

— OK, patron.

37

Les rayons du soleil caressaient la joue de Sarah, affairée auprès d'une jardinière de lierre double aux couleurs flamboyantes. Le balcon, abrité du vent, avait su protéger durant tout l'hiver cette variété de géraniums, apportant au plus profond de la grisaille hivernale un brin de gaieté grâce au fleurissement de quelques fleurs audacieuses. À présent, défiant des gelées improbables malgré l'époque, le rouge éclatant des pétales s'épanouissait tel un feu d'artifice, comme revigoré par un récent changement de terreau.

Tout en arrangeant les fleurs de la balconnière, Sarah laissait errer ses sombres pensées. À aucun moment elle n'avait soupçonné l'identité de l'étrange cliente du *Pyé koko*. Elle y serait peut-être parvenue sans cette sordide histoire de meurtre et les soupçons qu'elle devinait peser sur elle. Le choc avait été rude lorsqu'elle avait compris qu'il s'agissait de Laure Kervalen.

Elle s'était représenté l'ex-femme de Maxime d'une beauté quasi certaine, mais l'aura dégagée par cette femme était exceptionnelle. Sarah ne se faisait aucune illusion. Toute rivalité était impossible. Le combat était perdu d'avance. La pauvre Sarah ne pouvait pas faire le poids devant l'assurance et la beauté de cette femme. Elle était sûre, d'ailleurs, que ce n'était pas un hasard si Laure était venue à la brasserie. Elle avait pris ses précautions pour éloigner Maxime, grâce à leur ami commun. Elle aurait sans aucun doute dévoilé à un moment ou à un autre son identité, intimant à Sarah de se tenir à l'écart de son ex-mari. L'arrivée inopinée de Maxime avait bouleversé son plan. Quoique, à la réflexion, ce n'était pas tout à fait exact. Sa seule présence avait eu l'effet escompté. Sarah comptait mettre un terme à sa relation avec lui, jugeant que cela ne les mènerait nulle part. Que pouvait attendre Maxime d'une femme aussi ordinaire qu'elle ? Rien. Absolument rien. Bien sûr, il avait prétendu l'aimer et elle avait voulu le croire. Sans doute parce que la petite fille qui était en elle avait toujours cru à l'existence du prince charmant. Mais la vie n'était pas un conte de fées. La bergère se transformait rarement en magnifique princesse.

Son cœur se serra à la seule pensée de ne plus revoir Maxime et des larmes perlèrent à ses paupières. Comment avait-elle pu s'illusionner un seul instant sur une possible histoire d'amour entre eux ? Surtout, comment avait-elle pu l'intéresser un tant soit peu, elle qui se trouvait tellement quelconque ? Elle se rappela l'hypothèse émise par quelques scientifiques que toute attirance vers le sexe opposé n'était due en fait qu'à une réaction chimique, les phéromones. Il était désolant d'attribuer à l'alchimie des hormones un sentiment aussi noble que l'amour, mais quelle autre explication donner à l'attrait qu'elle avait exercé sur Maxime ?

Sarah ressentit la puissance des bras de Maxime l'enserrant avec passion. La chaleur de ses lèvres caressant chaque partie de son corps offert à ses baisers. Avide de connaître une dernière fois l'ardeur de ses étreintes, elle écrasa une larme qui roulait sur sa joue et chassa de son esprit la force de son désir pour lui. Elle ne se berçait plus d'illusions à présent. Elle avait maintes fois répété prétendre vivre son amour au jour le jour, sans penser au lendemain. Sans doute était-ce elle qu'elle souhaitait avant tout convaincre. Car au fond d'elle-même, elle avait toujours espéré que leur histoire irait loin. Qu'ils se marieraient et auraient beaucoup d'enfants, comme dans les belles histoires de son enfance.

Un coup de sonnette retentit. Sarah hésita. Ce devait être Maxime. Elle ne l'avait pas revu depuis qu'elle avait quitté la brasserie. Il avait essayé de lui parler à plusieurs reprises durant le déjeuner, mais elle s'était dérobée à toute tentative de sa part. Il était resté jusqu'à la fin de son service, bien décidé à mettre les choses au clair avec elle. Elle avait refusé de l'écouter, lui demandant de lui laisser du temps pour réfléchir. Il l'avait laissée partir à regret avec un regard désespéré. Sans doute jugeait-il le délai suffisamment long pour ce genre de décision et voulait-il obtenir d'elle une véritable discussion.

Le deuxième coup de sonnette la décida à aller ouvrir. Elle ne pouvait le laisser plus longtemps dans l'attente de sa décision. Elle espérait qu'il ne tenterait pas de la supplier. Il faudrait qu'elle se montre ferme. Peut-être qu'il éprouverait une peine sincère de se faire rejeter une nouvelle fois, puisqu'apparemment c'était sa femme qui avait décidé de leur séparation, mais elle savait qu'elle pourrait compter sur Laure Kervalen pour le consoler. Elle ne doutait pas un seul instant qu'ils retourneraient ensemble.

Elle essuya les dernières larmes qui hésitaient à couler et traversa la petite pièce. Sans prendre le temps de jeter un œil au judas, elle ouvrit la porte d'entrée et eut un mouvement de recul en reconnaissant les deux policiers.

— Bonsoir, Mlle Belmont, la salua le commandant Kovinsky en remarquant ses pieds nus et son regard surpris.

Elle s'attendait visiblement à une autre visite. Il en ressentit un vague sentiment de dépit en songeant qu'il devait s'agir de ce Maxime Kervalen, dépit qu'il rejeta d'emblée tout en poursuivant.

— On ne vous dérange pas ? On aimerait vous poser quelques questions supplémentaires afin d'éclairer les nouveaux éléments en notre possession.

Sarah se demanda si elle avait vraiment le choix. Elle s'effaça pour laisser entrer les deux hommes dans l'appartement.

— J'aime beaucoup votre style. C'est très épuré.

— Je me suis récemment séparée de la personne avec qui je vivais, l'avez-vous oublié, commandant ? signifia la jeune femme d'un ton sarcastique, car elle n'était pas d'humeur à être conciliante.

— Ah oui, c'est vrai. Vous aimez beaucoup les changements, on dirait : changement de travail, changement de petit ami. Il y a beaucoup d'instabilité dans votre vie, vous ne trouvez pas ?

Elle ne comptait pas laisser les questions glisser sur un terrain qu'elle jugeait personnel et étranger à l'affaire.

— Vous m'avez dit que vous aviez des questions à me poser. Je suppose que cela a un rapport avec le meurtre et non avec ma vie privée, lui fit observer Sarah d'un ton nerveux.

Le commandant Kovinsky lui adressa un sourire entendu.

— Je ne voulais pas vous blesser, Mlle Belmont, croyez-le. Mais vous avez raison, restons-en à notre enquête. Quels étaient vos rapports avec Francis Meunier ?

— Strictement professionnels. C'était mon patron, un point c'est tout.

Sarah ne les avait pas priés de s'asseoir, ce qui n'était pas pour déplaire au commandant Kovinsky. La dominant d'une bonne tête, son autorité s'en trouvait grandie, ce qui accentuait la nervosité de la jeune femme.

— Pourquoi avoir caché que votre patron vous portait un intérêt, disons… plus personnel ?

Sarah accusa le coup sans tressaillir, se demandant ce qui l'avait trahie, ou plutôt qui.

— Et alors ? Dois-je vous parler de tous les hommes qui s'intéressent à moi, commandant ? Sans vouloir me vanter,

M. Meunier n'était pas le seul dans ce cas-là, fit-elle en songeant à l'abruti qui l'avait draguée à la brasserie, car en vérité, ils n'étaient pas si nombreux, les hommes qui avaient tenté de la séduire.

— Je veux bien le croire, avoua le policier en ignorant le sourire narquois de son collègue. J'espère seulement que tous ne se font pas assassiner. Remarquez, cela faciliterait peut-être la tâche de la police.

Le visage de Sarah blêmit sous l'accusation à peine déguisée.

— Vous voulez dire que vous me soupçonnez de l'avoir... assassiné ?

Il n'en croyait rien, bien entendu, même s'il avait la certitude qu'elle leur cachait des choses. Il n'en lâcha pas moins sur un ton nonchalant :

— Je vous l'ai dit : nous n'écartons aucune piste.

Sarah regarda le policier, abasourdie. L'incrédulité se lisait sur son visage défait. Elle ne savait pas au juste ce qu'elle représentait pour eux. Que savaient-ils exactement ? Comment en étaient-ils arrivés à la conclusion qu'elle aurait pu tuer son ancien patron ? Tandis que défilaient dans sa tête un tas de questions, Sarah s'était laissé tomber sur le canapé.

— Vous étiez enceinte il y a peu de temps, Mlle Belmont, n'est-ce pas ?

Encore sous le choc de la précédente révélation, Sarah releva la tête, prête à encaisser un nouveau coup.

— Oui, acquiesça-t-elle d'une petite voix, le sujet étant encore douloureux pour elle.

— De qui était le bébé ?

Le commandant Kovinsky s'en voulut intérieurement de la torturer sur une épreuve qu'il devinait être difficile à vivre pour une femme. Son malaise s'accentua lorsqu'il vit ses yeux noirs brillants de larmes.

— Je vous demande pardon ?

Le policier fit taire la petite voix de sa conscience et insista :

— Ma question est simple : je vous demande qui était le père de cet enfant. Votre petit ami d'alors ? Romain Laban. Votre nouveau... fiancé, M. Kervalen, je crois ? Ou votre ex-patron qui vous vouait un intérêt particulier ?

D'un bond, Sarah fut debout, son regard exprimant toute la colère et le ressentiment qu'elle sentait monter en elle. Pour qui la prenait-il ? Pour une fille facile qui couchait avec tous les hommes qu'elle rencontrait ? Elle aurait bien volontiers giflé le policier et se retint à grand-peine. Cela n'aurait servi à rien. Sinon à accentuer ses problèmes.

— Comment vous permettez-vous d'insinuer...

— Vous n'avez pas répondu à ma question, M\ulli\uli\u Belmont.

Sarah croisa les bras sur sa poitrine avec une froide détermination dont elle ne se serait pas crue capable quelques instants plus tôt.

— Suis-je obligée de répondre à vos questions ?

— Non, mais il est dans votre intérêt de collaborer avec nous, laissa tomber le policier visiblement peu fier de lui.

Les sentiments que lui inspirait la jeune femme ne lui facilitaient pas la tâche. Il l'avait blessée, il le savait et cela lui aurait été égal s'il n'avait pas eu ce béguin pour elle.

Sarah se dirigea d'un pas décidé vers la porte d'entrée et l'ouvrit dans la ferme intention de clore l'interrogatoire.

— Dans ce cas, messieurs, je vous prierai de sortir.

— Permettez-moi d'insister, tenta Kovinsky, irrité contre sa propre personne.

— J'ai dit : dehors.

À cet instant, le portable du commandant émit une sonnerie. Kovinsky quitta le regard courroucé de la jeune femme pour consulter l'écran, désireux de savoir d'où provenait l'appel. Avec un signe de tête en direction de son collègue resté silencieux durant tout l'interrogatoire, il prit congé de Sarah Belmont, regrettant de ne pouvoir lui faire part de ses sincères regrets sur ce qui venait de se passer.

— Nous n'en avons pas fini avec vous, Mlle Belmont. Aussi je vous dis à très bientôt.

Les deux policiers passèrent devant elle en la saluant. Ne prenant même pas la peine de leur répondre, elle claqua la porte derrière eux dans un accès de colère, puis se laissa tomber à terre. Elle se replia en position du fœtus et se laissa aller au mélange de chagrin et de rage qui la submergeait.

38

— J'ai seulement voulu te rendre service, plaida Charles innocemment. Reconnais que tu n'es pas dans ton état normal depuis quelque temps. Et cette fille en a profité pour te tourner la tête. Que sais-tu au juste sur elle ? Rien. Absolument rien.

Maxime ne décolérait pas et Charles faisait d'autant plus les frais de sa fureur qu'il n'était pas étranger à la rupture entre Sarah et lui. Son ressentiment était décuplé par le sentiment d'avoir été trahi par le seul ami qu'il lui restait depuis l'accident. Beaucoup lui avaient tourné le dos, tout autant par embarras que par snobisme. Il n'en avait pas été affecté plus que cela, mais son estime pour Charles était sortie grandie de cette fidélité à leur amitié. Et il se sentait trahi.

— Sarah. Elle s'appelle Sarah, lui rappela Maxime en lui jetant un regard furibond, ne supportant pas qu'on traite avec mépris la femme qu'il aimait.

— Laure t'aime toujours, assura Charles en ignorant l'interruption. Il n'y a pas si longtemps, tu avouais toi aussi l'aimer encore. Vous étiez le couple le plus envié de notre cercle d'amis. Une seconde chance de revivre ensemble vous est offerte. Ne la gâche pas pour cette…

Charles se reprit à temps, encouragé sans doute par le regard noir que lui lançait Maxime en guise d'avertissement.

— Excuse-moi, concéda-t-il. Pour Sarah.

Il ne comprenait pas l'entêtement de son ami. La jeune serveuse du *Pyé koko* lui plaisait pour une raison qu'il ignorait, soit. Que Maxime décide de s'amuser avec elle le temps de régler ses problèmes avec Laure, pourquoi pas. Mais que ce dernier envisage sérieusement de vivre avec cette fille une véritable histoire d'amour alors que son ex-femme était prête à renouer avec lui dépassait l'entendement. On pouvait trouver que l'employée du *Pyé koko* était jolie, certes, mais elle ne pouvait en rien rivaliser avec la classe naturelle de Laure. D'ailleurs peu de femmes pouvaient y prétendre. C'était ainsi. Certaines femmes ne souffraient aucune rivalité possible.

— Je ne te comprends plus, Maxime, lâcha Charles à bout d'arguments.

Maxime lui-même s'interrogeait sur des sentiments qui lui échappaient. Sans les derniers événements qui avaient bouleversé sa vie, il n'aurait jamais porté attention à une fille comme Sarah, il le savait. D'ailleurs, jusqu'à une date récente, il n'aurait jamais imaginé aimer une autre femme que la sienne. Il avait eu maintes fois des occasions de la tromper, mais il n'avait jamais franchi le pas. Non par loyauté envers Laure, mais parce qu'au fond de lui-même, il n'en ressentait aucune envie.

Pourtant, aujourd'hui, il n'éprouvait plus pour son ex-femme qu'une tendre affection. Laure appartenait à son passé. Son avenir s'appelait Sarah.

Maxime ne se rappelait pas à quel moment ses sentiments pour la jeune femme avaient évolué en un attachement plus profond. Ils s'étaient glissés dans la faille de son cœur meurtri et s'étaient épanouis au fur et à mesure qu'il apprenait à la connaître. Désormais, il n'envisageait plus de vivre sans elle.

Maxime ne tenta pas de faire comprendre à son ami ce qu'il ne parvenait pas lui-même à s'expliquer. Il aimait Sarah. Avec elle, il avait l'impression de revivre. Il était persuadé qu'en évoluant à ses côtés, il tirerait un trait définitif sur l'alcool et qu'une nouvelle vie s'offrirait à lui, pleine de promesses. Et il était bien décidé à la reconquérir coûte que coûte.

Maxime saisit sa veste jetée négligemment sur le canapé.

— Si tu veux qu'on reste amis, siffla-t-il entre ses dents, ne te mêle plus de ma vie sentimentale. C'est compris ?

Charles secoua la tête, impuissant. Cette fille avait comme ensorcelé Maxime et visiblement il n'y pouvait rien. Il était pourtant sûr d'avoir raison et ne regrettait pas son intervention.

Quand Laure était venue le trouver et lui avait exposé ce qu'elle avait en tête, il avait accepté de l'aider sans se poser de questions. Barbara avait bien essayé de l'en dissuader, il ne l'avait pas écoutée. Il se refusait à rester là et à constater les dégâts causés par l'obstination de son ami. Aujourd'hui pourtant, il devait se résigner à attendre que cet envoûtement prenne fin. Ce qui, il en était certain, arriverait tôt ou tard. Mais il espérait que ce ne serait pas *trop* tard.

39

Les deux policiers entrèrent dans le salon de coiffure peu avant 11 heures. Le commandant Kovinsky laissa son regard parcourir la petite pièce. Une femme patientait, un magazine à la main, sous l'énorme casque qui semblait dater d'un autre siècle ; une autre était plongée dans une grande conversation avec une coiffeuse d'âge mûr qui maniait les ciseaux avec dextérité au-dessus de la tête de sa cliente et qui jeta, après un coup d'œil à la grande horloge scolaire, un « je suis à vous dans cinq minutes, Mme Le Floch », tandis qu'une jeune apprentie balayait les restes de la chevelure brune de sa dernière cliente.

Le policier se fit la réflexion qu'un coup de neuf à l'ensemble aurait attiré une clientèle probablement plus jeune, mais cela ne semblait pas soucier l'homme qui se dirigeait vers eux, un sourire affable sur les lèvres.

— Bonjour messieurs ! C'est pour un rendez-vous ?

Les deux policiers sortirent leurs cartes professionnelles et le sourire de l'homme se figea.

— Nous souhaiterions voir M. Laban.

— C'est moi-même, hésita l'homme de plus en plus nerveux en se demandant ce que la police lui voulait.

— Je voudrais m'entretenir avec *Romain* Laban, précisa le commandant Kovinsky. Il s'agit de votre fils, je crois.

— En effet, répondit la coiffeuse qui s'était approchée. Mais que lui voulez-vous au juste ?

— Et où pouvons-nous trouver votre fils ? On nous a dit qu'il travaillait ici ? demanda-t-il sans répondre à la question tout en devinant les regards intéressés et curieux des clientes présentes. À n'en pas douter, leur visite allait alimenter les conversations.

Le père Laban fit un geste de la tête pour désigner l'arrière-salle du salon de coiffure.

— Vous le trouverez là-bas, en train de fumer sa énième cigarette de la matinée.

Kovinsky pouvait sentir dans cette simple phrase toute la déception que lui apportait son fils. Il songea à Axel. Il entretenait de très bons rapports avec lui, mais qu'en serait-il après le passage de l'adolescence ?

— Vous permettez ?

— Je vous en prie…

Kovinsky, son collègue sur les talons, s'engagea dans l'arrière-salle, aussitôt suivi du coiffeur.

— Romain, c'est la police pour toi.

Le jeune homme tira une dernière bouffée de sa cigarette et la jeta à terre en l'écrasant nonchalamment du pied.

— La police ? N'aurait-on plus le droit de fumer dans le jardin familial, à présent ?

Kovinsky ignora ce qui se voulait être un trait d'humour.

— Vous êtes Romain Laban ?

— Lui-même, répondit ce dernier avec un sourire arrogant.

— Nous voudrions vous entretenir au sujet de Sarah Belmont.

Sarah aurait-elle porté plainte au sujet des meubles ? Cela ne lui ressemblait pas, ce genre de choses. À moins qu'elle y fût poussée par Mina Beunet. Elle n'avait jamais pu le blairer, celle-là. La réciproque était vraie, par ailleurs. De toute manière, Sarah ne pourrait jamais prouver que ces biens avaient été achetés en commun. Les factures étaient établies en son seul nom. La gourde, elle lui avait toujours fait confiance.

— Je n'ai malheureusement rien à vous dire au sujet de Sarah. Nous avons rompu, elle et moi, il y a de cela plusieurs semaines.

Et je comprends pourquoi, songea Kovinsky, agacé par l'attitude du jeune homme.

— Vous a-t-elle parlé de Francis Meunier quand vous viviez ensemble ?

— Francis Meunier ? Non, ce nom ne me dit rien de particulier.

Kovinsky arqua un sourcil interrogateur.

— Vous voulez dire que vous ignoriez le nom du patron qui l'employait ?

— Ah oui, ça me revient, c'est le type de l'agence, non ? Celui qui a été assassiné. J'ai entendu parler de lui à la radio. Je ne savais pas qu'il s'agissait du patron de Sarah. Enfin, ex-patron, parce qu'elle a démissionné à la fin de l'année dernière. C'est bien ça, hein ? C'est son ex-patron qui a été trucidé ? Sinon vous ne seriez pas là, à m'interroger. Mais non, Sarah ne m'a jamais parlé de lui. Elle n'évoquait jamais son travail, d'ailleurs !

— Elle ne vous a donc jamais dit qu'il la harcelait ?

Romain eut un petit rire narquois.

— Vous voulez dire… sexuellement ? Non, Sarah ne me l'a jamais dit. Et franchement j'ai du mal à y croire. Non pas qu'elle ne soit pas mignonne physiquement, si cela n'avait pas été le cas, jamais je ne me serais intéressé à elle, car je ne manque pas de succès auprès des filles, croyez-moi. Mais dites-moi, pourquoi ces questions ? Serait-elle suspectée du meurtre de cet homme, commissaire ?

— Commandant, rectifia machinalement Kovinsky. Nous cherchons seulement à connaître davantage la victime.

— Pour pouvoir faire le profil psychologique du suspect ? J'ai vu ça à la télé, ça marche vraiment, ce genre de trucs ?

— Donc Sarah ne parlait jamais de son travail avec vous ? reprit le commandant, de plus en plus agacé par le jeune homme.

Romain Laban secoua la tête. En fait, il ne partageait pas grand-chose avec elle, ils étaient trop différents tous les deux. Mais ce détail ne regardait pas la police. Pourtant, il devait bien avouer que Sarah lui manquait. C'était bizarre d'y songer maintenant, mais c'était vraiment ce qu'il ressentait. Quand il avait appris la perte du bébé, il avait bien tenté de renouer avec elle, mais elle s'était déjà trouvé quelqu'un d'autre. Cela l'avait étonné, d'ailleurs, qu'elle l'ait si vite remplacé. Pas vraiment son genre.

Lui aussi, bien sûr, il avait couché avec d'autres filles, reconnut-il intérieurement, mais rien de sérieux. Il n'avait pas envie de s'encombrer d'une nana qui ne penserait qu'à avoir un moutard de lui. Il avait bien retenu la leçon.

— Écoutez, je crois que vous devriez chercher ailleurs. Sarah n'aurait jamais pu faire de mal à qui que ce soit. Je ne sais pas si ce que vous dites est vrai au sujet du harcèlement sexuel dont elle aurait été victime, mais croyez-moi, si je l'avais su, c'est moi qui serais allé lui casser la figure à ce connard.

— Vous devriez vous méfier avant de proférer ce genre de discours, M. Laban, surtout devant la police. Je vous rappelle que cet homme est mort et que nous recherchons son assassin.

— J'ai seulement dit que je lui aurais cassé la figure, pas que je l'aurais tué. Et si j'avais eu connaissance qu'il ait fait le moindre mal à Sarah, je n'aurais pas hésité une seule seconde, vous pouvez en être sûrs. Nous ne sommes plus ensemble, mais c'est une fille bien, je peux vous l'assurer.

— Merci d'avoir répondu à nos questions, M. Laban. Nous vous prions de rester à la disposition de la police.

Les deux hommes avaient fait demi-tour quand le jeune homme les rappela.

— Commandant ? Vous croyez vraiment que ce salopard harcelait Sarah et que c'est pour cela qu'elle a démissionné ?

— C'est une possibilité qu'on ne néglige pas.

Romain Laban eut soudain l'air un peu perdu. Il se rendit compte combien Sarah lui avait échappé depuis longtemps.

— Je ne pense pas qu'elle aurait quitté un poste intéressant pour aller faire le service dans une petite brasserie sans une bonne raison, reprit le commandant. Mais visiblement, cela vous a échappé.

Kovinsky comprenait à quel point le couple formé par Romain Laban et Sarah Belmont manquait de communication. Le jeune homme ne s'était même pas interrogé sur les raisons de la démission de sa compagne. C'était pathétique. Il quitta enfin le salon, laissant Romain Laban avec sa conscience et ses regrets.

40

Les yeux rivés sur le bébé, Sarah le berçait doucement en lui fredonnant une petite chanson enfantine où il était question d'un hérisson malicieux. La petite frimousse du nouveau-né, à peine plus foncée que la sienne, la dévisageait avec l'avidité des nourrissons de cet âge.

Son cœur s'était serré d'émotion, teintée d'une profonde tristesse, lorsque Clarisse lui avait tendu son fils. Elle avait déjà eu l'occasion de voir le bébé, naturellement, mais elle avait jusqu'à présent soigneusement évité de le prendre dans ses bras. Mais cette fois-ci, elle n'avait pu s'y soustraire. Sarah se tenait seule à côté de la jeune maman lorsque celle-ci avait été appelée en renfort dans la cuisine et, devançant Sarah qui s'apprêtait à offrir son aide, Clarisse avait glissé le bébé au creux des bras de la jeune femme. Elle avait agi avec l'insouciance de la jeunesse, ignorant la douleur muette réveillée par la trop grande promiscuité de Sarah avec l'enfant.

Le grand vide laissé par sa fausse couche s'estompait difficilement. Cette blessure ne cicatriserait probablement pas avant que Sarah ne serre à son tour son propre enfant dans les bras, ne laissant plus alors qu'une petite trace indélébile dans le cœur de la jeune femme.

Autour d'elle, on s'activait joyeusement. Le soleil était au rendez-vous pour fêter le baptême du petit Enzo et les oiseaux piaillaient avec insouciance, heureux du retour de la belle saison.

Après la cérémonie à l'église, la famille et les amis s'étaient réunis chez Ambroise et sa femme, dont le jardin et le salon pouvaient accueillir un bon nombre de convives. Profitant du beau temps, la plupart des personnes présentes bavardaient dans le jardin décoré de guirlandes de papier crépon bleu et jaune citron et de lampions assortis, profitant allègrement du buffet qui était installé dans un coin avec moult plats aussi délicieux aux yeux qu'au palais. Il régnait indiscutablement un air de fête qui n'était pas du goût de tout le monde.

Le bébé commença en effet à s'agiter, probablement énervé par le remue-ménage qui régnait autour de lui, et Sarah tenta de le calmer en le berçant tendrement tout en regagnant la cuisine. Elle remit le bébé dans les bras de Clarisse, ce qui apaisa d'emblée l'enfant qui cessa de pleurer. Sarah en ressentit un douloureux pincement au cœur, affectée par le lien puissant qu'elle devinait entre la mère et l'enfant. Elle essuya furtivement une larme arrivée traîtreusement au coin de l'œil.

Elle s'éclipsa discrètement de la cuisine et aperçut sa mère coincée entre un grand bac de dracaena et une jeune femme qui arborait avec fierté un ventre proéminent, devant donner naissance à des jumeaux avant la fin du mois de juillet.

Sarah ignora les signes insistants de sa mère pour qu'elle les rejoigne, déjà trop bouleversée par ce qu'elle venait de vivre quelques instants plus tôt. De toute façon, elle fuyait autant que possible les femmes enceintes — toujours trop nombreuses — qu'elle croisait, ne souhaitant pas réveiller la douleur encore trop vive de son propre ventre devenu vide. Mais c'était le genre de choses qui dépasseraient sa mère si elle lui en touchait un mot.

Elle s'éloigna donc des invités qui conversaient dans une joyeuse cacophonie et se tint à l'écart de la fête, enfermée dans une grande solitude. Elle remarqua une nouvelle fois comme ce sentiment pouvait être exacerbé quand, autour de soi, une foule de gens semblaient s'amuser et profiter de la gaieté ambiante. Rien n'était pire pour une personne esseulée que de se retrouver au milieu d'une joyeuse assemblée.

La tristesse de Sarah s'accentua en songeant à Maxime. Elle avait rejeté toutes les tentatives de contact qu'il avait entreprises, refusant aussi bien de répondre à ses appels téléphoniques que de lui ouvrir la porte, quand, las de laisser des messages inutiles sur le répondeur, il s'était rendu à son domicile.

Sarah souhaitait mettre de l'ordre dans ses pensées avant de l'affronter, n'étant pas sûre de savoir résister à ses yeux bleus suppliants. Pourtant, elle savait qu'elle ne pourrait pas le fuir éternellement. Mais elle comptait peut-être un peu lâchement sur la lassitude de Maxime pour ne pas avoir à le faire.

— Pourquoi restes-tu seule ici perdue dans tes sombres pensées ?

La jeune femme sursauta, surprise et se retourna vivement.

Sa mère, qu'elle n'avait ni vue ni entendue approcher, se tenait devant elle et l'examinait attentivement, apparemment soucieuse de son état d'esprit.

Elle s'efforça de sourire et lissa d'une main nerveuse les mèches qui s'échappaient de son chignon.

— J'ai toujours aimé la solitude, maman.

S'interdisant toute dispute avec sa mère, elle changea aussitôt de sujet.

— Clarisse et Stéphane ont de la chance, c'est encore une belle journée aujourd'hui.

Sa mère hocha la tête, mais ne souhaita pas laisser sa fille s'en tirer par cette pirouette.

— Sarah, reprit-elle. Si tu as des ennuis…

— Qu'est-ce qui te fait croire que j'en ai ? demanda la jeune femme aussitôt sur la défensive.

— Tu quittes un bon emploi du jour au lendemain pour jouer les serveuses à la brasserie de Mina. Tu romps avec Romain alors que tu es enceinte de lui. Cela ne te ressemble pas, tous ces coups de tête.

Sarah se demandait comment sa mère pouvait savoir ce qui lui ressemblait ou non, puisqu'elle ne s'était guère intéressée à elle jusqu'à présent, mais elle se retint de faire ce genre de commentaire. Elle n'avait aucune envie d'en débattre avec elle.

— Laisse tomber, maman.

— Je sais que je ne suis pas la mère que tu aurais souhaitée, insista Diane Belmont sans tenir compte de la recommandation de Sarah, mais tu es ma fille et je me fais du souci pour toi.

La jeune femme reporta son attention sur sa mère. Elle paraissait sincère en affirmant se préoccuper des états d'âme de sa fille. Pourtant, Sarah n'en retira aucune satisfaction et elle se demanda s'il était trop tard pour que leurs relations deviennent moins distantes.

Inconsciemment attirée par des exclamations de joie, Sarah regarda par-dessus l'épaule de sa mère pour voir ce qui se passait de l'autre côté du jardin. Son visage se figea et Diane Belmont se retourna pour découvrir ce qui avait provoqué la surprise et le désarroi de la jeune femme.

— Qui est cet homme ?

La question restant sans réponse, elle crut bon d'avancer.

— Est-ce que c'est lui, Maxime ?

Sarah se tourna vers sa mère, les sourcils froncés.

— Qui t'a parlé de lui ?

— Tu oublies que Mina est mon amie avant d'être la tienne, répondit sa mère avec un sourire satisfait, car elle jalousait parfois la complicité qui régnait entre sa fille et l'Antillaise.

— Donc c'est lui, le fameux Maxime, poursuivit-elle. Je dois avouer qu'il est fort bel homme, mais sans vouloir t'offenser, je doute qu'il soit vraiment fait pour toi.

Jetant un œil scrutateur sur sa fille, elle ajouta :

— J'espère que tu ne crois plus aux contes de fées de ton enfance, ma chérie. Ce n'est plus de ton âge.

Sarah en avait assez de s'entendre dire que Maxime n'était pas un homme pour elle, même si au fond d'elle-même elle le pensait aussi. Après un dernier regard furibond à l'adresse de sa mère, elle traversa le jardin et marcha d'un pas décidé vers le nouvel arrivant.

41

Les quelques blancs invités au baptême faisaient tache ici ou là. Faire partie d'une telle minorité indifférait Maxime, car les différences raciales ne l'avaient jamais préoccupé. Pas plus que l'appartenance religieuse des gens qu'il était amené à rencontrer. Il était lui-même athée et préférait juger quelqu'un sur ses valeurs personnelles, bien qu'il dût reconnaître que par le passé, d'autres préjugés avaient eu cours malgré lui dans son esprit. Maxime n'avait en effet jamais véritablement fréquenté de personnes étrangères à son milieu et, s'il n'avait en aucun cas agi par dédain ou arrogance, il devait convenir qu'il n'avait fait aucun effort pour lier connaissance avec des personnes d'une condition différente de la sienne. Il n'en retirait aucune fierté, surtout à cet instant où il était accueilli dans cette grande et modeste famille comme s'il en avait toujours fait partie.

Ambroise, qui était à l'origine de sa présence à cette fête, l'avait présenté comme l'ami de Sarah, et visiblement cela suffisait pour qu'il soit accepté comme un intime que l'on reçoit avec joie.

Cherchant dans la foule la raison de sa présence ici, il dut reconnaître que les invités, heureux de se retrouver, semblaient beaucoup plus s'amuser que ses propres relations amicales lors de leurs soirées que Maxime trouverait à présent bien ennuyeuses. Ces arrogants, avec leurs faux-semblants et leurs jugements à l'emporte-pièce, l'irritaient maintenant et il se félicita de ne plus faire partie de leur cercle.

Il se demanda un instant si Sarah avait pu fuir en l'apercevant. Son arrivée n'était pas passée inaperçue et il était plus que probable qu'elle l'ait repéré bien avant qu'il ne puisse l'apercevoir.

Elle l'avait soigneusement évité depuis que Laure était passée à la brasserie. Elle laissait en permanence son téléphone sur répondeur et ne prenait pas la peine de le rappeler, malgré ses incessants messages. N'y tenant plus, il s'était rendu à son appartement la veille au soir, mais elle avait refusé d'ouvrir sa porte. Persuadé qu'elle était présente à son domicile, peut-être aurait-il été jusqu'à défoncer la porte, si un voisin de l'étage supérieur ne l'avait exhorté à se calmer sous peine d'appeler la police. Il n'allait pas ajouter à la liste des problèmes de la jeune femme la conduite irresponsable d'un petit ami récemment abandonné. La perspective de la voir le lendemain au baptême avait peut-être aussi joué en sa faveur.

Ce soir-là, plus qu'un autre, il avait dû lutter contre ses démons qui ne songeaient qu'à revenir à la charge. Noyer ses déconvenues personnelles dans l'alcool. Boire pour oublier et tomber dans un sommeil qui le fuyait tous les jours un peu plus, comme en témoignaient ses traits tirés et ses yeux cernés.

Il n'avait pas cédé à cette appétence, pourtant, se raccrochant au fil ténu surgi de nulle part.

Soudain il la vit. Sarah fendait la foule pour venir à sa rencontre. Il réprima le sourire de joie qui voulait se dessiner sur ses lèvres. Le visage fermé de Sarah ne présageait rien de bon.

Sa robe droite, en lin naturel, soulignait sa taille mince et laissait deviner un peu au-dessus des genoux ses jolies jambes bien galbées. Sa chemise de soie bordeaux flottait dans son dos à chacun de ses pas décidés. Elle avait, comme toujours, relevé ses cheveux qui étaient maintenus par une simple barrette en bois, mais quelques mèches rebelles balayaient son visage déjà hâlé par le soleil d'avril. Sarah ne le quittait que rarement des yeux, échappant avec un sourire à ceux qui tentaient de la retenir loin de lui.

Maxime n'entendait plus rien que les battements de son cœur qui se répercutaient à la cadence des pas de la jeune femme. Il ne voyait plus rien d'autre que Sarah qui s'approchait, semblant pourtant toujours trop loin de lui. Il aurait voulu courir vers elle, l'étreindre dans ses bras, l'embrasser à en perdre haleine. Il ne fit rien de tout cela. Le regard de Sarah restait hermétiquement fermé chaque fois qu'il revenait sur lui, n'engageant à aucun geste intime de sa part.

— Que fais-tu là ? demanda-t-elle d'une voix presque glaciale quand elle l'eut enfin rejoint.

Maxime aurait aimé deviner sur le visage de la jeune femme le plaisir de le revoir. Il aurait souhaité qu'elle glisse sa frêle main dans la sienne en un geste possessif. Il regretta presque d'être là, tant la froideur de Sarah à son égard lui parut insupportable.

— Bonjour, dit-il afin de reprendre contenance. La fête est plutôt réussie et ils ont de la chance : le temps est magnifique.

Maxime n'avait guère l'habitude de se trouver aussi mal à l'aise devant quelqu'un. Il avait aussi perdu l'habitude de flirter, lui qui était resté fidèle à Laure depuis les bancs de la faculté. Il se trouvait idiot, tel un adolescent devant son premier amour, incapable d'aligner quelques mots intelligents alors qu'il avait tant de choses à lui dire. Il ignorait ce qu'il convenait de faire, et n'entreprit rien, de peur de voir Sarah lui échapper encore un peu plus.

Le regard inexpressif que lui lança Sarah après cette première banalité ne l'encouragea aucunement.

— Pour répondre à ta question : c'est Ambroise qui m'a invité. Je l'ai vu hier au soir, par hasard. Une course de dernière minute que sa femme avait oubliée. Nous avons discuté un moment et il m'a proposé de venir pour le baptême de son petit-fils.

Sarah regarda l'homme en question, en grande béatitude devant son petit-fils. Un élan de tendresse l'envahit.

Ambroise. Elle n'avait jamais connu d'homme aussi bon dans sa vie. Son regard doux cherchait toujours ce qu'il y avait de meilleur en l'humain. Il ne s'attardait guère sur leurs défauts, tout le monde en avait, alors à quoi bon chercher à disséquer ceux des autres ? Sarah aurait aimé avoir un père tel que lui et sourit avec tendresse.

Elle se demanda un instant si Ambroise n'avait pas invité Maxime dans le seul but de les réconcilier tous les deux. C'était tout à fait son genre, une telle entremise.

Maxime ne la quittait pas des yeux. Il fut jaloux de ce sourire qui ne lui était pas destiné. L'envie folle de la serrer dans ses bras le reprit avec une telle force que cela en était presque douloureux.

Une jeune Antillaise, probablement la mère du nouveau baptisé, s'approcha avec le bébé dans les bras.

— Bonjour. Vous êtes Maxime, n'est-ce pas ? J'ai beaucoup entendu parler de vous. Je suis Clarisse, la fille d'Ambroise. Je suis ravie que papa vous ait invité.

— Tout le plaisir est pour moi. Et voici le roi de la fête, je présume ? Bonjour bonhomme. Toi aussi, tu alimentes beaucoup de conversations. Je suis au courant de tes moindres progrès, tu sais.

Les yeux noirs d'Enzo scrutèrent attentivement le nouveau venu, photographiant son visage pour qu'il reste gravé dans son petit cerveau en développement et le ressorte lors de leur prochaine rencontre. Le nouveau-né manifesta son plaisir par des battements de bras.

— Il semble vous avoir adopté, fit remarquer Clarisse. Tenez, vous voulez le prendre dans vos bras ?

Nullement intimidé par des gestes qui ne lui étaient pourtant pas très familiers, Maxime saisit l'enfant avec délicatesse et le serra contre lui en lui murmurant de tendres paroles. Touchée par le tableau formé par l'homme et l'enfant, Sarah ressentit des ondes familières lui parcourir le dos. Elle sentit fondre en elle toute sa détermination.

Maxime rendit à contrecœur l'enfant à sa maman, il était temps pour le nouveau-né d'aller faire la sieste.

— Tu as l'air très à l'aise avec les bébés, fit remarquer Sarah lorsqu'ils se retrouvèrent seuls.

Aussi heureux que surpris par le ton plus chaleureux de la jeune femme, Maxime reporta son attention sur elle. Toutes traces d'animosité s'étaient miraculeusement envolées. Il ne savait pas pourquoi, mais il en ressentit une grande joie. Tout comme il était heureux du hasard qui avait mis Ambroise sur son chemin la veille au soir. Le destin avait-il décidé de lui accorder enfin une faveur ? Il se détendit. Peut-être, après tout, que rien n'était perdu. Sarah avait cru bon s'enfermer dans sa coquille de peur de souffrir, mais cette dernière semblait aussi fragile que celle d'un escargot et il serait facile de la briser délicatement.

— J'ai toujours regretté de ne pas en avoir, avoua Maxime. Laure a mis des années à se décider. En fait, je n'ai su que récemment qu'elle n'en voulait pas vraiment. Sa grossesse ne se passait pas très bien, psychologiquement parlant.

Sarah sentit son cœur se serrer. Elle aurait donné n'importe quoi pour sentir son bébé grandir en elle à ce jour. Elle devrait être enceinte de près de quatre mois à présent. Elle frôla instinctivement et douloureusement son ventre plat d'une main hésitante. Ce geste n'échappa pas à Maxime.

— Excuse-moi. Cela ravive tes propres souvenirs.

Vaincue par toutes les tensions accumulées ces derniers temps, les yeux de Sarah se remplirent de larmes. Maxime plaqua doucement sa main dans le dos de la jeune femme et l'attira contre lui.

— Il y a des jours où c'est tellement difficile. J'ai parfois l'impression d'être entourée de femmes enceintes et de bébés et je me demande pourquoi c'est à moi que cela est arrivé.

Ne pouvant plus retenir ses larmes, elle enfouit son visage contre lui, mouillant sa chemise bleue de ses pleurs incontrôlables.

— Ce n'est pas juste, Maxime. Ce n'est vraiment pas juste.

Il caressait son cou d'une main apaisante, laissant son chagrin s'exprimer. Les mots étaient inutiles. Elle n'avait pas besoin de s'entendre dire qu'elle aussi un jour serait mère. Il n'était pas nécessaire non plus de s'apitoyer sur son sort. Il fallait juste lui laisser exprimer sa souffrance, pour mieux l'extérioriser.

Plusieurs personnes les dévisagèrent avec curiosité, tentant de comprendre ce qui se jouait entre eux, mais Maxime découragea par son seul regard toute tentative d'approche. Il venait de retrouver Sarah. Il n'avait nulle envie de la partager avec quiconque. Il jeta un regard aux alentours, désireux d'emmener Sarah à l'écart de la foule.

Peu à peu, les spasmes de la jeune femme s'espacèrent. Ses larmes se tarirent. Elle resta cependant blottie contre Maxime, refusant de se soustraire à sa chaleur réconfortante. Gênée aussi par l'expression soudaine de sa douleur qu'elle n'était pas parvenue à maîtriser.

Elle inhalait, au rythme de sa respiration saccadée, l'odeur ambrée de son parfum devenu familier. Ses muscles se détendaient peu à peu. Enfin elle leva les yeux vers lui, rencontra le regard bleu de Maxime, brûlant du même désir que le sien. Il s'efforçait de contrôler l'appétit qu'il avait d'elle, sans parvenir à ne pas céder à la tentation. Il glissa sa main dans la sienne et l'emmena encore plus loin des regards indiscrets.

42

Le commandant Kovinsky déposa ses enfants à l'école Carnot, comme il le faisait un lundi sur deux. Travaillant régulièrement les fins de semaine, il laissait alors Léna et Axel chez ses parents, ravis de les accueillir et de profiter pleinement de leurs petits-enfants. Ce week-end-là cependant, il avait apprécié passer du temps avec eux durant les deux journées entières. Il leur avait offert une séance de cinéma le samedi, qui les avait bien divertis tous les trois. Le dimanche après-midi, ils étaient allés manger une glace à la crêperie qui faisait face à la mer, avant de descendre s'amuser sur la plage et ils avaient terminé le week-end en jouant à des jeux de société.

Ses enfants lui manquaient terriblement lorsqu'ils étaient avec leur mère et il tentait de rendre exceptionnels les moments passés avec eux. Il devait reconnaître qu'il ne se montrait, bien souvent, pas assez autoritaire avec Axel et Léna. Heureusement, il avait des enfants adorables qui n'en profitaient pas trop. Son ex-femme, qui théoriquement devait les récupérer le dimanche soir, avait accepté sans trop discuter qu'il les garde une nuit supplémentaire un week-end sur deux, ce qui lui permettait, pour sa part, de profiter plus longuement des fins de semaine sans contrainte d'horaire avec son nouveau compagnon avec qui elle faisait des projets de mariage et même d'enfant.

Paul Kovinsky avait toujours été très accaparé par son métier, mais il s'efforçait sans déplaisir de consacrer le plus de temps possible à ses enfants, surtout depuis la séparation avec leur mère. Il n'avait pas envie de faire de la simple figuration dans leur vie. Il était leur père et comptait bien tenir ce rôle même si un autre homme était entré dans la vie de leur mère et que ce dernier passait plus de temps auprès d'eux que lui-même.

— Je vous appelle dans la semaine, promit-il.

Axel et Léna pouvaient compter sur sa promesse. Deux ou trois fois dans la semaine, leur père téléphonait pour prendre de leurs nouvelles, pour maintenir un contact qui lui semblait nécessaire avec le quotidien des enfants. Il s'intéressait à ce qu'ils faisaient à l'école, à leurs résultats scolaires aussi bien qu'à leurs copains et copines respectifs, aux matchs de basket d'Axel et aux concours de danse de Léna.

Tournant le dos au front de mer qu'on apercevait non loin de là, juste après le rond-point qui marquait l'issue de la rue Fernand Gasnier, le commandant Kovinsky remonta dans sa voiture et démarra. Il arriva au commissariat en même temps qu'un collègue avec qui il échangea quelques banalités sur leur week-end respectif.

— Au fait, tu savais que Richard Paterne venait de sortir de prison ?

— Je sais, oui, mais c'est de l'histoire ancienne, tout ça.

— Peut-être, mais tu devrais te méfier d'un type comme lui. Plus barge que lui, je ne sais pas si cela existe ; et pourtant, des tarés dans ce foutu boulot, on en croise à la pelle.

— Tu as raison, mais de toute façon cela m'étonnerait qu'il reste dehors très longtemps. Ce n'est pas le genre à décrocher aussi facilement.

Le commandant Kovinsky se rappelait les menaces proférées contre lui par Richard Paterne quelques années auparavant, alors qu'il débarquait à peine à Saint-Nazaire. Ce n'était certes pas les premières qui émanaient de voyous qu'il avait arrêtés, cependant celles-ci l'avaient hanté probablement plus que d'autres, même s'il ne l'avait jamais avoué.

Quelque chose qu'il avait décelé dans le regard de l'homme et qui ne l'avait plus quitté.

Richard Paterne, doté d'une intelligence hors norme, n'en était pas moins un fou déséquilibré et Kovinsky le savait fort bien. Il eut une pensée pour ses enfants, sentant une vague menace planer au-dessus de leurs petites têtes brunes.

— Remarque, il a rencontré une fille lors de son séjour derrière les barreaux, poursuivit son collègue. Une visiteuse de prison ou quelque chose dans le genre. Super canon à ce qu'il paraît. Y en a qui ont de ces veines ! La fille fait partie d'une association destinée à la réhabilitation des prisonniers une fois leur peine accomplie, je crois. Il semblerait qu'elle ait poursuivi ses visites plus assidûment avec lui qu'avec les autres. Je ne suis pas sûr qu'elle ait tiré le gros lot avec Paterne.

Le commandant Kovinsky hocha la tête en signe d'assentiment.

— Paterne est plutôt beau gosse. Et c'est un baratineur de première. Elle n'est pas la première à être tombée dans les mailles de ses filets. On a vu comment ont fini les précédentes.

— Ouais, mais on m'a laissé entendre que cette fois-ci, il était vraiment mordu. C'est peut-être lui, finalement, qui s'est laissé prendre à son propre piège, objecta son collègue malgré tout.

Paul Kovinsky esquissa une moue sceptique.

— Tu as des infos sur cette fille ? demanda-t-il cependant, songeant que cela pourrait lui servir si les dires de l'autre policier s'avéraient exacts.

Paterne n'étant pas du genre à oublier que c'était par sa faute s'il s'était fait coffrer, disposer d'éléments sur sa vie actuelle pourrait lui être utile.

— Apparemment, elle est nickel. Mais on peut se renseigner, si tu veux. Sait-on jamais ?

— Je te remercie. À plus.

Les deux hommes se séparèrent pour regagner leurs bureaux respectifs. Robert Moyon était déjà là, plongé dans un dossier.

— Du nouveau ? s'enquit Kovinsky.

— Un témoin aurait vu une fille sortir des « Alizés » il y a quelques mois de cela. Sa description ressemble à celle de Sarah Belmont. Il surveillait son petit-fils, qui jouait avec des copains au bas de son immeuble, quand il a vu une femme qui semblait s'enfuir du bâtiment d'en face, l'air plutôt bouleversé. Comme le bâtiment était encore inhabité, cela l'a surpris. La fille s'est arrêtée quelques instants et quand elle a relevé la tête vers l'une des fenêtres, il l'a imitée et croit avoir aperçu une ombre, sans doute masculine. Il ne peut cependant pas affirmer qu'il s'agissait de Francis Meunier, surtout avec le reflet de la vitre et il était trop loin pour distinguer ses traits. La date correspond toutefois au jour où Sarah Belmont visitait l'appartement avec Meunier, donc on peut légitimement penser que c'était lui.

— Ce témoin se souvient de la date après tout ce temps ? s'étonna Kovinsky.

— Sa femme et lui gardaient leur petit-fils parce que leur fille était en train d'accoucher, alors oui, il est sûr du jour.

— Bon, il est certain qu'il s'est passé quelque chose ce jour-là aux « Alizés », mais cela ne fait pas pour autant de Sarah Belmont la meurtrière de Meunier.

— Si son patron l'a violée, comme on peut le supposer, cela peut constituer un mobile plus que suffisant. De toute façon, pour le moment nous n'avons aucune autre piste. L'hypothèse du crime antiraciste est plutôt maigre et nous a justement été soufflée par notre suspect numéro un. Quant à la femme de la victime, elle dispose d'un alibi solide avec trois témoins présents au moment du meurtre et ne présente à ce jour aucun mobile. Et puis, son mari a beau apparaître comme un sale type, je ne la vois pas commettre un tel crime.

— Parce que Sarah Belmont est une criminelle plus crédible, d'après toi ? persifla son supérieur.

— Elle a les nerfs plus solides qu'il y paraît et rien ne prouve qu'elle ait agi seule. Et il ne faut pas oublier qu'elle nous cache des choses. Tu l'as toi-même reconnu plus d'une fois. Ne laisse pas ton attirance pour elle nuire à l'enquête, cela te ressemble si peu.

Kovinsky, qui ne supportait pas que l'on puisse remettre en cause ses capacités à détacher ses opinions personnelles d'un dossier professionnel, lui lança un regard furibond.

— Ne t'inquiète pas. Je sais très bien faire la part des choses, lâcha-t-il d'un ton glacial.

Les deux hommes se jaugèrent du regard pendant quelques instants. Le lieutenant hocha la tête, finalement convaincu. Il connaissait fort bien son patron maintenant. Personne n'avait jamais rien eu à lui reprocher dans son travail. C'était un policier honnête face à ses convictions, personne ne pouvait prétendre le contraire.

43

Après la fête du baptême qui s'était finie fort tard dans la nuit, Maxime et Sarah s'étaient rendus à l'appartement de la jeune femme. Durant tout le trajet du retour, elle l'avait interrogé sur les propos qu'il avait échangés avec sa mère. Les présentations avaient été incontournables, mais elle avait néanmoins espéré éviter entre eux un trop long entretien. Elle ne tenait en aucun cas à ce que sa mère s'immisce à son tour dans leur vie. Ils venaient de se retrouver et Sarah souhaitait donner une nouvelle chance à leur histoire. Sa mère lui avait dit clairement ce qu'elle en pensait et la jeune femme voulait lui prouver qu'elle se trompait. Mais les enfants présents à la fête l'avaient accaparée près de trois quarts d'heure durant pour qu'elle leur raconte des histoires et joue avec eux. Elle, qui d'ordinaire se laissait entraîner de la sorte avec un vif plaisir, sembla, cette fois-ci, plus que contrariée. En témoignaient ses incessants coups d'œil furtifs en direction de Maxime et de Diane Belmont tandis qu'elle enchaînait la lecture des livres que les enfants lui présentaient à tour de rôle.

Elle avait constaté, sans joie aucune, que Maxime et sa mère conversaient avec un certain plaisir et n'avait de cesse de se demander ce qu'ils pouvaient bien se raconter tous les deux, sirotant leur verre avec une lenteur désespérante aux yeux de Sarah.

Un peu plus tôt, elle avait vu Harriet, la sœur aînée de Mina, insister pour que Maxime goûtât au ti-punch de son mari et il avait fallu l'intervention tenace de Mina pour qu'Harriet consente à s'éloigner, emportant avec elle son plateau. Harriet ignorait bien entendu les problèmes d'alcool de Maxime, personne n'ayant jugé bon de lui en parler, et elle ne comprenait pas qu'il puisse refuser un petit verre du fameux ti-punch concocté par son cher et tendre Basile.

— Merci, Mina. Sans vous, je ne sais pas si j'aurais réussi à persuader votre sœur que je ne buvais pas. J'ai bien conscience de l'avoir vexée, cependant.

— Ne me remerciez pas, rétorqua l'Antillaise d'un ton glacial. Je l'ai fait pour Sarah. Elle a eu sa part de déception ces derniers temps.

Diane Belmont avait suivi l'échange avec un vif intérêt. Elle n'ignorait pas la dépendance de Maxime vis-à-vis de l'alcool, Mina n'ayant rien omis de lui révéler à son sujet.

— Mina ne semble pas vous porter dans son cœur, constata la mère de Sarah lorsqu'ils furent de nouveau seuls.

— J'ai cru faire amende honorable un temps. Apparemment cela n'a pas duré, avoua Maxime qui n'avait jamais compris l'animosité de l'Antillaise à son égard.

— Ne prenez pas son attitude comme une atteinte personnelle, confessa Diane Belmont. Mina a toujours mis Sarah sur un piédestal et je crains qu'aucun homme choisi par ma fille ne trouve grâce à ses yeux.

— Vous ne partagez pas son avis ? s'étonna Maxime avec sincérité. Sarah a énormément de qualités. Bien plus que la plupart des gens que j'ai pu rencontrer jusqu'à présent.

— Je vous choque en ne vous disant pas que ma fille est la plus merveilleuse ? demanda Diane d'un ton vaguement amusé en le scrutant attentivement du regard. J'ignore pourquoi on attend souvent des parents qu'ils défendent leurs enfants en toute occasion. Bien sûr, je reconnais que Sarah a beaucoup d'atouts, mais je n'occulte pas pour autant ses défauts, contrairement à Mina. Peut-être est-ce parce qu'elle n'a pas connu les difficultés d'élever seule un enfant. Je ne veux pas avoir l'air de me plaindre, mais j'avoue que cela n'a pas toujours été facile pour moi. J'étais très jeune quand Sarah est née. À un âge où la plupart des jeunes gens s'amusent encore, je suis devenue mère sans personne pour m'épauler, surtout pas mes parents qui m'ont rejetée quand ils ont appris que j'étais enceinte. La famille de son père — ce dernier est mort lorsque j'étais enceinte, comme Sarah a dû vous l'apprendre — sa famille, donc, n'a même pas voulu connaître leur petite-fille. Ils prétendaient qu'il n'y avait aucune certitude que cette enfant soit de Norbert. On se demande bien pourquoi. Ce n'était pas des gens fortunés. Je n'aurais rien eu à gagner à leur mentir à ce sujet. Peut-être n'avaient-ils pas envie de s'encombrer d'une femme comme moi, même s'ils ignoraient que mes propres parents m'avaient mise à la porte. Quoi qu'il en soit, pouvais-je vraiment leur en vouloir ? Je n'avais pas été grand-chose dans la vie de leur fils, seulement une amourette de vacances. Et l'enfant que je portais n'avait été désiré par aucun de nous deux. Si j'avais un fils, mort ou pas d'ailleurs, et qu'une jeune femme débarquait chez moi en prétendant être enceinte de lui, je ne la recevrais probablement pas non plus les bras grands ouverts. Et puis, je n'ai sans doute pas été une mère parfaite, moi non plus. Mes rapports avec Sarah s'en ressentent d'ailleurs encore aujourd'hui. Je partage cependant un point de vue essentiel avec Mina : je n'ai pas envie de voir souffrir ma fille.

Maxime comprit le message à peine voilé qu'elle sous-entendait.

— Soyez assuré que mes sentiments envers Sarah sont sincères et profonds. J'ignore pourquoi je n'arrive à convaincre personne, même pas elle. Pourtant je l'aime et ne souhaite que son bonheur. Et j'espère bien que c'est à mes côtés qu'elle le trouvera.

La mère de la jeune femme le dévisagea un long moment. Sa sincérité ne semblait pas à mettre en doute. Cependant qu'adviendrait-il lorsque l'alchimie de l'amour s'estomperait ? Il était facile d'occulter un tas de choses au début d'une histoire, mais leur couple résisterait-il au temps lorsque viendrait le moment d'affronter leurs différences ? Il leur faudrait bâtir leur union sur des bases solides s'ils souhaitaient voir leur amour vaincre les difficultés qui, tôt ou tard, ne manqueraient pas de surgir.

Séduite par Maxime, Diane Belmont lui donna néanmoins sa bénédiction, même si elle savait que pour sa fille, cela ne changerait rien. Celle-ci n'en avait jamais fait qu'à sa tête. Et les conseils de sa mère seraient bien les derniers que Sarah suivrait.

44

Le lieutenant Moyon était venu chercher Sarah à la brasserie au milieu de la matinée, lui intimant l'ordre de le suivre au commissariat. Il était accompagné de deux policiers en uniforme, ce qui avait eu pour conséquence de faire sortir Mina de ses gonds. Cela ne faisait en effet pas bonne impression pour son commerce de voir son employée traitée comme une criminelle. Et elle l'avait fait savoir. Cependant, ce qu'elle redoutait le plus c'était l'effet que cela aurait sur sa jeune amie. Sarah était si fragile.

Maxime, qui terminait son café à l'arrivée des policiers, avait manifesté son intention de les suivre, mais il avait été refoulé sans ménagement par le lieutenant Moyon. Il emmenait Sarah Belmont. Et elle seule. La jeune femme avait alors compris que sa situation devenait critique et lui avait lancé un regard perdu. Maxime s'était efforcé de lui adresser un sourire confiant pour la rassurer, lui promettant de joindre immédiatement maître Meyer.

La jeune femme se trouvait à présent dans le bureau du commandant Kovinsky qui se leva pour la saluer comme s'il tentait de la mettre en confiance.

— Mlle Belmont. Je suis heureux de vous revoir.

Se tenant sur ses gardes, car elle ignorait ce qui allait suivre, Sarah répondit à peine à son signe de politesse. D'autant plus que leur dernière entrevue lui avait laissé un goût amer. S'il était vraiment content de la revoir — et on se demandait bien pourquoi —, c'était loin d'être son cas.

— Asseyez-vous, Mlle Belmont. Puis-je vous offrir quelque chose ?

Cette amabilité soudaine ne lui inspirait aucune confiance, d'autant qu'elle ne lui paraissait pas sincère. Et elle espérait qu'il n'allait pas recommencer à lui donner du « Mlle Belmont » à chaque instant, c'était agaçant à la longue.

— Non merci. J'aimerais qu'on en finisse au plus vite.

— Bien. Commençons donc tout de suite. M. Meunier ne vous a-t-il jamais fait de quelconques avances, Mlle Belmont ?

— J'ai déjà répondu à ces questions. Nos relations étaient strictement professionnelles.

— De votre point de vue, je l'entends bien, lui assura le policier. Aussi poserai-je ma question différemment et de façon plus directe : Meunier n'a-t-il jamais eu à votre égard de geste déplacé ?

Kovinsky sentit que la jeune femme se raidissait imperceptiblement. Un voile blanc passa soudainement sur son visage, perdant de son assurance presque hautaine.

— Je conçois combien il est difficile d'aborder ce genre de sujet, dit-il d'une voix adoucie. Mais comprenez que nous devons cerner la personnalité de Francis Meunier afin de découvrir qui aurait pu lui en vouloir au point de le tuer. Il apparaît très clairement qu'il ne s'agit pas d'un crime crapuleux. Meunier avait dans son portefeuille une certaine somme d'argent qu'il venait de gagner au poker, ce qui éloigne la thèse du meurtre pour vol.

Le commandant Kovinsky s'assit sur le rebord de son bureau.

— Un témoin vous a vue sortir des « Alizés » le jour où vous avez visité l'appartement qui devait être mis en location dans ce bâtiment. Ou plus exactement, il vous a vue fuir et vous aviez l'air bouleversée, d'après lui. Que s'est-il passé entre vous et M. Meunier ce jour-là, Sarah ?

C'était la première fois qu'il l'appelait par son prénom. Cette familiarité, espérait-il, vaincrait ses dernières réticences à parler. Les sentiments que lui inspirait la jeune femme ne facilitaient pas le déroulement de l'enquête et il souhaitait d'autant plus rapidement y mettre un terme. Pour y parvenir, il comptait la mettre en confiance lors de cet entretien, afin qu'elle dévoile enfin ce qu'elle cachait depuis le début.

De son côté, Sarah se demandait s'il était encore judicieux de se taire. Elle tenta de se rappeler le moindre détail de ce fameux jour.

Elle avait rapidement dévalé les escaliers et était sortie en courant de l'immeuble encore inachevé. Le vent glacial qui s'était levé un peu plus tôt l'avait surprise, coupant sa respiration déjà difficile. Aucun bruit ne lui était parvenu de la cage d'escalier. Meunier ne l'avait pas suivie. Elle avait relevé la tête machinalement et avait vu le corps massif de son patron derrière la baie. Son regard — le dernier qu'elle conservait de lui — l'avait pétrifiée. Prise de panique et d'effroi à l'évocation de ce qui aurait pu se passer là-haut, elle s'était hâtée vers le centre-ville, fuyant un épisode de sa vie qui la hanterait probablement longtemps.

Elle n'avait croisé personne ce jour-là, elle en était certaine. Mais peut-être était-elle trop bouleversée par ce qui venait de se passer dans l'appartement pour voir quoi que ce soit autour d'elle. Ce témoin, sorti d'on ne savait où, existait-il vraiment ou était-ce une ruse des policiers ? Et s'il existait, se trouvait-il lui-même à l'intérieur du bâtiment ?

Elle se rappelait le bruit qui les avait surpris, Meunier et elle, facilitant sa fuite. Était-il l'auteur de ce bruit ? Et si c'était le cas, l'avait-il émis par hasard ou en toute connaissance de cause ? Peut-être avait-il voulu mettre un terme à l'agression qui s'en serait suivie, sans souhaiter s'exposer. Par peur d'un acte héroïque dont il ne connaissait pas l'issue ou plus probablement parce qu'il n'avait rien à faire dans l'immeuble et qu'il craignait de quelconques représailles d'être là.

Sarah ne savait plus quoi penser. Se taire plus longtemps ne risquait-il pas de se retourner contre elle ?

Elle accepta le verre d'eau que lui tendait le lieutenant Moyon. Le liquide frais qui s'écoula dans sa gorge sèche la soulagea. Elle était fatiguée. Elle avait chaud. Elle aurait voulu pouvoir rentrer chez elle et se détendre sous une douche tiède. Elle comprenait toutefois que les policiers ne la laisseraient pas partir ainsi. Elle se demanda un instant ce que faisait son avocat. Quand pourrait-elle lui parler ?

Elle hésita un instant, tentant de se rappeler les nombreuses séries policières françaises qu'elle avait pu voir. Devait-elle attendre la visite de maître Meyer avant de dévoiler la vérité ? Allait-elle le rencontrer au bout de plusieurs heures d'interrogatoire ou dès la première ? Elle ne se rappelait plus ce qui avait changé dans ce domaine.

Une idée lui traversa cependant l'esprit. Personne encore ne lui avait dit qu'elle était en garde à vue, ce qui signifiait que pour le moment, elle n'était pas retenue contre sa volonté, mais seulement comme témoin. Elle osa un regard vers le commandant Kovinsky. Rien dans son attitude ne plaidait pour une tentative de ce côté-là. De guerre lasse, elle décida de révéler la vérité sur l'agression dont elle avait été victime. Si elle coopérait, elle aurait plus de chance d'obtenir leur clémence. Et tant pis pour ce qu'en penserait son avocat.

Kovinsky et Moyon échangèrent un bref regard quand la jeune femme commença à conter ce qui s'était passé aux « Alizés ». Le commandant l'écouta sans l'interrompre, l'encourageant simplement par quelques gestes compréhensifs lorsque le récit semblait plus difficile à relater.

— Voulez-vous un autre verre d'eau ? demanda-t-il lorsqu'elle eut terminé. Du café peut-être ? Ou autre chose ?

Sarah secoua la tête et demanda d'une petite voix si elle pouvait partir à présent qu'elle leur avait dit la vérité.

— Je regrette, Mlle Belmont, mais nous n'avons pas encore fini.

Elle remarqua qu'il avait laissé tomber l'usage du prénom. Ce revirement ne lui semblait pas être de bon augure.

— Quelle opinion avez-vous des hommes, Mlle Belmont ? lui demanda-t-il en se rasseyant derrière son bureau.

Sarah le dévisagea, consternée par la question. Que cherchait-il à lui faire dire à présent ?

— Ne les trouvez-vous pas décevants ? Dès votre plus jeune âge, vous n'avez pas pu leur accorder votre confiance, n'est-ce pas ? Votre père vous a abandonnées, votre mère et vous, avant même votre naissance. Je me trompe ? C'est le genre d'image qui doit vous coller à vie, non ?

— Quand mon père est parti, il ignorait que ma mère était enceinte. Leur histoire n'a duré que le temps des vacances.

— Soit, mais pour une petite fille qui n'a pas encore accès aux histoires d'adultes, cela ne doit pas être facile à admettre. Est-ce pour cela que votre adolescence se résume à un vide affectif ? Vous n'aviez que peu d'amis à l'époque, si mes renseignements sont exacts. Et encore moins de petit ami.

Ainsi ils avaient fouillé dans sa vie pour en ressortir ce qui leur semblait un profil psychologique perturbé. Elle admettait ne pas avoir connu l'insouciance de l'enfance. Son adolescence avait été marquée par un refus de se plier aux mœurs d'usage en flirtant avec les garçons de son âge. Pour autant, elle ne s'était jamais considérée comme une personne neurasthénique. Elle était différente, voilà tout : plus indépendante, plus solitaire, plus mûre aussi que la plupart des jeunes qu'elle côtoyait. Elle n'était sûrement pas la seule à ne pas prendre le même chemin que tout le monde. Cela ne faisait pas d'elle une inadaptée sociale pour autant.

— J'ai grandi entourée d'adultes. Mes camarades de classe et moi étions trop différents pour que se nouent de véritables amitiés.

— Oui, mais l'histoire se répète, poursuivit le policier. Vous tombez enceinte et lorsque vous l'annoncez à votre petit ami — qui se trouve être le père de l'enfant, je le sais à présent — il décide de vous quitter. Avouez qu'il y a de quoi penser que tous les hommes sont des « salauds », si vous voulez bien m'excuser cette expression ? N'avez-vous jamais songé à vous venger de tous ces hommes, Mlle Belmont ? À commencer par celui qui a tenté d'abuser de vous ?

Sarah se leva d'un bond, hors d'elle.

— Je n'ai pas tué Francis Meunier.

— Rasseyez-vous, Mlle Belmont. À partir de cet instant, vous êtes placée en garde à vue.

Le commandant Kovinsky fit signe à son collègue.

— Ceinture, lacets. Videz vos poches et retirez votre montre, s'il vous plaît, fit Moyon d'une voix monocorde en lui tendant une petite boîte.

Sarah eut l'impression que sa vie tournait au cauchemar. Comment en était-elle arrivée là ? Pourquoi le fait de leur avouer la vérité s'était-il retourné contre elle ? Et que faisait son avocat ?

Tel un automate, elle défit sa ceinture et retira sa montre qu'elle vit disparaître dans la boîte. Elle montra ses poches vides et entendit dans un murmure lointain qu'on lui lisait ses droits. Elle avait l'impression d'être dans un mauvais film. Garde à vue. Elle était en garde à vue. Accusée d'un meurtre. Elle en aurait ri si son avenir ne lui avait pas paru si sombre. Dans sa tête, mille pensées tourbillonnaient. Une seule revenait à intervalles réguliers. On l'accusait d'un meurtre qu'elle n'avait pas commis.

Même au plus profond de son désarroi, elle n'avait jamais songé à un tel acte. Se venger de Francis Meunier aurait été au-dessus de ses capacités. Encore plus d'attenter à sa vie. La seule chose qu'elle se serait sentie capable de faire aurait été d'apporter son propre témoignage si son ex-patron s'était retrouvé devant la justice pour un acte similaire.

Après encore un certain nombre de questions dont elle ne se rappelait même pas la teneur, le lieutenant Moyon la conduisit dans une cellule. Elle se laissa guider, hébétée par ce qui lui arrivait, incapable de se remémorer les réponses qu'elle avait données. Telle une schizophrène, elle se sentait victime d'une double personnalité : il y avait Sarah Belmont, une jeune femme ordinaire, et il y avait l'Autre, une femme qu'on accusait d'un crime horrible et qui se laissait entraîner sans rien dire dans une spirale infernale. Sarah crut un instant devenir folle. Qu'allait-il advenir d'elle ?

Resté seul dans son bureau, le commandant Kovinsky se laissa retomber lourdement dans son fauteuil. Au fond de lui, il ne croyait pas en la culpabilité de Sarah Belmont. Mais il savait qu'il devait laisser de côté son attirance pour elle et la traiter comme n'importe quelle suspecte. Pour le moment, elle demeurait leur seule piste. Même si un meurtre était quelque peu exagéré pour une simple tentative de viol.

Au moment où Moyon le rejoignait dans son bureau, le commandant Kovinsky raccrochait son téléphone. Il se leva d'un bond et prestement prit sa veste en cuir noir.

— Suis-moi. Je viens de recevoir un coup de fil intéressant.

— Que se passe-t-il ? demanda son collègue intrigué de voir une ombre de soulagement se dessiner sur le visage de son supérieur.

— Il y a peut-être du nouveau dans le meurtre de Meunier, répondit celui-ci avec un sourire qui en disait long.

45

Maxime attendait maître Meyer en faisant nerveusement les cent pas dans le hall du commissariat. À l'instant même où il avait franchi les marches de l'hôtel de police, il avait croisé le commandant Kovinsky, son collègue sur les talons. Les deux hommes s'étaient dévisagés avec une animosité évidente et Maxime avait juste eu le temps de lui glisser qu'il commettait une grave erreur en soupçonnant Sarah d'un meurtre qu'elle n'avait pas commis. Kovinsky n'avait même pas pris la peine de lui répondre et avait poursuivi son chemin sans plus se soucier de lui.

Maître Meyer le rejoignit peu de temps après. Arrivé un peu plus tôt, il avait eu un bref échange dans le couloir avec un commandant Kovinsky très pressé, avant de rejoindre Sarah déjà installée dans une cellule.

— Alors ?

— Elle est en garde à vue pour le meurtre de Francis Meunier, annonça l'avocat d'un ton las.

Maxime se retint de répliquer sur un ton irrité qu'il s'en doutait bien. Ce qui lui importait pour le moment, c'était de savoir comment allait Sarah.

— Elle est complètement dépassée par les événements.

Il secoua la tête avant de poursuivre.

— Elle leur a tout révélé. Elle espérait qu'en se montrant coopérante, ils la relâcheraient et elle paraît bouleversée que cela se retourne contre elle. Il aurait mieux valu qu'elle m'attende avant de faire ces révélations, mais bon, le mal est fait. Il ne me reste plus qu'à vous aider à trouver un autre avocat qui saura la défendre mieux que moi.

Il hésita un instant avant de poursuivre, car il savait pertinemment qu'il marchait sur des œufs en abordant ce sujet.

— Je n'arrive pas à comprendre ce que tu fais avec une fille comme ça, Maxime. Vraiment, même sans toute cette sordide histoire de tentative de viol et de meurtre, je ne sais pas ce que tu lui trouves. On se connaît suffisamment tous les deux : avoue qu'elle n'est pas ton genre.

Maxime ne s'offusqua pas de ces remarques. Trop préoccupé par ce qui se passait, c'est avec douceur qu'il prit la défense de Sarah.

— Le genre de l'ancien Maxime, probablement pas. Écoute, avec elle j'ai l'impression de revivre. Je ne sais pas, c'est comme si j'avais été enfermé dans une belle cage dorée pendant toutes ces années. Je ne renie pas mon mariage, et encore moins mon amour pour Laure, mais je me sens différent depuis que j'ai rencontré Sarah. Comme si je me sentais libre, soudain. Et c'est une liberté qui n'a pas de prix à mes yeux.

— Au point de tout sacrifier pour cette femme ? s'étonna l'avocat qui connaissait Maxime depuis l'enfance et se faisait du souci pour lui.

— Sacrifier quoi ? Un mariage qui, je te le rappelle, est déjà dissous.

— Laure et toi…, commença son ami.

— Non, Laure et moi, c'est fini. Nous avons mis trop de temps à comprendre que nos désirs divergeaient. Je l'aimais et je pensais qu'un jour elle aussi aurait envie de fonder un foyer.

— Mais ce bébé…, avança l'avocat par égard pour Laure qui se révélait être aussi son amie.

Maxime l'interrompit avec un sourire triste et fatigué.

— Même ce bébé a été une erreur. Aujourd'hui, je le sais.

Il n'en dit pas plus, ne voulant pas trahir la confiance de la femme qu'il avait jadis aimée en divulguant ce qu'elle lui avait confié à *La Salicorne*.

— Tu es libre pour déjeuner ?

L'avocat acquiesça d'un signe de tête.

— Je passe un coup de fil à mon bureau pour prévenir que j'arriverai un peu plus tard et je te suis. Où allons-nous ?

— Une petite brasserie que j'ai dénichée en face de chez moi.

— Serait-ce pour me présenter une serveuse et me rallier à ta cause ? tenta de plaisanter Meyer qui était sans attache depuis de longues années déjà et qui virevoltait de femme en femme sans chercher à n'en retenir aucune.

— Désolé, mon vieux. Ils n'ont qu'une serveuse et elle n'est pas libre.

Maxime s'aperçut un peu tard du mauvais jeu de mots et se mordit la lèvre.

— Ne t'inquiète pas. Ils n'ont pas grand-chose contre elle. Je vais contacter un collègue en droit pénal, et il la sortira très vite de là.

Maxime remercia son ami d'un signe de tête et se glissa derrière le volant de sa BMW bleu nuit. Il tapota nerveusement le volant, se demandant comment tout cela allait finir pour Sarah.

Lorsqu'il aperçut la Mercedes grise de l'avocat s'engager sur la route, il mit son clignotant et le précéda dans la ruelle à sens unique du commissariat. Il espérait sincèrement que son ami sortirait au plus vite Sarah de l'impasse où elle se trouvait. Maxime ne supportait pas l'idée que la femme qu'il aimait passe une seule nuit derrière les barreaux. Il allait falloir faire vite pour que cela ne se produise pas.

46

Le commandant Kovinsky entra dans la galerie marchande d'un pas décidé, le lieutenant Moyon sur les talons. Comme tant d'autres grandes surfaces que l'on trouvait aux abords des villes, il y avait aux alentours de celle-ci un certain nombre de commerces qui allaient du textile à la parfumerie, en passant par les enseignes de mobile, d'opticien, de bijouteries ainsi que plusieurs restaurants. Sans oublier les banques, cordonnier, parapharmacie et un kiosque à journaux, ce qui faisait de ce centre commercial le plus grand des environs. Sans compter tous les commerces d'ameublement et autres qui s'étendaient dans sa périphérie immédiate.

La galerie s'était étoffée depuis quelque temps déjà, pourtant Kovinsky n'y avait encore jamais mis les pieds. Il ne fréquentait jamais les centres commerciaux, préférant faire ses courses à la supérette non loin de son domicile ou auprès des commerçants de proximité. Ses autres achats, il les effectuait principalement sur Internet.

Les deux hommes se dirigèrent d'un pas rapide vers le pressing situé près de la porte de la Brière, juste après une sandwicherie, où les attendaient deux de leurs collègues.

Kovinsky avait été surpris lorsque le commandant Vital lui avait demandé, par téléphone, de le rejoindre au pressing de la galerie marchande pour une affaire concernant Richard Paterne. Avec un mouvement d'humeur, il avait répliqué que ce dossier ne le concernait en rien et qu'il avait déjà sur les bras une enquête qui se révélait difficile, omettant de préciser que la première difficulté résidait dans le fait que la principale suspecte ne le laissait pas indifférent. Son collègue ne se formalisa pas de cette irritation, certain d'intéresser Kovinsky.

— C'est à moi que le standard a passé la communication, parce que les bleus savent que je suis sur une affaire de coke concernant le Tatoué. Tout le monde sait que Paterne et lui sont liés depuis l'enfance et qu'ils ont fait pas mal de coups ensemble. Néanmoins, c'est une affaire qui te concerne peut-être plus que tu ne le penses.

Kovinsky s'était redressé, vivement intéressé. Il n'oubliait pas les menaces que Richard Paterne avait proférées à son encontre.

— À quel titre ? demanda-t-il d'un ton soucieux en songeant à ses enfants.

— Cela a peut-être un lien avec une de tes affaires. Celle sur l'assassinat de l'agent immobilier.

Kovinsky demeura sans voix un court instant, le temps que l'information inhibe la peur qui s'était insinuée malgré lui dans son cerveau.

— J'arrive.

Il n'avait alors pas perdu de temps, son coéquipier sur les talons, maudissant sa rencontre avec Meyer dans les couloirs. Il avait néanmoins réussi à expédier l'avocat rapidement et ignorer le docteur Kervalen qu'il croisa juste après.

Dans la voiture qui les menait au centre commercial, situé à l'entrée nord de la ville dans la commune de Trignac, Kovinsky avait relaté au lieutenant Moyon les dernières informations qu'il détenait, même si celles-ci s'avéraient pour le moment des plus succinctes.

— Quel rapport peut-il y avoir entre Paterne et Meunier ?

— C'est bien ce que je me demande aussi.

À leur arrivée, les deux policiers furent brièvement présentés au gérant du pressing, un petit homme chétif à la calvitie débutante, avant que Vital ne les entretienne des dernières informations dont il disposait.

— La veste — qui appartient sans aucun doute à Paterne — a été déposée, d'après leur fichier, le lendemain même du meurtre. Il devait récupérer son vêtement le samedi. L'employée procède toujours à l'inspection des poches avant le lavage. Elle a retrouvé une carte de visite dans l'une d'elles et l'a mise de côté. Voici la carte en question, fit Vital en la tendant à Kovinsky.

Ce dernier put lire en caractères gras : « **Agence Immobilière Meunier** ». Paterne connaissait donc l'agent immobilier pour des raisons professionnelles. Sans doute après sa sortie de prison était-il à la recherche d'un nouvel appartement.

Le commandant Kovinsky ne comprenait toujours pas le lien que l'on pouvait faire avec le meurtre de Meunier. Paterne n'était pas le seul client de l'agence et son passé trouble ne permettait pas pour autant d'imaginer qu'il puisse être l'assassin. L'homme avait beau être cinglé, il leur manquait un mobile sérieux qui puisse étayer de telles suppositions.

Il s'étonnait des raisons qui avaient poussé le pressing à appeler le commissariat. La carte, bien qu'elle fît mention d'un homme récemment assassiné, n'avait rien de répréhensible qui pût justifier de faire appel à la police.

— J'y viens. Lorsque l'homme lui a remis la veste, l'employée a constaté de légères traces de sang sur la manche. Le client lui aurait donné une vague excuse comme quoi il s'était blessé et semblait soucieux que cela ne puisse disparaître. Elle lui a assuré que le pressing ferait son possible pour les ôter, sans douter de la bonne foi du client. Elle n'y a plus pensé jusqu'à ce matin. Elle a entendu parler de l'arrestation d'un suspect, concernant le meurtre de Meunier. Ce nom ne lui a d'abord rien évoqué de plus que l'affaire dont on parle régulièrement à la radio, mais en fin de matinée, elle a dû mettre de côté un petit jouet resté dans la poche d'une parka d'enfant et a retrouvé la carte de visite de l'agence. Elle a eu alors comme un flash et a fait le lien entre Meunier et le client. Elle en a touché un mot à son patron, qui nous a contactés aussitôt.

— On est sûr au moins que la veste appartient à Paterne ?

— Il l'a déposée sous un autre nom, mais il possède effectivement la même. On le sait de source sûre. De plus, la description que l'employée a faite du client lui correspond en tous points.

— Elle se souvient de lui ? s'étonna Kovinsky. Les clients ne doivent pourtant pas manquer ici !

— Comme tu l'as dit l'autre jour, il est plutôt beau gosse. Ce n'est pas toujours un atout. Surtout quand on veut passer inaperçu. Nous lui avons montré une photo de Paterne. Elle est sûre que c'est bien l'homme qui a déposé la veste en question. Nous allons l'envoyer au labo pour l'expertise, voir si elle correspond à la fibre retrouvée sur le corps de Meunier.

Perplexe, le commandant Kovinsky réfléchissait à tous les nouveaux éléments qu'on venait de mettre à sa disposition. Alors même qu'il venait de mettre en garde à vue sa principale suspecte, une autre piste s'ouvrait enfin à lui. En son for intérieur, il n'en était pas mécontent, mais il ne voulait pas se féliciter trop vite.

— Si tu veux l'interroger, la vendeuse est au fond du magasin.

Kovinsky hocha la tête. Le briefing de son collègue était on ne peut plus correct, mais une nouvelle version pourrait étayer l'affaire d'un détail jusque-là omis.

— Et les traces de sang ?

Vital eut un signe d'impuissance.

— Il ne reste plus aucune trace. Le pressing a malheureusement fait du bon boulot de ce côté-là. À voir avec les biologistes du labo s'ils arrivent quand même à en tirer quelque chose. Je te laisse. Tiens-moi au courant des progrès de l'enquête.

Kovinsky hocha la tête machinalement et salua son collègue.

— Que comptes-tu faire de Sarah Belmont ? s'enquit le lieutenant Moyon dès que Vital se fut éloigné.

Bien que le policier fût ravi de voir s'éloigner les soupçons qui pesaient sur la jeune femme, il n'en laissa rien paraître.

— Je verrai plus tard. Pour l'instant, allons réinterroger l'employée.

Robert Moyon lui lança un bref regard. Lui-même n'était pas mécontent que les choses évoluent dans le bon sens pour Sarah Belmont. Même dans le cas peu probable où elle eût été la meurtrière, elle n'avait pas l'étoffe d'une véritable criminelle et elle n'avait certainement pas sa place en prison.

47

Sarah n'avait pas pu avaler une seule bouchée du sandwich au jambon qu'on lui avait apporté en guise de repas. Sa simple vue suffisait à lui soulever le cœur et elle s'éloigna de l'objet de son aversion, un goût de bile amer dans la bouche. Même la gorgée d'eau qu'elle venait d'absorber l'écœurait et elle tenta de rejeter ses idées, redoutant de les laisser la submerger, l'amenant selon elle au comble de la déchéance.

Elle se demandait pour la énième fois ce qu'elle faisait là, dans cette cellule, se sentant détachée de son propre corps. Chacun de ses gestes s'effectuait contre sa propre volonté, comme si une autre personne avait revêtu son anatomie et qu'elle n'était plus maîtresse de rien, surtout pas des actes de son cerveau.

La visite même de son avocat lui avait semblé irréelle. Elle avait répondu à ses questions, tel un automate, avait hoché la tête plusieurs fois, elle se le rappelait, pourtant elle aurait été incapable en cet instant précis de répéter le moindre mot de leur conversation.

Le policier, installé en face des deux cellules de garde à vue, jetait régulièrement des regards furtifs dans sa direction. Il ne lui avait pas adressé un seul mot depuis qu'elle était là, aussi sursauta-t-elle quand elle entendit résonner sa voix presque juvénile.

— Vous devriez manger un peu, dit-il d'un ton compatissant. Les interrogatoires peuvent se montrer encore plus difficiles le ventre creux.

Il n'en savait rien, bien sûr, et ne faisait que le supposer. Il n'avait jamais été confronté à une garde à vue, quel que soit le côté de la barrière, mais cette jeune femme que rien ne prédisposait à se retrouver derrière les barreaux, lui semblait-il, lui faisait pitié.

Elle ne ressemblait en rien à ceux qui se retrouvaient en général dans les cellules qu'il était chargé de surveiller en alternance avec deux autres collègues.

Le jeune gardien de police avait suivi l'affaire dans les journaux régionaux, avait glané ici ou là au sein du commissariat des informations concernant l'enquête, mais il était persuadé que Sarah Belmont n'avait rien d'une de ces délinquantes qui se retrouvaient habituellement derrière les barreaux.

D'ailleurs, depuis qu'elle était là, elle n'avait guère émis de son, même en présence de son avocat, comme détachée des événements qui avaient cours dans sa vie ces derniers temps. Tant d'autres clamaient leur innocence à grands cris ou injuriaient de propos plus ou moins orduriers les représentants de l'ordre que ce silence lui semblait presque saugrenu.

— Je n'ai pas faim, répondit Sarah plus sèchement qu'elle ne l'aurait voulu.

Le jeune policier, qui ne devait guère avoir plus de vingt-cinq ans, essayait seulement de se montrer gentil et elle regretta aussitôt son accès de mauvaise humeur. Il n'était en rien responsable de ce qui lui arrivait. Elle alla s'asseoir à l'autre bout de la cellule et ferma les yeux, tentant d'échapper par la pensée à ce lieu sinistre. Une chance encore, pensa-t-elle, qu'elle fût seule. Elle n'aurait pas supporté de devoir partager cet endroit avec qui que ce soit. Les plaintes, les cris auraient mis ses nerfs à rude épreuve. Quant à la présence d'un SDF en train de cuver son alcool, elle n'aurait pas manqué d'avoir raison de son état déjà nauséeux.

— Oh, moi, ce que j'en dis, laissa tomber le gardien visiblement vexé par le ton acerbe de la jeune femme.

Il jeta un dernier coup d'œil dans sa direction. Le bruit commençait à courir au commissariat que le commandant Kovinsky avait le béguin pour elle. Elle était certes assez jolie, mais, en ce qui le concernait, elle n'était pas du tout son genre. Il préférait les femmes plus pulpeuses qui assumaient entièrement leur féminité. En bref, Sarah Belmont n'était pas assez sexy pour lui.

Sarah avait perdu la notion du temps. Elle avait bien eu le réflexe de jeter un œil sur son poignet droit à plusieurs reprises, se rappelant après coup que son bracelet-montre se trouvait dans la petite boîte qu'elle avait vue disparaître subrepticement, il y avait plusieurs heures de cela.

En fait, elle n'était pas vraiment certaine que cela fasse des heures, mais c'était ce qu'elle ressentait au plus profond d'elle-même. On lui avait apporté un sandwich depuis une éternité, lui semblait-il. Aussi fut-elle surprise lorsque, de retour pour un interrogatoire, le commandant Kovinsky mentionna qu'il n'était pas plus de deux heures moins le quart. Il ne s'était écoulé que quatre heures et demie depuis que le lieutenant Moyon était venu la chercher à la brasserie.

Son ventre creux émit alors quelques sons gutturaux, lui rappelant traîtreusement qu'elle n'avait rien avalé depuis des heures. Elle ne s'en formalisa pas pour autant, ignorant aussi bien sa faim que la gêne occasionnée par les sons venus de son abdomen, comme si plus rien ne pouvait la toucher.

— Le gardien nous a signalé que vous aviez refusé de manger, fit le commandant Kovinsky, comme si elle avait été absente lorsque le policier leur avait fait part de ce fait. Je ne pense pas que ce soit une bonne idée d'entamer une grève de la faim.

Sarah leva les yeux vers le policier, mais ne dit rien. Elle ne nia pas que telle n'était pas son intention. La seule idée de nourriture l'écœurait tout simplement.

— Voulez-vous prendre quelque chose avant de commencer cet interrogatoire ? Je peux vous faire apporter un autre sandwich, si vous voulez.

La jeune femme secoua la tête en signe de dénégation sans proférer le moindre son. Son regard était vide, inexpressif, et le commandant Kovinsky s'en inquiéta, se demandant si cette garde à vue laisserait des traces indélébiles dans la vie de la jeune serveuse. Il se sentait d'autant plus mal à l'aise de l'interroger maintenant qu'une autre piste s'ouvrait à eux. Renaud et Camille cherchaient à localiser activement la planque de Paterne. En vain jusqu'à présent.

De toute façon, même s'il s'avérait que Sarah Belmont fût coupable, et même s'il méprisait la vengeance personnelle, il savait qu'elle n'avait pas sa place en prison. Elle serait plus victime que coupable dans cette affaire, il devait le reconnaître, même en faisant abstraction des sentiments qu'elle lui inspirait.

— Où étiez-vous le dimanche 1er avril, entre 22 et 23 heures ?

Les mains sur les genoux, Sarah fixait la bague que Romain lui avait offerte pour ses trente ans. L'oxyde de zirconium scintillait sous le rai de lumière qui s'infiltrait dans le bureau, à la lisière du store à demi baissé. Elle se demanda pourquoi elle portait encore ce bijou offert par un homme qu'elle n'aimait plus et se promit de l'ôter lorsqu'elle sortirait d'ici. Car ils s'apercevraient tôt ou tard que ce n'était pas elle la coupable, il ne pouvait en être autrement.

— Mlle Belmont ? Voulez-vous que je vous répète la question ?

Sarah regarda le commandant Kovinsky. Il semblait soucieux et elle eut la certitude que c'était elle qui l'inquiétait. Faisait-elle si peur à voir ?

— Je ne sais pas. Enfin je veux dire, j'ignore où j'étais ce soir-là. Sans doute chez moi. Je ne m'en souviens pas. Je n'ai pas pour habitude de noter ce que je fais de mes soirées. J'ignorais qu'un jour j'aurais besoin d'un alibi.

— Étiez-vous seule ?

Il répugnait au commandant de poser cette question, et plus encore d'entendre la réponse. Si elle ne l'était pas, il ne pourrait s'empêcher d'éprouver une pointe de jalousie. Il n'y pouvait rien. Il se devait pourtant de faire son travail dans la plus grande objectivité.

— Je vous ai dit que je ne me rappelle pas ce que j'ai fait ce soir-là, soupira Sarah. Alors, quant à savoir si j'étais seule !

Le commandant Kovinsky attendait, impatient, qu'elle veuille bien faire un effort. La jeune femme essaya alors de se remémorer ce qui s'était passé la veille du jour où elle avait appris, par les journaux, le meurtre de Francis Meunier. Cela s'avérait une tâche difficile tant son cerveau était embrumé. Elle était fatiguée. Elle avait faim, alors même que toute idée de nourriture lui donnait la nausée. Et il faisait chaud dans ce bureau, même avec les stores à demi baissés. Résultat, elle parvenait tout juste à se rappeler ce qu'elle avait fait la veille au soir.

Sa dispute avec Maxime, lorsqu'elle avait compris pourquoi il s'intéressait à elle, lui revint enfin à l'esprit. Les jours qui avaient suivi lui avaient paru vides de sens. Elle avait réfuté sa tentative de pardon lorsqu'il était venu à la brasserie avec le petit Bastien et était restée sans nouvelles de lui pendant plusieurs jours malgré les nombreuses tentatives de Maxime pour y remédier.

— Oui j'étais seule, murmura Sarah.

Encore plus seule que vous ne le pensez, ajouta-t-elle mentalement.

Le commandant Kovinsky éprouva un élan de pitié pour cette frêle jeune femme que la vie n'avait pas épargnée depuis sa plus tendre enfance. Il ne pouvait pas interrompre cet interrogatoire, pourtant il doutait de plus en plus de la culpabilité de Sarah Belmont. Il s'en voulait de devoir la harceler encore alors qu'une autre piste, plus probable, se profilait à l'horizon.

— Rejetée par votre père, puis par celui de votre enfant. Agressée physiquement par votre patron, vous perdez du même coup votre emploi. Et pour finir, votre fausse couche. Il y a de quoi perdre la tête, Mlle Belmont, non ? On peut facilement envisager que dans l'état psychologique où vous vous trouviez alors, vous vous soyez laissée aller à commettre un geste regrettable. Peut-être même n'était-ce pas votre intention première ? Le hasard a-t-il voulu que vous revoyiez Francis Meunier ? Vous a-t-il de nouveau harcelée ? Vous avez perdu la tête, ne supportant plus tous ces hommes responsables de vos malheurs. Vous vous êtes vengée sur celui qui se trouvait alors sur votre chemin, payant pour tous les autres.

Malgré la faim, la fatigue et l'abattement qu'elle éprouvait depuis son arrestation, Sarah eut un éclair de lucidité. Elle releva la tête vivement et regarda son persécuteur droit dans les yeux.

— Je n'ai jamais cherché à me venger des hommes. Ni de lui ni de qui que ce soit. Je n'ai pas *tué* Francis Meunier. Je ne sais pas si je regrette ce qui lui est arrivé, mais une chose est sûre : je n'y suis pour rien.

Le commandant Kovinsky soutint son regard franc. Comme il s'en voulait de s'acharner sur elle dans l'état de fragilité où elle se trouvait, il fut heureux de constater qu'elle possédait encore des ressources pour se défendre. Tant que l'envie de se battre pour sauver sa dignité serait là, il y avait l'espoir qu'elle ne sombre pas totalement dans un état dépressif.

Un policier en civil frappa à la porte. Irrité par cette interruption, le commandant Kovinsky laissa Robert Moyon se diriger vers le nouveau venu qui lui tendit un message.

Tout en poursuivant l'interrogatoire, son supérieur vit le lieutenant parcourir le bout de papier griffonné et hocher la tête. Le policier quitta la salle et Moyon s'approcha du commandant.

— Excusez-nous un instant.

Soulagée de pouvoir souffler un peu grâce à cet intermède inopiné, Sarah vit le lieutenant Moyon se pencher à l'oreille du commandant. Elle se demanda si ce qu'il lui murmurait avait un quelconque rapport avec elle ou le meurtre de Francis Meunier, et pencha pour l'affirmative. Elle espérait secrètement que cela se révélerait être bénéfique pour elle. Elle en avait assez d'être là. Elle en avait marre d'être interrogée. Tout ce qu'elle voulait, c'était qu'on la laisse enfin tranquille.

Le conciliabule entre les deux policiers ne dura que quelques instants, mais ce répit inattendu lui insuffla une force nouvelle. Elle se sentait de nouveau prête pour affronter les questions qui allaient suivre. Aussi fut-elle surprise lorsque Kovinsky mit un terme à l'interrogatoire.

— Ce sera tout pour le moment. Robert, raccompagne Mlle Belmont en bas, veux-tu ?

Le bref sursaut de force de Sarah retomba tel un soufflé sorti trop tôt du four. L'idée de retourner en cellule l'accabla d'autant plus qu'elle ne s'attendait pas à ce revirement soudain. Son ventre émit un nouveau grognement. Malgré la lassitude et l'écœurement, elle ressentait de plus en plus cruellement la faim qui la tenaillait. Pourtant, elle refusa de s'abaisser à demander quoi que ce soit aux deux policiers.

— Mlle Belmont ?

La jeune femme se retourna avec lenteur, chaque geste semblant lui demander un effort considérable. En deux enjambées, le commandant Kovinsky fut auprès d'elle.

— Tenez. Prenez ça.

Il lui tendit une barre de céréales au chocolat et à la banane qu'il avait trouvée dans un tiroir de son bureau. Elle allait refuser, mais la main chaude de l'homme se referma sur la sienne après avoir glissé l'en-cas dans la paume de la jeune femme.

— Mangez un peu, lui conseilla-t-il avec une douceur inattendue. Je vais veiller à ce qu'on vous apporte quelque chose d'autre. Vous êtes au bord de l'inanition.

Elle se demanda pourquoi il faisait preuve de cette gentillesse subite, mais n'eut pas la force de le demander. Elle esquissa un pâle sourire de remerciement avant de suivre le lieutenant Moyon.

48

Maxime ne tenait pas en place, incapable de se concentrer sur quoi que ce soit. Il ne pouvait rien faire pour aider Sarah et cela l'agaçait au plus haut point. Il était revenu au *Pyé koko* après son passage éclair au commissariat parce que c'est là qu'il se sentait le plus proche d'elle, et n'en avait plus bougé depuis. Il songea à la jeune femme, seule dans une cellule ou en proie à un interrogatoire poussé. Tenait-elle le coup ? Il jurait, pestant contre les policiers qui devaient la harceler, prêts à lui faire avouer n'importe quoi, alors qu'elle était innocente.

— Calmez-vous et asseyez-vous, lui intima Mina d'un ton autoritaire.

L'homme leva les yeux vers l'Antillaise, surpris par cet éclat alors qu'elle était restée étrangement calme toute la journée, contrairement à lui. Il s'exécuta. Elle n'avait pas tort. Il était inutile de s'agiter ainsi. Mina s'installa en face de lui, rejointe peu de temps après par un Ambroise aussi inquiet que sa sœur sur le sort et le devenir de Sarah. Ils avaient décidé de fermer exceptionnellement la brasserie pour l'après-midi.

— Vous avez confiance en votre avocat ?

— Vous me l'avez déjà demandé cent fois, Mina.

Peut-être, mais elle n'avait guère apprécié cet homme de loi quand il était venu avec Maxime déjeuner au *Pyé koko*. Il avait un je-ne-sais-quoi de suffisance dans l'attitude qui lui avait tout de suite déplu. Et dire que c'était lui qui était chargé de défendre *sa* Sarah.

— Maître Meyer est l'un des meilleurs avocats dans son domaine. Le problème c'est qu'il ne fait pas de pénal, mais pour le moment il n'a pas trouvé de confrère sérieux pour défendre Sarah, donc il continuera à suivre son affaire jusqu'à ce qu'il dégote un spécialiste du genre. De toute manière, il y a tout lieu de croire qu'elle n'en aura pas besoin.

— Donc votre maître Meyer pense qu'il n'y a pas de raison qu'elle ne s'en sorte pas, c'est sûr ? De toute façon, il lui sera facile de prouver qu'elle est innocente puisque ce n'est pas elle la meurtrière. Et sans preuve, cette histoire ne peut pas aller très loin, n'est-ce pas ?

L'Antillaise tentait avant tout de s'en persuader elle-même. Ambroise hocha la tête comme pour l'approuver.

Le portable de Maxime retentit, faisant sursauter les trois amis.

— Allô ?

— Maxime, c'est moi. Il y a du nouveau. Meunier a probablement violé une fille après son agression sur Sarah Belmont. Apparemment, il ne pouvait pas s'empêcher de draguer tout ce qui porte un jupon et à profiter de ses prérogatives sans se soucier du consentement de ces dames. Manque de chance pour lui, on pense qu'il s'en est pris à la petite amie d'un type qui sort tout juste de prison. Un cinglé de première, bien connu des services de police. Je suis actuellement sur la route, je dois retrouver Kovinsky pour lui faire part de nos dernières découvertes. On se rejoint aussitôt après à mon bureau, d'accord ?

— OK. Rappelle-moi dès que tu y es. As-tu revu Sarah ?

L'avocat hésita un court instant. Devait-il inquiéter son ami et lui dire qu'il avait trouvé une jeune femme plutôt amorphe ?

— Elle refuse de manger et reste prostrée depuis son dernier interrogatoire.

Maxime fut particulièrement ébranlé par ces dernières révélations. Sarah avait dû subir trop d'épreuves ces quatre derniers mois. Aurait-elle assez de force pour surmonter tout cela ? Il l'y aiderait du mieux qu'il pourrait, en tous les cas.

— Écoute, Maxime, nous allons la sortir de là, reprit l'avocat, conscient des idées qui devaient agiter son ami. Ce n'est plus qu'une question d'heures. Je vais tâcher de faire un saut au commissariat pour la voir quand j'en aurai fini avec Kovinsky.

Maxime ferma les yeux.

— Quand tu la verras de nouveau, dis-lui… dis-lui seulement que je l'aime.

C'était tout ce qu'il pouvait faire pour elle pour le moment. C'était peu. Pourtant, la force de son amour pour elle pouvait lui insuffler une énergie nouvelle. L'envie de ne pas baisser les bras en sachant qu'il y avait, derrière les murs de sa prison, quelqu'un qui l'attendait. C'est du moins ce qu'il espérait.

— Alors ? s'enquit Ambroise avec impatience dès que Maxime eut coupé la communication.

— Les nouvelles sont bonnes. L'assistant de maître Meyer a découvert une nouvelle piste. Il va la sortir de là.

— Je le savais… Et si j'allais préparer un festin pour son retour. Tiens, pourquoi pas mon poulet au colombo qu'elle affectionne tant !

Mina, elle, ne se laissa pas duper par ces paroles encourageantes.

— Et Sarah, comment va-t-elle ?

Maxime regarda Mina droit dans les yeux. Il ne pouvait pas lui mentir, il le savait.

— Pas très bien, elle refuse de s'alimenter, mais l'autre piste a l'air sérieuse et tout devrait être bientôt fini.

— Raison de plus pour que j'aille tout de suite me mettre aux fourneaux, argumenta Ambroise. Rien de tel qu'un bon petit plat pour requinquer notre petite Sarah.

Maxime s'efforça de sourire.

— Vous avez raison, Ambroise. Mais Sarah a toujours su faire face à l'adversité. Il n'y a aucune raison pour qu'il en aille différemment cette fois-ci.

Mina ne le quittait pas des yeux. Maxime se faisait vraiment du souci pour Sarah malgré sa volonté de ne rien laisser paraître. Elle pensa un instant qu'avec lui à ses côtés, la jeune femme pourrait peut-être trouver enfin le bonheur qu'elle méritait.

— Je vais téléphoner à Diane pour la rassurer. Elle se fait du souci pour sa fille en ce moment.

Maxime comprit le double sens de cette phrase et hocha la tête. Décidé à ne pas rester là, les bras croisés, il prit sa veste de cuir noir et quitta la brasserie.

— Je vous tiens au courant dès que j'ai des nouvelles.

49

Le commandant Kovinsky avait interrogé Richard Paterne pendant plus d'une heure sans rien obtenir d'autre qu'un silence buté ou de vives dénégations. Il connaissait suffisamment l'homme pour savoir que Paterne ne passerait jamais aux aveux. La dernière fois déjà, il n'avait réussi à l'arrêter qu'avec une enquête rondement menée et des preuves plus que solides.

Contre toute attente, ce dernier avait été localisé et appréhendé par Renaud et Camille au domicile de sa mère, quelques heures plus tôt. Il avait bien tenté de fuir par le jardin, mais sans succès.

Les retrouvailles entre les deux hommes avaient été d'emblée marquées par l'animosité qu'ils se portaient mutuellement. Déçu, mais guère étonné, le policier ne retira rien de ce premier interrogatoire. Le seul lien qui unissait Paterne à Meunier était une carte de visite trouvée dans la poche de son manteau moucheté. Mais elle ne prouvait rien sinon qu'un éventuel contact entre les deux hommes avait eu lieu. C'était peu pour inculper Richard Paterne pour le meurtre de l'agent immobilier. Si le labo parvenait à prouver que les taches de sang retrouvées sur sa veste étaient du même ADN que celui de Meunier ou que la fibre laissée sur le corps appartenait à ladite veste, l'enquête serait enfin bouclée. Avec le témoignage de l'employée du pressing, cela suffirait à condamner ce voyou notoire et le renvoyer derrière les barreaux pour un bon bout de temps. Mais les résultats étaient plus longs à obtenir que ce que laissaient supposer les séries qui passaient à la télévision.

Kovinsky sortit de l'interrogatoire, l'esprit occupé de mille pensées. Il n'avait rien contre Paterne pour le moment, à part que ce dernier avait la taille correspondant aux déductions du médecin légiste, un vague témoignage et une veste suspecte. Il ne pourrait maintenir une garde à vue sans élément nouveau et surtout plus concret. Pourtant, rien ne le rebutait plus que de devoir relâcher un individu tel que lui. D'autant qu'il avait de plus en plus la certitude que c'était lui le coupable. Son instinct le lui soufflait avec une force qui n'avait d'égale que son envie de libérer Sarah Belmont.

Cependant, à l'heure actuelle, c'était elle qui détenait le mobile le plus sérieux dans cette affaire. Il fallait absolument que le laboratoire se dépêche de trouver quelque chose qui étaye ses convictions. Il allait voir ce qu'il pouvait faire de ce côté-là pour presser les gens du labo.

— C'est un coriace, vous le savez aussi bien que moi, fit son patron qui l'avait convoqué dans son bureau en apprenant l'arrestation de Richard Paterne. Vous ne pourrez jamais compter sur ses aveux. Et pour le moment, vous n'avez aucune preuve contre lui.

Quelques minutes s'écoulèrent avant que Kovinsky ouvre la bouche. Son supérieur avait raison, il le savait pertinemment.

— Il est regrettable que la fille du pressing ne se soit pas manifestée avant que la veste passe au lavage. Sans cela, on le tenait !

— Vous savez bien que ce n'est pas avec des « si » qu'on mène une enquête, Kovinsky. D'ailleurs, êtes-vous bien sûr que ce soit Paterne le coupable ?

Le commandant Kovinsky affronta son supérieur hiérarchique du regard.

— Vous croyez que j'en fais une histoire personnelle, patron ?

— Je n'ignore pas qu'il a menacé votre famille lors de son arrestation.

Le policier secoua la tête.

— Ce n'est ni le premier ni le dernier à proférer ce genre de menaces.

Le commissaire hocha la tête d'un air entendu.

— Paterne sort tout juste de prison. J'ai entendu dire qu'il voulait changer de vie. La carte de Meunier trouvée dans la poche de son manteau peut n'être qu'une simple coïncidence.

— C'est possible, mais je n'y crois pas. D'ailleurs, s'il n'avait rien à se reprocher, je ne vois pas l'intérêt de donner un faux nom au pressing.

— Je vous l'accorde. Mais si vous ne trouvez rien d'autre à vous mettre sous la dent, son avocat n'aura aucun mal à le faire sortir d'ici.

Kovinsky le savait, c'est pourquoi il s'efforçait de trouver un lien entre les deux hommes. Il allait tourner les talons lorsque le commissaire reprit :

— Kovinsky, laissez vos sentiments personnels en dehors de tout cela ou je me verrai dans l'obligation de vous retirer cette affaire et de la confier à Vital.

Le commandant comprit le sous-entendu de son patron. Il n'ignorait pas le bruit qui commençait à se répandre dans les couloirs du commissariat. Et comme il n'avait jamais été jusqu'alors confronté à ce genre de problème, il ne savait trop comment réagir.

Cependant il restait persuadé qu'on ne pouvait mettre en doute son professionnalisme, car il s'obligeait à toute objectivité dans cette enquête. Il voulait relâcher Sarah Belmont, certes, mais il continuait son enquête en faisant abstraction des sentiments qui l'habitaient.

Il hocha la tête sans chercher à nier quoi que ce soit et quitta le bureau, fermement résolu à en finir au plus vite avec cette histoire. Il comptait procéder immédiatement à un nouvel interrogatoire de Richard Paterne, n'ayant pour le moment aucun autre élément nouveau à explorer lorsque le lieutenant Moyon, qui sirotait tranquillement un café devant le distributeur tout en mangeant un beignet à la pomme, le héla.

— T'as rien d'autre à faire que t'empiffrer ? lui demanda-t-il dans un mouvement de mauvaise humeur.

Son collègue n'en prit nullement ombrage. Cette enquête commençait à contrarier de plus en plus Paul Kovinsky et quand il était contrarié, il n'était jamais de bonne humeur.

— Comment ça s'est passé avec le boss ?

Kovinsky eut un geste signifiant le peu d'importance que représentait pour lui l'entretien qu'il venait d'avoir avec son supérieur hiérarchique.

— Tu as reçu un appel de Meyer, l'avocat de la petite. Il t'attend à l'université de Gavy.

Le lieutenant Moyon engouffra le dernier morceau de beignet et jeta le gobelet à la poubelle, tandis que le commandant Kovinsky lui lançait un regard interrogateur.

— Son assistant y a appris quelque chose d'intéressant sur la petite copine de Paterne, à ce qu'il paraît.

Alors que les deux hommes filaient déjà en direction de l'université, le lieutenant Moyon relata brièvement ce qu'il savait.

— C'est quoi cette histoire ? Comment ont-ils pu avoir accès à des renseignements aussi importants avant nous ?

Moyon haussa les épaules en signe d'ignorance.

Arrivés sur place, ils aperçurent l'avocat qui venait à leur rencontre, suivi d'un autre homme plutôt grand et maigrelet. Le front légèrement dégarni, il paraissait nettement plus vieux que ses trente-cinq ans.

— Je vous présente mon assistant, Jean-Louis Lounier. C'est lui qui a découvert le lien qui unissait Paterne et l'agent immobilier. Sa petite amie a été agressée sexuellement par ce dernier. Je connais la réputation de Paterne aussi bien que vous. Il ne pouvait pas laisser passer cela et ça, vous le savez aussi bien que moi. La colocataire de Noémie Hermann vous donnera les informations en sa possession. C'est elle, là-bas.

Kovinsky, qui avait prêté une oreille attentive aux propos de l'avocat et de son assistant, jeta un œil dans la direction indiquée. Une jeune fille d'une vingtaine d'années, entourée d'un groupe d'amis, les observait, mal à l'aise.

— Très bien, allons l'interroger. Merci de votre aide, messieurs.

— Nous l'avons fait uniquement pour ma cliente, commandant Kovinsky. Quand la relâchez-vous ?

Le commandant hésita une fraction de seconde.

— Je m'en occupe dès mon retour. Je dois d'abord interroger cette jeune étudiante.

— Commandant Kovinsky, Sarah Belmont est innocente, vous le savez aussi bien que moi. Donnez un coup de fil à vos hommes dès maintenant et…

— Maître Meyer, je dois m'assurer de certaines choses avant de libérer ma principale suspecte, *vous le savez aussi bien que moi*. À plus tard et merci encore. Si votre assistant souhaite se reconvertir dans la police, je serais heureux d'appuyer sa demande. Son efficacité dans le travail ne semble plus à démontrer. À moins que ce soit parce qu'il dispose de moyens plus importants que nous en ayons nous-mêmes.

— Vous ne pensez tout de même pas que je vais vous dévoiler nos petits secrets, commandant Kovinsky, lui répondit maître Meyer avec un demi-sourire. Je compte sur vous pour libérer ma cliente le plus rapidement possible. Au revoir, commandant.

Les deux policiers rejoignirent la jeune étudiante qui les attendait nerveusement un peu plus loin. Ensemble, ils traversèrent le campus pour se diriger vers le chemin des douaniers.

Le chemin côtier, qui s'étendait de la plage de Villès à celle des Jaunais en étalant plusieurs kilomètres de sentier entre petites plages et falaises, était prisé des promeneurs qui aimaient flâner entre les pins maritimes et les chênes verts, tout en profitant de la vue sur le grand large. À certaines heures, on pouvait y croiser des écureuils bondissant dans les arbres, quand ce n'était pas sur le chemin même, car ces petits animaux au pelage roux n'étaient guère farouches. Les étudiants profitaient d'un site exceptionnel avec vue sur la mer que bien des gens pouvaient leur envier.

— Cet après-midi-là, en rentrant des cours, j'ai trouvé Noémie prostrée sur le canapé, répéta la jeune étudiante à l'intention des deux policiers. J'ai d'abord pensé qu'elle était malade, d'autant plus qu'elle passait beaucoup de temps dans la salle de bains, mais malgré mon insistance, elle refusait de voir un médecin. Je commençais sérieusement à m'inquiéter, car les jours passaient sans aucune amélioration de son état. Et puis j'ai remarqué qu'elle ne cessait de se laver les mains. C'était... comme une frénésie. Or, jusqu'à présent, Noémie n'avait jamais témoigné d'une maniaquerie excessive. Au contraire même, il lui arrivait parfois d'être un peu... bordélique. Il nous est d'ailleurs arrivé de nous chamailler à cause de cela.

— Et vous en avez aussitôt conclu qu'on avait abusé d'elle ? demanda le commandant Kovinsky en scrutant attentivement les grands yeux gris de l'étudiante.

— Plus ou moins, avoua-t-elle. Peu de temps avant toute cette histoire, j'avais vu un film policier où l'héroïne avait été violée. Et le personnage était pris d'un grand trouble de purification. J'en ai parlé avec Noémie. Au début elle a nié, mais j'ai tellement insisté qu'elle a fini par craquer en me faisant jurer de ne le répéter à personne. J'ai tenté de la persuader de porter plainte, de ne pas laisser le salaud qui lui avait fait ça s'en sortir sans réagir, mais elle a refusé obstinément d'aller le dénoncer à la police. Honnêtement, je ne sais pas si moi-même je l'aurais fait. C'est souvent plus facile de conseiller les autres d'agir que de le faire soi-même quand on est confronté à ce genre d'épreuve. Je n'ai même pas réussi à savoir qui l'avait…

La jeune étudiante s'interrompit quelques secondes avant de terminer son récit.

— Jusqu'au jour où je suis rentrée à l'improviste à l'appartement, parce que mon prof était malade. C'était début avril. Noémie était au téléphone en larmes, des journaux éparpillés devant elle. Quand elle m'a vue, elle a paniqué et a tout de suite raccroché. Elle a tenté de rassembler les quotidiens qui étaient étalés devant elle, mais j'ai réussi à saisir un exemplaire. Quand je l'ai parcouru, j'ai compris que c'était l'agent immobilier qui venait d'être assassiné qui l'avait agressée. J'ai tout de suite pensé que c'était Richard Paterne qui l'avait tué. Ce ne pouvait être que lui.

— La police avait lancé un appel à témoin. Pourquoi n'êtes-vous pas venue au commissariat raconter ce que vous saviez ?

La jeune femme baissa la tête, le visage rougissant. Elle espérait que les policiers la comprendraient.

— Je ne sais pas, murmura-t-elle d'une petite voix. Je crois que j'avais peur.

Elle releva timidement les yeux vers le commandant Kovinsky.

— *Il* me faisait peur.

Le policier hocha la tête en signe d'indulgence. Il n'y avait rien d'étonnant à ce qu'elle ait eu peur d'un tel individu.

Richard Paterne était-il au courant que cette jeune fille connaissait la vérité ? Rien n'était moins sûr, car il n'aurait certainement pas laissé un témoin aussi gênant derrière lui.

— Comment Noémie en est-elle venue à fréquenter un type comme Richard Paterne ?

— Elle fait, enfin faisait, partie d'une association qui correspond avec des prisonniers, expliqua la jeune femme. Une lubie comme il lui en arrive régulièrement. Elle est tombée amoureuse de l'un d'eux après une longue correspondance. Enfin, assez vite peut-être, car elle avait une photo de lui sur sa table de chevet bien avant que je sois au courant de leur histoire. C'est vrai que, sur la photo, il était plutôt mignon comme mec, mais son regard…

Anaïs frissonna, saisie par l'appréhension, avant de poursuivre :

— Un jour elle a décidé d'aller le voir en prison. C'était tout à fait elle, ce genre de chose ! J'ai essayé de la mettre en garde, de lui dire que c'était déjà beaucoup ce qu'elle faisait, mais elle ne voulait rien entendre. Elle m'a demandé de garder mes préjugés pour moi et de me mêler de mes affaires. Elle était vraiment mordue, raide dingue de ce type même si je n'ai jamais compris pourquoi. D'ordinaire, elle était plutôt branchée BCBG, si vous voyez ce que je veux dire. Et aussi bizarre que cela puisse paraître, je crois que ce Paterne l'était aussi. Je veux dire, amoureux de Noémie.

La jeune étudiante laissa filer encore quelques secondes avant de conclure :

— Quand elle a su qu'il allait sortir de prison, elle s'est mis en tête de chercher un appartement pour abriter leur amour, comme elle disait. À cette époque, nos relations étaient plutôt tendues, sinon j'aurais probablement visité les appartements avec elle. Si je l'avais fait, rien de tout cela ne serait arrivé.

Le commandant Kovinsky posa une main compatissante sur l'épaule de l'étudiante.

— Inutile de vous culpabiliser. Vous n'êtes responsable de rien. C'est Meunier qui a abusé de votre amie et il l'a payé de sa vie en se trouvant sur le chemin de Paterne.

— Peut-être que je ne le suis pas de façon directe, mais… je m'en veux terriblement de ne pas l'avoir accompagnée ce jour-là. Et puis cet homme qui est mort… C'était un salaud, mais tout de même !

Rongée par la culpabilité, elle se disait qu'elle aurait peut-être pu éviter la mort d'un homme.

— Vous savez, cet agent immobilier n'en était pas à son coup d'essai. Peu de temps avant, il avait tenté de violer une autre jeune femme, et il n'est pas exclu qu'il y en ait eu d'autres avant.

L'étudiante esquissa un petit sourire triste.

— Êtes-vous en train de me dire que ce salaud méritait ce qui lui est arrivé, commandant ?

Kovinsky lui rendit son sourire.

— Je voulais juste vous dire qu'il ne valait pas la peine que vous vous rongiez les sangs pour lui. Savez-vous où se trouve Noémie Hermann en ce moment ?

— Elle est retournée dans sa famille après le meurtre de l'agent immobilier. Ses parents habitent Guérande. J'ai leur adresse.

Elle sortit un petit calepin rouge de son sac et donna l'information aux deux policiers.

— Merci, Anaïs.

Les deux hommes laissèrent la jeune étudiante, son visage ravagé par la culpabilité pointé vers la mer qui scintillait au loin. Il lui faudrait du temps pour assumer ses responsabilités dans cette affaire, elle le savait, même si le commandant Kovinsky lui avait dit que Meunier ne valait pas la peine qu'elle s'en souciât.

50

Sarah avait fini par avaler tant bien que mal la barre chocolatée offerte par le commandant Kovinsky. Toujours au bord de la nausée malgré la faim qui la tenaillait encore, elle avait de nouveau refusé le sandwich qu'on lui proposait, nullement certaine de le conserver dans son estomac boudeur.

Tentant de trouver un quelconque oubli dans le sommeil, elle s'était allongée sur le banc et, à force de respiration profonde, elle avait réussi à sombrer dans un état de semi-conscience. Les bruits qui l'entouraient lui parvenaient comme lointains. Elle ne voulait plus ouvrir les yeux, espérant ainsi échapper à sa nouvelle condition.

Elle ne comprenait toujours pas ce qu'une simple fille comme elle faisait en cellule, sous le coup d'une accusation pour meurtre. C'était dans les films que l'on voyait ce genre de choses. Pas dans la vraie vie. Et pourtant, elle était bien là, entre quatre murs dans un commissariat qui aurait bien besoin d'être rafraîchi un peu.

Le bruit des clés la sortit de sa torpeur. Elle cligna des yeux plusieurs fois, un peu paumée, avant que la réalité retombe sur elle. Elle se redressa, les membres endoloris par sa couche improvisée.

Un policier, qu'elle avait déjà eu l'occasion de voir parce qu'il partageait le bureau du lieutenant Moyon, faisait entrer sans ménagement un homme dans l'autre cellule. La haine qui se dégageait du nouveau venu la fit frémir.

— Vous n'avez pas le droit, hurla-t-il. Vous n'avez rien contre moi. Je suis innocent.

— On connaît la chanson, Paterne. Les prisons sont remplies d'innocents comme toi, répliqua Renaud d'un ton sec.

Le policier ouvrit la cellule de Sarah.

— Votre avocat vous attend à côté, dit-il sans plus d'explications.

Elle le suivit docilement dans la pièce attenante aux cellules, un cagibi où s'entassaient bon nombre de choses devenues inutiles comme des vieux bureaux ou des classeurs usés, une antique cafetière ou des machines à écrire d'un autre temps. Cet endroit leur servait aussi de pièce d'interrogatoire et Sarah se demanda si le commandant Kovinsky allait encore l'interroger. Elle ne s'en sentait plus la force. Puis elle se rappela que c'était son avocat qu'elle allait voir.

Maître Meyer se tenait devant elle, une pointe d'inquiétude dans les yeux. Il n'avait pas devant lui une cliente ordinaire. Même s'il désapprouvait leur liaison, Sarah était la nouvelle petite amie de l'un de ses plus vieux amis et il avait compris combien Maxime tenait à elle. Sans un mot, il enjoignit à la jeune femme de s'asseoir et s'installa face à elle.

— Comment vous sentez-vous, Mlle Belmont ?

Elle secoua la tête, incapable de répondre. Comment pouvait-elle aller bien dans un endroit pareil, soupçonnée à tort d'avoir tué un homme ?

— Maxime s'inquiète beaucoup à votre sujet. J'aimerais pouvoir le rassurer quand je vais le retrouver tout à l'heure.

À la mention de Maxime, un peu de vie traversa le visage pâle de Sarah.

— Je vais vous faire apporter du thé. Vous le préférez nature ?

Elle allait refuser, mais elle n'en eut pas la force. Elle se sentait tellement lasse. Tout le monde lui conseillait de s'alimenter. Peut-être devait-elle suivre leur conseil. Elle hocha finalement la tête d'un signe affirmatif.

L'avocat interpella le gardien. Quelques instants plus tard, Sarah avalait ses premières gorgées de thé depuis une éternité, lui semblait-il. Le liquide était brûlant dans le gobelet de plastique et elle dut le boire doucement, ce qui, dans son état, était la meilleure chose à faire.

— L'affaire progresse. Vous n'êtes plus leur principale suspecte.

Les mots atteignirent le cerveau embrumé de Sarah avec lenteur. Une lueur d'espoir passa dans ses yeux lorsqu'elle comprit le sens de la dernière phrase. Elle but une nouvelle gorgée de thé — ou plutôt ce qui se vantait d'en être, car la boisson, qui venait d'un distributeur, ne ressemblait que de loin à un véritable thé — avant d'oser demander :

— Est-ce que cela veut dire que je serai bientôt libérée ?

— Je ne veux pas vous apporter de fausses joies, mais il y a en effet de grandes chances pour que vous soyez libérée d'ici ce soir. Dans le cas contraire, je vous cherche toujours un bon avocat qui saura vous défendre mieux que moi. Je ne m'y connais pas assez en pénal et ne vous serais pas d'un grand secours. Mais je vous assure qu'il n'y a pas lieu de s'inquiéter : vous n'en aurez certainement pas besoin.

L'avocat vit la cage thoracique de la jeune femme se soulever et expirer longuement en silence. Il se tut un instant.

— Maxime m'a chargé d'un message pour vous.

Sarah releva la tête vers maître Meyer, trop vivement dans l'état où elle se trouvait. Elle sentit sa tête tourner tandis qu'un vertige la gagnait. Mais quand son étourdissement s'éloigna, les mots de l'avocat s'imprimèrent dans son esprit, décuplant ses forces qui lui revenaient peu à peu.

51

Le commandant Kovinsky et le lieutenant Moyon prirent immédiatement la route pour Guérande en quittant l'université de Gavy. La circulation était fluide et ils y parvinrent en une vingtaine de minutes à peine. Ils pénétrèrent dans les remparts par la porte Saint-Michel et empruntèrent la ruelle pavée pour se rendre non loin de l'église.

En cette époque de l'année, les touristes n'avaient pas encore envahi la petite cité médiévale, ils arrivèrent donc sans peine devant l'édifice religieux. Les parents de Noémie Hermann tenaient un bureau de tabac face à l'église où ils vendaient aussi des souvenirs de vacances. Ils logeaient dans un appartement situé au-dessus de leur boutique, dont l'accès demeurait indépendant de leur petit commerce.

La jeune étudiante se trouvait seule dans le logement, ses parents étant encore, en cette fin d'après-midi, à vendre leurs souvenirs ringards à des clients qui ne l'étaient pas moins. C'est du moins l'opinion qu'en conservait Noémie. Elle avait espéré fuir la vie étriquée de ses parents, mais se trouvait à présent aussi démunie que peut l'être l'enfant qui vient de naître.

Elle ouvrit la porte aux deux policiers au bout de six sonneries insistantes, laissant échapper le bruit assourdissant d'une musique de hard-rock qu'elle écoutait à tue-tête dans sa chambre.

— Noémie Hermann ? Commandant Kovinsky et voici le lieutenant Moyon.

Les deux hommes présentèrent leurs cartes de police tandis qu'une lueur inquiète passait dans les yeux de la jeune fille. Pourquoi ces deux policiers venaient-ils chez elle ? Richard avait-il été arrêté ? Elle n'avait plus de nouvelles de lui depuis un moment déjà. Il n'avait pris aucun de ses nombreux appels et semblait s'être volatilisé dans la nature. Pourtant, elle savait qu'il ne l'abandonnerait pas. Ce n'était pas son genre et elle avait une entière confiance en lui.

— Nous avons quelques questions à vous poser. Pouvons-nous entrer, Mlle Hermann ?

La jeune fille ne bougea pas, les toisant d'un regard sombre.

— À moins que vous ne préfériez nous suivre au commissariat de Saint-Nazaire ?

Cette menace à peine déguisée agit comme un sésame. Noémie Hermann s'écarta pour les laisser passer.

Même du fond de leur boutique, il était peu probable que les parents de la jeune fille n'entendent pas la musique qui résonnait puissamment contre les murs de l'appartement et Kovinsky se demanda pourquoi ils n'intervenaient pas. Il se dirigea d'un pas décidé vers la source de nuisance et éteignit le lecteur CD où le chanteur braillait plus qu'il ne chantait.

— De quel droit…

— Vous savez qu'il est interdit de déranger ses voisins par un tel vacarme même dans la journée ? Bon maintenant, asseyez-vous. Je crois que vous avez des choses à nous raconter.

Noémie Hermann l'affronta du regard sans bouger.

— J'ai dit : asseyez-vous, répéta le commandant Kovinsky d'un ton qui n'admettait aucune réplique.

La jeune fille s'assit sur le bord de son lit défait malgré l'heure avancée de la journée.

— Je vous écoute.

— Je ne sais pas de quoi vous voulez parler, assura Noémie d'un ton faussement innocent.

— Je suis persuadé du contraire, répondit le policier qui se maintenait à grand-peine d'infliger une correction à cette fille arrogante qui, sans aucun doute, avait été trop gâtée par ses parents.

Tandis que Kovinsky et la jeune fille s'affrontaient, le lieutenant Moyon inspecta la pièce comme pour mieux appréhender le caractère de l'étudiante et, accessoirement, trouver un indice qui pourrait la faire craquer.

La chambre ressemblait à celle de beaucoup de jeunes filles. Des posters d'artistes s'affichaient ici et là. Sur le bureau en contreplaqué blanc s'entassaient des cahiers et des livres qui, semblait-il, n'avaient pas été ouverts depuis un moment déjà au vu de la poussière qui s'accumulait autour. Quelques coupes s'alignaient sur une étagère, témoins d'une période à présent révolue où elle gagnait des tournois de tennis. Dans un coin, une loveuse en rotin accueillait les peluches et la poupée dont elle n'avait pu se séparer au sortir de l'enfance.

— Commençons par le début, voulez-vous. Si vous nous parliez de ce viol dont vous avez été victime.

Le visage de Noémie demeura impassible malgré le tumulte qui s'agitait dans son corps.

— Je ne sais pas à quoi vous faites allusion. Ma vie privée ne vous regarde en rien, mais si vous tenez à le savoir, je n'ai jamais eu de rapports sans être consentante.

— Inutile de nier les faits. Nous savons de source sûre que Francis Meunier a abusé de vous.

La jeune fille parut un instant décontenancée. Comment la police avait-elle appris la vérité ? Ce n'était certainement pas Richard qui la leur avait révélée. Anaïs, peut-être ? C'était la seule autre personne à qui elle avait confié son secret. La garce, elle allait lui payer cette trahison.

— Que s'est-il passé au juste ? Meunier vous a fait visiter un appartement et en a profité pour obtenir des faveurs de votre part ? Nous connaissons le côté pervers de Meunier. Il a déjà tenté de contraindre d'autres femmes à avoir des rapports avec lui.

Noémie Hermann se leva d'un bond et, de manière irréfléchie tant sa révolte était grande à cette révélation, elle explosa :

— Pourquoi était-il en liberté, alors ? vociféra-t-elle d'une voix suraiguë. Pourquoi l'avez-vous laissé continuer d'agir ainsi ? Pourquoi vous l'avez laissé me faire ça ?

La dernière question, à peine murmurée, résonnait comme une plainte. La jeune fille se laissa retomber lourdement sur son lit et éclata en sanglots, submergée par le désespoir. Elle ne comprenait pas ce qui lui était arrivé, ni pourquoi. Les deux policiers échangèrent un regard empreint de pitié pour cette jeune fille en pleine détresse, qui ne parvenait pas à accepter ce qu'on lui avait fait.

Le commandant Kovinsky s'assit sur le bord du lit et hésita sur la conduite à tenir. Il s'en voulait de s'être montré si brutal quelques instants auparavant. Le comportement arrogant de Noémie Hermann l'avait certes exaspéré, mais il avait oublié qu'elle-même était victime dans cette affaire, et que son jeune âge la rendait d'autant plus vulnérable. Il aurait dû davantage la ménager.

— Nous ne savons que depuis peu quelle ordure il était. Nous ignorons de combien de femmes il a pu abuser. Aucune d'elles n'a porté plainte jusqu'à présent.

La jeune fille releva un visage baigné de larmes. Le commandant Kovinsky sortit un paquet de mouchoirs de sa poche et le lui tendit. Elle en prit un, se moucha bruyamment, et essuya ses larmes avec la paume de ses mains.

— Est-ce que vous voulez bien nous raconter ce qui s'est passé ? demanda Kovinsky d'une petite voix encourageante.

Noémie Hermann eut un moment d'incertitude avant de hocher la tête et de commencer son récit d'une voix brisée.

— Nous visitions un studio, lui et moi, route de la Côte d'Amour. Je ne voulais pas trop m'éloigner de l'université de Gavy, où je poursuis, enfin poursuivais, mes études. Il m'a demandé ce que je faisais dans la vie. Quand il a appris que j'étais encore étudiante, il a voulu savoir si j'avais des garanties pour l'appartement. J'ai d'abord parlé de mes parents, mais je n'étais pas sûre qu'ils accepteraient d'être cautionnaires. Ils étaient contre mon projet de m'installer avec mon petit ami.

— Avouez qu'il y a de quoi ! Voir leur fille cohabiter avec un voyou notoire, il y a plus rassurant pour des parents !

La jeune fille foudroya l'inspecteur Moyon d'un regard noir.

— Il comptait se racheter une conduite et oublier ses erreurs de jeunesse ! Mais mes parents avaient leurs préjugés sur lui, même s'ils ne l'avaient jamais vu.

La rancœur se lisait dans la voix de la jeune fille au souvenir des innombrables disputes qu'elle avait eues avec ses parents à ce sujet.

— Ce… ce vicieux de Meunier m'a alors laissé entendre qu'on pourrait s'arranger si je me montrais, enfin si je me montrais gentille avec lui, quoi. Je l'ai envoyé se faire foutre, mais il était insistant. Pour me débarrasser de lui, je lui ai fait comprendre que j'avais un petit ami qui n'apprécierait pas du tout son attitude et qu'il valait mieux en rester là.

Noémie ferma les yeux à ce souvenir.

— Il m'a dit qu'il était désolé, qu'il ne savait pas ce qui lui avait pris. Nous avons donc continué la visite de l'appartement. J'avoue que j'ai hésité, mais le studio était sympa et bien situé. Et puis, je pensais qu'il avait compris. Nous sommes retournés à l'agence pour signer le bail. Il était plus de 7 heures du soir. Ses employés étaient déjà partis. Je lui ai proposé de revenir le lendemain. Il me mettait mal à l'aise et je n'avais pas très envie de rester seule avec lui, surtout après ce qui s'était passé un peu plus tôt. Mais il m'a dit qu'il n'y en aurait pas pour longtemps et que, comme ça, je serais sûre d'avoir l'appartement. Il m'a laissé entendre que d'autres personnes étaient très intéressées et qu'ils offraient de meilleures garanties que moi. Et je le voulais vraiment, cet appart !

Un silence s'installa et on n'entendit plus que le brouhaha des conversations qui parvenaient de l'extérieur.

— Tout en rédigeant le bail, reprit Noémie, il m'a demandé si mon ami s'installerait au studio avec moi. Il m'a dit qu'il devait le noter si c'était le cas. Je lui ai alors avoué qu'il viendrait en effet m'y rejoindre très bientôt. Il m'a demandé ce qu'il faisait dans la vie. Je ne voulais pas lui dire qu'il était en prison. Je ne sais pas comment il a réussi à me faire parler. Son attitude a rechangé à ce moment-là. Enfin, je crois. Peut-être que finalement, il n'avait pas renoncé à… Il m'a dit que jamais personne ne consentirait à louer quelque chose à une étudiante sans le sou qui partageait la vie d'un ex-taulard. Je me suis levée, prête à partir. C'était inutile que je reste plus longtemps s'il n'y avait pas d'espoir d'avoir l'appart. J'avais oublié que ce salaud avait verrouillé la porte de l'agence à notre arrivée. Il m'avait dit que c'était par sécurité, puisque l'agence était théoriquement fermée et que dans ce cas il faisait sortir les clients par la porte de derrière.

Elle devina, plus qu'elle ne vit, les reproches muets des deux hommes.

— Je sais que j'aurais dû me méfier davantage. Il m'a dit que j'avais la chance d'être tombée sur un gars compréhensif comme lui. Qu'il pourrait faire quelque chose pour que j'obtienne le studio. Je ne voulais pas… Je vous assure que je ne voulais pas qu'il me touche…

Le commandant Kovinsky hocha la tête d'un signe compréhensif.

— Et vous avez tout avoué à Paterne, avança-t-il avec un nouveau soupçon de reproche dans la voix.

— C'est moi qui ai tué ce vieux vicelard ! coupa aussitôt Noémie d'une voix suraiguë. Je l'ai attendu devant chez lui un soir. Je savais où il créchait. Je l'avais suivi un jour où il quittait son agence. Il a paru surpris de me voir. J'en ai profité pour lui asséner plusieurs coups de couteau.

— C'est impossible, Noémie. Le meurtrier est droitier et de toute évidence vous êtes gauchère.

Le policier n'avait, en effet, pas manqué de remarquer qu'elle avait tendu sa main gauche pour prendre le mouchoir.

— De toute manière, c'est Richard Paterne qui l'a tué, nous en avons désormais la certitude, poursuivit-il. Inutile de vous accuser à sa place.

La jeune fille secoua la tête avec lassitude.

— C'est de ma faute, tout ça, murmura la jeune fille d'un ton malheureux. Richard a tout compris. Il avait l'habitude de dire qu'il lisait en moi comme dans un livre ouvert. Je crois que c'est vrai. Il m'a forcée à lui dire le nom du salopard qui m'avait fait ça. Richard pensait qu'il méritait une bonne correction. Je me fichais pas mal de ce qui pouvait arriver à ce sale type, mais j'avais peur que cela ne se retourne contre Richard. J'avais raison.

Elle regarda tour à tour les deux policiers.

— Je sais ce que vous pensez de lui, mais on s'aime, lui et moi, et sans ce connard, rien de tout cela ne serait arrivé. Richard avait vraiment l'intention de se ranger.

Kovinsky laissa échapper un soupir.

— Vous savez, il est difficile d'échapper à ce milieu.

La jeune fille le fixa avec l'assurance de ses sentiments profonds.

— Richard s'en serait sorti. Je l'aurais aidé à ne pas replonger. Que va-t-il lui arriver à présent ?

Le commandant haussa les épaules avec fatalisme.

— Il va être jugé pour le meurtre de Francis Meunier. Avec la préméditation, il ne sera pas sorti avant longtemps. Vous devriez peut-être songer à l'oublier et à vous tourner vers votre propre avenir.

Elle le toisa d'un regard condescendant.

— Richard n'aurait jamais dû replonger. C'est de ma faute, ce qui est arrivé.

Elle ajouta d'un ton aussi pompeux que tragique.

— Je l'attendrai le temps qu'il faudra.

La mère de Noémie apparut dans le chambranle de la porte.

— Que se passe-t-il ici ? Et d'abord qui êtes-vous ?

— Laisse tomber, maman, fit Noémie d'un ton agacé. Ces messieurs sont de la police.

— Commandant Kovinsky et voici le lieutenant Moyon, confirma le policier. Votre fille va devoir nous suivre au commissariat de Saint-Nazaire pour signer sa déposition.

— Sa déposition ?! Mais…

— Maman ! la coupa la jeune fille d'un ton agacé.

Elle se leva et chaussa ses tennis tandis que sa mère tentait une nouvelle fois d'intervenir.

— Votre fille est notre principale témoin dans le meurtre de Francis Meunier, lui expliqua le commandant Kovinsky. Mais rassurez-vous, nous ne la garderons pas bien longtemps.

— Témoin ? D'un meurtre ? hacha Mme Hermann qui ne comprenait pas vraiment ce qui se passait. Noémie, dis-moi ce qui se passe ! C'est à cause de ce type, c'est ça ? J'étais sûre qu'il ne t'apporterait que des ennuis, celui-là !

— Tais-toi, maman ! clama la jeune fille avec insolence. C'est à cause de moi, tout ça.

— Comment ça, à cause de toi ? Qu'est-ce que tu as encore fait ?

Noémie considéra sa mère avec une lasse exaspération.

— Ce que j'ai fait, maman ? J'ai été violée. Et Richard a juste tué le salaud qui m'a fait ça !

Mme Hermann dévisagea sa fille, abasourdie par ses paroles. Bien sûr, lorsque Noémie était arrivée quelques semaines plus tôt, abandonnant brutalement ses études, son mari et elle avaient compris qu'il s'était passé quelque chose de grave. Ils avaient pensé que c'était à cause de ce type qu'elle voyait et qui venait de sortir de prison. Mais leur fille avait refusé toute discussion, comme à son habitude, leur assénant qu'ils ne comprenaient jamais rien.

Toute leur vie, ils s'étaient sacrifiés pour lui apporter ce qu'il y avait de meilleur et ils ne comprenaient pas son attitude ingrate à leur égard. Qu'avaient-ils raté avec cette adolescente en perpétuelle révolte ?

— Ce n'est pas vrai, ma chérie ! Dis-moi que cela ne t'est pas arrivé à toi !

La mère tenta instinctivement un geste vers sa fille qui lui tomba dans les bras, en pleurs.

— Pardonne-moi, murmura Mme Hermann au souvenir de toutes les confrontations qu'elles avaient eues ces derniers temps. Je ne savais pas. Mon Dieu, comment une chose pareille a pu arriver ?

— Maman, maman, ne put que répéter Noémie entre deux sanglots, redevenant la petite fille qu'elle avait dû être seulement quelques années plus tôt.

Témoins de ces retrouvailles poignantes, les deux policiers échangèrent un regard silencieux.

— Noémie ? pressa enfin le commandant Kovinsky en songeant à une autre jeune femme qui attendait dans une cellule, sans comprendre non plus ce qui lui arrivait.

Après une dernière étreinte, la mère et la fille se séparèrent et Noémie suivit les deux officiers de police.

52

Sarah ne prenait pas encore conscience que bientôt elle serait libre. C'est du moins ce que lui avait laissé entendre maître Meyer. Impatiente, elle ne tenait plus en place et faisait régulièrement les cent pas dans sa cellule. Dans celle qui jouxtait la sienne, le nouveau détenu s'était enfin calmé et contemplait le plafond sans bouger. Elle tenta de faire abstraction de lui tant il lui donnait la chair de poule.

Un bruit de pas résonna dans l'escalier. Le cœur battant dans l'attente d'être enfin libérée, Sarah tourna un visage empreint d'espoir vers les marches qui menaient à la sortie. Jamais elle ne fut plus heureuse qu'en cet instant de voir apparaître le commandant Kovinsky.

— Vous êtes libre, Sarah.

Dans la cellule d'à côté, l'homme s'assit prestement sur le banc.

— Et moi, Kovinsky ? Quand est-ce que tu me libères ? Tu n'as rien contre moi.

Tout en tournant la clé pour libérer Sarah, le policier répondit :

— Détrompe-toi, Paterne. J'ai tout ce qu'il me faut. Je n'ai même plus à attendre les résultats du labo qui ne feront que confirmer ce que nous savons déjà.

— Tu bluffes, tu ne peux avoir aucune preuve puisque je suis innocent.

Les lèvres du commandant Kovinsky s'étirèrent en un sourire qui en disait long, faisant se crisper les muscles de la mâchoire de Richard Paterne.

Sarah jeta un bref regard en direction de l'homme, se demandant s'il s'agissait du meurtrier de son ex-patron. Peu lui importait, après tout. Elle était libre.

Elle hocha machinalement la tête vers le gardien, un homme au visage rond et souriant, et suivit le commandant Kovinsky.

— Kovinsky, je veux voir mon avocat, dit Paterne.

— Rassure-toi, tu le verras. Ce n'est qu'une question de temps, maintenant.

Le commandant Kovinsky et Sarah quittèrent le sous-sol et gagnèrent le bureau du policier.

— Est-ce que c'est lui… l'assassin de Meunier ?

— Désolé, Sarah. Je ne peux rien vous dire pour le moment. Tant que l'enquête est en cours, nous nous devons de garder nos informations. Je vais vous faire signer le registre des gardés à vue. Ensuite, vous pourrez partir.

Sarah récupéra ses effets personnels après avoir apposé sa signature sur le cahier qu'il lui présenta.

— Je suis désolé pour tout ce que nous avons dû vous faire subir.

Le commandant Kovinsky paraissait sincère et elle accepta ses excuses avec un demi-sourire qui ne franchit pas ses yeux.

— Je suppose que vous faisiez uniquement votre travail, commandant.

— Si un jour vous avez besoin de quoi que ce soit, faites-moi signe.

Il lui tendit la main. Sarah hésita une fraction de seconde et la serra. Elle eut l'impression qu'il gardait sa main plus qu'il n'était nécessaire, mais préféra ne pas s'appesantir sur le sujet.

Elle prit congé de lui, encore étourdie de se sentir de nouveau libre. Elle descendit dans le hall, chercha les toilettes publiques. Le reflet que lui renvoya le miroir poussiéreux la surprit. Ses traits marqués par la faim et la fatigue semblaient l'avoir vieillie d'un coup. Elle fit couler un filet d'eau froide et glissa dessous la paume de ses mains en coupe, avant de s'asperger le visage. L'eau glacée la sortit de la torpeur où elle se trouvait encore.

Libre. Elle était enfin libre. Ses longs doigts en guise de peigne, elle démêla ses cheveux, prolongeant chaque geste pour mieux s'imprégner de sa liberté retrouvée. Dans un mouvement lent, elle torsada sa chevelure et la releva en chignon.

Après un dernier regard vers le miroir, elle quitta les toilettes. Elle allait se diriger vers le distributeur de confiseries lorsqu'elle vit Maxime gravir les marches du commissariat. Elle s'arrêta, incapable de faire un pas de plus. Leurs regards se rencontrèrent pour ne plus se lâcher. Maxime réagit le premier. Il s'avança vers elle jusqu'à ce que leurs deux corps se frôlent.

Le doigt de Maxime caressa la joue de la jeune femme. Sa pâleur lui serra le cœur et il songea avec tristesse à tout ce qu'elle avait dû endurer ces derniers temps. Sarah nicha sa joue dans le creux de sa paume avec un sourire las, mais soulagé.

Sans la quitter des yeux, Maxime retira une pochette de la poche de sa veste noire et la glissa dans la main de la jeune femme.

— Qu'est-ce que c'est ? s'enquit-elle d'une petite voix.

— Des billets pour notre lune de miel, répondit-il d'un ton rauque.

— Notre lune de miel ? répéta Sarah dont l'esprit restait embrumé par les derniers événements.

— Que penses-tu d'un petit voyage en Guadeloupe ? Les Caraïbes ? Son soleil et ses cocotiers ? Plutôt romantique pour commencer une nouvelle vie à deux, non ?

Sarah posa son front sur celui de Maxime.

— C'est tentant. Ceci dit, je te rappelle qu'une lune de miel, c'est pour les gens mariés.

— Faisons fi des conventions, proposa-t-il avec un sourire amusé. Nous nous marierons à notre retour. Et tant qu'à faire dans le désordre, que dirais-tu de mettre en route un petit passager clandestin ?

— Tu es sérieux ? Tu veux faire un bébé ? Tout de suite ?

— J'ai très envie de toi, mais je pensais quand même attendre d'être à ton appartement, la taquina Maxime. Concevoir un bébé dans le hall d'un commissariat n'a rien de très moral, tu sais. On pourrait nous coffrer pour ça.

Sarah sourit à son tour avant de s'abandonner à son étreinte, persuadée que plus rien désormais ne s'opposerait à leur bonheur.

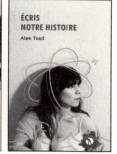

Achevé d'imprimer en Belgique, par Snel à Vottem, Septembre 2018
Pour le compte des éditions Les Bas-Bleus